［日］太宰治 著

［日］森见登美彦 编著

吕灵芝 修愚 译

奇想与微笑

太宰治短篇杰作选

湖南文艺出版社
HUNAN LITERATURE AND ART PUBLISHING HOUSE

博集天卷
CS-BOOKY

目 录

CONTENTS

奇想与微笑　太宰治短篇杰作选

奇想与微笑　太宰治短篇杰作选

失败园

奇想与微笑　太宰治短篇杰作选

（我的陋居有个六坪¹大小的庭院，愚妻在那里杂乱地栽种了许多花草，乍一看似乎全都不成功。那些长相寒酸的植物总在轻声细语，我把它们的话都记录下来了。没错，我能听见植物的话语，绝不是在模仿法国人儒勒·雷纳尔²。那么请看。）

玉米和番茄。

"说来惭愧，我徒长了这么老长的茎秆，觉得是时候结果了，腹中却没有力量，怎么也结不出果子。你们肯定都觉得我是芦苇吧？我已经不在乎了。番茄啊，你借我靠一下可好？"

"怎么，原来你不是竹子呀！"

"你这话是认真的吗？"

"别在意呀。你这叫夏天瘦，可时髦了。这里的主人还说你像芭蕉，挺喜欢你呢。"

"他是在调侃我光长叶子不结果。反正这儿的主人总是吊儿郎当的。比起他，我倒是很同情夫人。毕竟她这么认真地照顾我，

---

1 约二十平方米，一坪约合三点三平方米。——译者注（后无标注则皆为译者注）

2 法国小说家、散文家。

失败园   003

我却只会拔高，一直长不壮。我说番茄，你好像结了果啊！"

"嗯，好像是吧。反正我长得野，扔着不管也能结果。但你别瞧不起，夫人可喜欢我了。这些果子都是我的肌肉。你瞧，我只要一使劲，果子就鼓起来了，再使一点劲，果子就该变红了。哎，头发有点乱，是不是该理发了？"

核桃苗。

"我是天涯孤星，有大器晚成的自信。我想早早长到能招毛虫的地位。今天也让我沉浸在崇高的冥想中吧。无人知晓我高贵的出身。"

合欢苗。

"核桃那个小不点究竟在说啥呢？他啊，肯定是个成天抱怨不休的人，也许是个不良少年呢。若是我现在开花了，他一定会过来说些下流的话。还是小心点为好。哎，谁在摸我的屁股？是隔壁的小不点。真是的，真是的，明明是个小不点，根却扎得又深又长。什么崇高的冥想，太不知所谓了。还是装作不知道吧。好，我这就叠起叶子装睡。现在虽然只有两片叶子，但只要过个五年，我就能开出美丽的花了。"

胡萝卜。

"真受不了，没办法了，这事情没法解决。我可不是杂草。虽是这副模样，但我也是胡萝卜的苗呢。我一个月没抽过条了，照这样下去，我恐怕永远都会是这副模样。太丢人了，谁来拔了我吧，我不想混了。啊哈哈哈，我把自己给蠢笑了。"

萝卜。

"这里土不好啊，里面都是石头，我这雪白的美腿伸展不出去，好像长成了毛扎扎的腿。要不干脆假装牛蒡吧，反正我早就不在乎了。"

棉花苗。

"别看我现在这么小，将来能长成一块蒲团呢。这是真的吗？不知怎的，我特别想自嘲。可别瞧不起我啊！"

丝瓜。

"嗯，我要先这样，然后这样攀上去吗？这架子也太糟心了，爬得我够呛。不过话说回来，搭架子的时候，主人和夫人吵了一架呢。那个笨主人被夫人催得受不了，才煞有介事地搭起了架子。可是啊，他实在太笨拙了。夫人一笑，大汗淋漓的主人就吵了起来：'你厉害，你来弄。丝瓜架根本就是奢侈品，我才不愿意这样扩大活动的范围呢。我们没那个资格。'夫人听了那些扫兴的话，态度一下就变了，伤心地说：'这我知道，可我认为丝瓜架是可以有的。像我们这样贫困的家里，若是有了丝瓜架，那就算是个奇迹，多么美好啊。自己家里竟也能有丝瓜架，那就像做梦一样，我可高兴了。'主人听完，就不情不愿地搭好了这个架子。看来啊，这个主人有点宠溺夫人。既然如此，我也不能浪费了他们的好心。嗯，先这样，然后从这里攀上去吧。唉，真是太糟心了，仿佛故意做成了不让我攀上去的样式。这有什么意义呢？我也许是一株不幸的丝瓜。"

玫瑰与葱。

"在这个院子里，我才是女王。别看我现在灰头土脸，叶片都没了光泽，前几天刚开过十几朵花呢。邻居大妈看到我，都夸奖真好看，这里的主人只要听见了，就会从屋里钻出来，没出息地朝她们点头哈腰，我看了都觉得丢人，他是不是不太聪明啊？主人特别看重我，可他总是照顾得不对。我渴得快要枯萎时，他只会在旁边瞎转，大骂夫人，却什么都不会做。最后啊，甚至像个疯子一样，把我宝贝的新芽剪掉了，还煞有介事地说：'嗯，这样可以了。'我只好苦笑。没办法，他实在太笨了。如果他那时没有剪掉我的新芽，我现在都能开出二十朵花了。唉，不行。我实在太拼命开花，有点早衰了，我真想早点死。哎，你是谁呀？"

"你可以叫我龙须。"

"不就是葱吗？"

"你知道？真没意思。"

"说什么呢，你这葱好细啊。"

"没意思，因为得不到地利。要是当初……算了，败军之将，不发牢骚。我要睡了。"

不开花的鬼灯檠。

"是生灭法，盛者必衰。干脆，化作妖物何如？"

噼啪噼啪山

选自《御伽草纸》

カチカチ山　お伽草紙より

《噼啪噼啪山》这个故事里的兔子其实就是个少女，那个一败涂地且一命呜呼的貉子则是个对兔子少女怀有男女之情的丑男。依我所见，这已然是毋庸置疑的事实。

　　据说，此事发生在甲州富士五湖[1]之一的河口湖[2]畔，即现在船津的后山一带。甲州人生性粗暴野蛮，许是因此，同其他的童话故事比起来，这则故事多少给人一些粗鲁凶蛮的感觉。且不论其他，单这故事的开头就怎一个惨字了得。拿老婆婆来炖汤，残忍不堪，丝毫没有诙谐可言。这貉子也是搞了个无聊的恶作剧。再说那故事讲到老婆婆的骨头在廊台下散落了一地，确实是阴暗残暴到了极致。虽然有些惋惜，但这若是作为所谓的儿童读物，定会遭遇"禁止发行"的命运。鉴于此故，相较于原著，眼下允许出版发行的童话书《噼啪噼啪山》煞费苦心地把这一段改成了貉子弄伤老婆婆之后逃跑，合乎情理地糊弄过去了。那么做也无可厚非，让其免于禁刊，自是功不可没。然而，倘若貉子的恶行不过如此，

　　1　甲州市位于日本本州中部的山梨县，该区域有风景名胜富士五湖，分别为河口湖、山中湖、西湖、精进湖和本栖湖。
　　2　富士五湖之一，因与富士山交相辉映而最负盛名，湖岸线最长，湖中有一小岛叫鸬鹚岛。

那作为对他的惩罚，兔子的报复可就过于残忍了。那并非一刀击毙对方、干脆利落的复仇方式，而是将其弄得半死不活，折磨再折磨，直到最后才用泥巴船将他咕噜咕噜地淹死。那手段是彻头彻尾的残忍狡诈，绝非日本武士道的做派。若是貉子做出了将老婆婆熬成"婆婆汤"的恶行，那作为对其的惩罚，我倒也姑且可以接受他罪有应得的说法，可出于有碍儿童身心发展并可能被禁刊的考量，将情节设计为仅仅是弄伤了老婆婆而后逃走，便让貉子遭受兔子的种种羞辱和折磨，最终还落得个极不体面的溺死鬼的下场，这就让人觉得有些处置不当了。说到底，这貉子又何罪之有？本在山间悠然自得地生活，却横遭厄运，被老爷爷逮住，还要被炖成貉子汤。陷入绝望之境，他只得拼命杀出一条血路，迫不得已才欺骗老婆婆，总算是九死一生，捡回一条小命。将老婆婆炖成汤自然是罪不可赦，然而若是照这本图画书中所写，他仅仅在逃跑时不慎将老婆婆抓伤，那绝非不可饶恕的大罪，许是他因为拼了命要逃跑，过度正当防卫而无意识地抓伤了老婆婆，并非蓄意想伤害她。我家那五岁的女儿，长相随她父亲，实在是有些难看，更为不幸的是，连这脑袋瓜子也随她父亲，似有些奇奇怪怪的地方。在防空洞里，我给她念了《噼啪噼啪山》的故事后，她出乎意料地冒出了一句：

"貉子哥哥，好可怜呀。"

"好可怜"其实是她最近的口头禅，无论看到什么，她都会不停地说"好可怜"，这样就能从总是惯着孩子的妈妈那儿博得赞许，这点小心思我还是看得一清二楚的，所以也用不着吃惊。也有可能是因为爸爸带她去附近的井之头动物园时，她看到了一群在笼子里不停地啪嗒啪嗒走来走去的貉子，所以满脑子都觉得这是十分可爱的动物，因此听到《噼啪噼啪山》的故事后，也不管三七二十一，就偏袒起貉子来了。不管怎样，我家这位小小同情家的话自是不能当真。她的想法几乎没有什么依据可循，同情的理由也很模糊。她说的话根本没有什么进一步研究的价值。然而，女儿那随口一言倒是给了我某种暗示。虽然这丫头不谙世事，只不过是不着边际地随口嘟囔了一句前阵子才学到的话，可她的笨蛋爸爸倒是听了进去，皱起眉头来：的确，这样看来，兔子的报复行为着实过分了，对于这么小的孩子，倒还可以说些什么糊弄过去，但是对于再大一些的孩子，已经接受了武士道或者其他为人要堂堂正正的观念，他们会不会觉得，这兔子所做的惩罚实则是所谓的"卑鄙手段"呢？这可是个问题。

就像这最近出版的童话中改编的故事情节，貉子仅仅因为抓伤老婆婆，就遭到了兔子如此歹毒的辱弄，背部被烧伤，伤口还被抹上了辣椒粉，最后还被弄到泥船上活活淹死，落得如此悲惨的命运。这若是被上中小学的孩子看到，他们定会疑惑不解，纵使貉子混账地将婆婆炖成了汤，为什么兔子不堂堂正正地通报姓名，用正义之剑将其一刀斩断呢？在这种情况下，兔子力气小之类的断然不能成为借口。报仇雪恨就必须堂堂正正。神明也会加入正义之师。纵使在敌不过对方之时，也当要大喊一声"替天行道！"，然后从正面直冲过去。倘若终究技不如人，那时也应当卧薪尝胆，甚至上鞍马山一心精进剑术[1]。自古以来，日本的伟人都奉行此道。不论事出何因，在日本还从未有过要阴谋诡计，甚至将对方折磨致死的复仇故事。也就《噼啪噼啪山》这个故事，其报仇手段实在上不了台面。反观这则故事，压根不是大丈夫所为不是

---

[1] 此典故出自源义经（或源廷尉义经，1159—1189，著名武将）的传说。传闻他在鞍马寺所在的山中遇到了一位传授给他剑法的能人异士。

吗？孩子也好，大人也好，但凡崇尚正义之士，难免会对这一点感到不快。

你大可放心，关于这个问题，我已经考虑过了。而且，就兔子的做法有违大丈夫所为这一点，我也想明白了，那非常合乎情理，因为兔子根本不是男的。不用怀疑，兔子是个十六岁的处女，尚未展露出诱人的姿色，但无疑是个美人。人世间最为残忍的人，往往就是这一类女人。希腊神话中有诸多美丽的女神，除维纳斯之外，就属叫阿耳忒弥斯的处女之神最有魅力。正如诸位所知，阿耳忒弥斯是月亮女神，额间一弯皎白的月牙熠熠生辉，且身手敏捷，不甘示弱。一言以概之，她就是女神版阿波罗。而且下界的凶猛野兽也都奉这位女神唯尊。然而，她可绝不是一个五大三粗、膀大腰圆的妇人。恰恰相反，她娇小玲珑，身材纤细，手脚精致可爱，美得让人窒息，但是并没有维纳斯那般的"女性风韵"，乳房也很小。对自己看不上眼的人能无动于衷地折磨对方。她甚至将水泼在偷看自己洗澡的男子身上，将其变成了一头鹿。仅仅是被偷看到了沐浴的样子，她便如此怒火中烧。实在难以想象，她若是被握了一下手，会实施何等残忍的惩罚。倘若爱上这样的女人，男人势必会遭受奇耻大辱。然而男人，尤其是越愚蠢的男人，越容易爱上这种危险的女人。其下场，可想而知。

如若对此还心存疑虑，瞧瞧这只可怜的貉子就明白了。貉子其实早就偷偷思慕那个阿耳忒弥斯型的兔子少女。如果把兔子设定为阿耳忒弥斯型的少女，那无论貉子是犯了将婆婆熬成汤的大罪还是仅仅抓伤婆婆的小罪，对其所遭受的变态歹毒的惩罚，我们也只能长叹一口气，并点头赞成是他罪有应得，活该受那"非大丈夫所为"的折磨。更何况，貉子同其他被阿耳忒弥斯型的少女迷住的男人一样，在同族之间其貌不扬，拖着个肥圆的身体，是个满脑子只知道胡吃海塞的土包子，由此说来，实在叫人不堪细想，等待着他的会是何等悲惨的命运。

话说，貉子被老爷爷逮住了，在快要被炖成貉肉汤的千钧一发之际，为了能够再看上兔子少女一眼，他拼了命地挣脱，好不容易才逃回了山里，嘴里念念有词，四处转来转去，搜索着兔子的踪迹，最后可算是找着了。

"替我高兴高兴！我可捡回了一条小命！趁着老头走开的当口，我把那老太婆给挠得大喊大叫才逃了出来。看来我这男人命还挺硬。"他满脸得意，唾沫横飞地讲述着这次大难不死的经历。

兔子咻地往后一跳，躲开那些唾沫星子，满脸不耐烦地听完后开口道：

"啧，我有什么可高兴的？跟我非亲非故的。脏死了！唾沫星子都飞我脸上了。再说了，那老爷爷和老婆婆可是我的朋友。你不知道？"

"不会吧？"貉子一脸愕然，"我真不知道。饶了我吧，要是我早知道，不管是拿我煮汤还是怎么着，我都义不容辞。"貉子顿时垂头丧气。

"事到如今，说什么可都来不及了。我常去那家院子里玩，每次他们都会请我吃松松软软的豆子，你不是知道这事吗？你却撒谎说什么不知道，可恶！你，是我的敌人。"兔子毫不留情地做出了宣判。早在此时，兔子已经对貉子动了复仇的心思。处女之怒可毒辣无比，尤其是对丑陋愚钝的货色更是不会有半点手下留情。

"原谅我嘛。我真的不知道，没撒谎，相信我嘛。"貉子伸长了个脖子，耷拉着个脑袋，死乞白赖地恳求道。这时他看到从身边的树上掉下来一颗果子，就嗖的一下捡起来吃掉，随后这里翻翻，那里翻翻，看看周围还有没有，嘴里还不停地念着："是真的不知道。唉，惹你生这么大气，我都想直接死了算了。"

"你在胡说八道些什么呀，明明只知道吃吃吃。"兔子满脸鄙夷，唰地扭过了脸去，"又好色，又贪吃，什么都往嘴里塞，脏得要死。"

"你就当没看见嘛。我肚子饿了嘛。"他一边继续在周围找来找去，一边说道，"唉，要是你能理解我现在心中的痛苦就好了。"

"我可警告你，别靠近我！臭得要命！离我远点！我可听说了，你还吃蜥蜴呢。不止，还有更可笑的，听说你还吃粪便呢。"

"怎么可能。"貉子无力地苦笑，又像是无从否定的样子，只能加倍无力地裂开嘴嘟囔，"那怎么可能呢。"

"别装模作样了。你身上那味道可不是一般的臭。"兔子一脸漠然、毫不留情地下了最终判决。随即，她好像想到了什么好事，突然两眼放光，将强忍着笑意的俏脸重新转向貉子："那行吧，我就大发慈悲，原谅你这一回。怎么又靠过来了？不是警告过你别过来嘛！我这儿可没空子给你钻。你那口水，麻烦擦一擦好吗？下巴都湿漉漉的。别激动，给我听好了。这次，仅此一回，我网开一面，但有个条件。老爷爷现在肯定萎靡不振，上山砍柴的精神头断然是没了，所以我们替他砍些柴，再给他送去，怎么样？"

"我们一起？你是说你跟我一起去？"貉子那对浑浊的小眼睛兴奋得直放光。

"怎么？不乐意？"

"怎么会不乐意呢！就今天，我们现在马上出发！"貉子过于兴奋，连嗓子都喊哑了。

"明天吧，好不好？明天一早。今天你肯定累了吧，不是还肚子饿嘛。"兔子十分体贴地说道。

"太谢谢你了！明天我多准备一些饭带上，专心地砍柴，砍它个十捆给老爷爷送去。这样你就会原谅我，跟我和好了是吧？"

"话还真多，到时候看你的表现吧。说不定，我还真跟你和好了呢。"

"哎嘿嘿，"貉子突然怪里怪气地笑起来，"瞧你说的，别呀。以后可要让你受累了，真他妈的，我，我都忍不住……"话说一半，他将一只爬过来的大蜘蛛精准快速地塞到嘴里，"我……高兴得不行……都快忍不住号啕大哭啦！"说着，他吸溜着鼻子，佯装哭了起来。

夏日的清晨清凉舒爽，河口湖的水面被朝雾笼罩，放眼望去，一片云雾迷蒙。山顶上，貉子和兔子沐浴着朝露，正在拼尽全力砍柴。

看貉子干活的样子，岂止是专心致志，简直像入了魔。只听他嘴里浮夸地哼哼着"哼——唷，哼——唷"，手里的镰刀乱挥一通，还不时故意发出"哎呀，痛痛痛痛"的呻吟。其实，他是为了在兔子跟前表现，才装出一副多么卖力、多么辛苦的模样，拿着镰刀不分东西南北地一阵乱砍，才一会儿工夫，就一脸筋疲力尽，快要累死似的把镰刀一扔。"你快看，看这儿，手上磨出那么大的水泡了。哎哟喂，这手，火辣辣地痛，嗓子也冒烟了，肚子也饿扁了。反正，真的是干太多了，不如我们稍微休息一下吧。带来的午饭终于可以吃了，喔呵呵呵。"他难为情似的怪笑着，打开了一个巨大的饭盒——几乎有石油桶那么大吧。他把鼻子塞到饭盒里，发出哼哧哼哧、哗啦哗啦、吧唧吧唧的噪声，一通狼吞虎咽，那才真叫专心致志呢。兔子满脸惊愕，停下砍柴的手，悄悄往那饭盒里瞟了一眼，立刻"啊"地轻呼一声，用双手蒙住了脸。也不知她究竟看到了什么，总之那饭盒里一定有着非比寻常的东西。

然而，今天的兔子似乎藏着什么小心思，一改往日的态度，并未恶语相向，从一开始就不怎么说话，嘴边只是挂着意味深长的职业微笑，一门心思地砍柴，对于貉子那得意忘形的嘴脸，也装作全然没有看见。即便在瞟了一眼貉子那巨型饭盒里的东西后大吃一惊，她也依旧沉默寡言，只是猛地缩了下肩膀，就继续埋头砍柴去了。貉子也感觉到兔子今天待自己格外宽容，不禁窃喜：这小妮子终究还是被我卖力砍柴的样子给迷住了吧？我，就我这男人味，有几个女人挡得住啊？呼啊——吃饱了就犯困，不如睡上一觉吧。随即他便毫无顾虑，随心所欲，以一副想干吗就干吗的姿态倒头睡下，顷刻间鼾声如雷。睡着睡着，他还说起了梦话："迷药可不行，没他妈用啊。"好像是做了什么不正经的梦。等他再睁开眼，已是临近晌午了。

"睡得真香呢。"兔子依旧温柔地说，"我已经砍好一捆柴了，现在就背到老爷爷院子去吧。"

"哦，行。"貉子应道，打了个大大的哈欠，噌噌地挠了挠胳膊，"肚子真饿。这么个饿法，反正也睡不着了。我这个人就是太敏感。"他煞有介事地说着，"好嘞，我也把砍好的柴收拾收拾下山吧。饭盒也空了，必须赶紧干完这活，还得到处去找吃的呢。"

二人分别背上柴火，向山下走去。

"你走前面嘛。这一带有蛇，我害怕。"

"蛇？蛇有什么可怕的。我看见一个就抓过来……"他想继续说"吃了"，但又给含混了过去，"遇上我就是死路一条。来吧，跟在我后面。"

"这种时候，果然还是得有个可靠的男人呢。"

"别恭维我啦。"他沾沾自喜道，"今天你可怪温柔的，让人好不自在。你不是要把我带到老头那儿，炖成貉肉汤吧？啊哈哈哈。

这我可奉陪不了。"

"你看你，这么疑神疑鬼。那你走吧，我一个人去就是了。"

"不不，我不是这个意思。一起去，行不行？不管是蛇还是其他任何玩意，这世上就没我害怕的东西。唯独那老头，我真对付不了。他说要把我炖成貉肉汤呢，我可不要。太野蛮了不是？至少也算恶趣味。我呢，就只把这些柴送到老头院子前面的朴树那儿，接着你就替我送一下。我呢，就此告辞。一看到那老头的脸，我就有种说不出的不痛快……哎？什么动静？这是……怎么有奇怪的声音？怎么回事？你没听见吗？'噼啪噼啪'的，这是什么声音？"

"有什么好大惊小怪的。这儿不就是'噼啪噼啪山'吗？"

"噼啪噼啪山？这地方？"

"是啊。你不知道吗？"

"不知道。到今天为止，我还从来不知道这座山还有这么个名字呢。不过，这名字有点奇怪啊，你不是骗我的吧？"

"说什么呢，你看，山不都有名字吗？那是富士山，那是长尾山，那是大室山，不都有名字吗？所以，这座山的名字就叫噼啪噼啪山呀。你听，不是有噼啪噼啪的声音吗？"

"嗯，听见了。但是，这事还真蹊跷。我还从来没有在这山上听见过这种声音。我就是在这儿出生的，虽然已经过去三十多年了，但……"

"什么！你的年纪都那么大了？明明之前跟我说只有十七岁啊，真是坏透了。明明满脸褶子，腰也弯了，我就纳闷呢，都这副模样了怎么会是十七。真没想到啊，居然少说了二十年！这么算起来，你都将近四十岁了吧！呵，还真是！"

"不不，是十七，十七岁，就是十七。我现在弓着腰走路可绝对不是因为年纪大了。是因为肚子饿扁了，所以就自然而然地变成这个姿势了。三十几年，那说的是我哥哥。我哥老把这话挂在嘴边，跟口头禅一样，所以我这不也一不留神，随口说了这么一句。反正就是被他传染了，就是这么一回事，你可给我听好了。"貉子狼狈地拼命解释，也顾不上说话的语气了。

"是吗？"兔子冷静地开口道，"但是，我可头一回听说你还有个哥哥呢。你不是还对我说过什么我太孤单了，太寂寞了，没有父母也没有兄弟，我的孤独寂寞你怎么可能理解？那些话，又是怎么回事呢？"

"对对，"貉子慌不择言，完全不知道自己在说些什么，"这世上的事情，还是相当复杂的不是嘛，不能一概而论。这哥哥有时候有，有时候就没有。"

"你自己听听，这完全说不通不是吗？"兔子一脸难以置信，最后开口道，"真是一团糟。"

"嗯，事实上，我是有个哥哥。可这事实在说不出口，他就是个酒不离手的酒鬼，只会给我丢脸，没什么好说的。我这三十多年来，哦不，是说我哥，我哥他这三十多年里就知道给我添麻烦。"

"那也不对啊，怎么给一个十七岁的人添三十多年的麻烦呢？"

貉子假装没听见，自顾自地说道：

"所以说，这世上不能一概而论的事情多着呢。现在吧，我就当没这哥哥了，和他断绝关系了……哎，奇怪，怎么好像有股烧焦的味道？喂，你闻到没？"

"没有。"

"大概是我弄错了？"由于貉子总是吃腐臭的东西，他对自己的鼻子已经失去了信心。他满脸不可思议，歪着脖子说道："难道是我的错觉？……不对不对，好像是什么东西着火了，你没听到吗？'噼啪刺啦，呼呼'的声音。"

"那很正常呀。这里本来就是'噼啪刺啦呼呼山'嘛。"

"你骗人！你刚才明明还说这儿是'噼啪噼啪山'呢。"

"没错呀，哪怕是同一座山，不同的位置也有不一样的名字呢。富士山的半山腰不还叫小富士吗，而且大室山和长尾山不都是跟富士山连着的山吗，你连这都不知道？"

"不，不知道。是那么回事吗……我这三十多年里，哦不，我记得是我哥说的，这'噼啪刺啦呼呼山'不就是座后山而已吗……等等，怎么那么热？该不是地震了吧？！今儿还真是个倒霉日子，总觉得哪里不对。哎呀，好热。哈嘶！烫烫烫烫，要命了，好烫烫烫烫，救命啊！柴！柴烧起来了！烫烫烫烫啊！"

第二天，貉子蜷缩在自己的洞穴深处，不住地哀嚎。

"哎哟，好难受啊！我这是要死了吧，想想这世上真没有比我更悲惨的男人了。明明生来就略带几分男子气概，反倒让女人自惭形秽，不敢轻易地靠近了。说到底，我因为这份高雅脱俗的气质，反而吃了大苦头，指不定她们还认为我不近女色呢。这怎么可能呢，我又不是圣人，肯定喜欢女人啊。尽管如此，那些女人好像已经认定我就是个追求崇高目标的理想主义者，都不愿意来诱惑我。既然这样，那我干脆一不做二不休，冲出去大声叫给所有人听：'我！喜！欢！女！人！'啊。哎哟，痛痛。这烧伤可真是要命，一阵阵地痛。才想着好不容易能不被炖成貉肉汤，这倒好，一脚踏进了这狗屁不通的什么呼呼山。人倒霉起来，真是喝口凉水也塞牙。那山真是见了鬼了，好端端的柴火，居然自个儿烧了起来，真邪门。活了三十多年……"说到这儿，他眼珠子骨碌一转，四处张望了一番，"没什么好遮遮掩掩的，本大爷今年三十七，哼，有意见吗？再过三年就四十了，这不明摆着吗，看一眼不就清楚了？哎，痛痛痛。话说，打我出生到现在，整整三十七年，在那后山里土生土长，从来没这么倒霉过。什么噼啪噼啪山，又呼呼山，光听名字就感觉古里古怪。别说，还真是莫名其妙。"貉子捶着自己的脑袋，苦苦思索着。

这时，门外传来了小贩的叫卖声。

"看看仙金膏嘞！还在为烧伤、割伤、皮肤黑伤脑筋吗？"

比起烧伤、割伤，一听闻皮肤黑，貉子打了个激灵。

"喂，卖仙金膏的。"

"哎，请问是哪位客人在叫我呀？"

"这儿，洞里呢。听你说，能治皮肤黑是吧？"

"那还用说，一天见效。"

"嚯嚯，"貉子高兴地从洞里钻出来一看，"嘿！你这家伙，不是兔子嘛！"

"是呢，我的确是兔子，这不假，可我是男的，卖药的。在这附近卖药已经有三十多年了。"

"呼……"貉子松了一口气，歪着脑袋问道，"但是，还真有长得一模一样的兔子啊。三十多年……是吗？就你这模样？嗐，年龄的事就别提了。真他妈没劲，没完没了了还。嗐，反正就那么回事。"貉子语无伦次地糊弄过去后说道，"话说，你能给我点药不？实话和你说，我正为这事犯愁呢。"

"哎哟，这烧伤可真严重啊！这可不行，如果放着不管的话，可是会死人的呢。"

"不，这点烧伤，小意思，不用管它，死了倒一了百了。比起这个，我吧，现在，就是，这张脸吧——"

"您这是说的什么话，您正处在生死关头呢！看看，这背上的烧伤可太严重了。究竟发生了什么，怎么弄成这样？"

"要说那个呀，"貉子歪着嘴，"我刚踏进那什么噼啪刺啦呼呼山，哎哟真是，那叫什么事啊，把我吓得够呛。"

兔子忍不住哧哧地偷笑起来。貉子不知兔子为何突然笑起来，就傻傻地跟着一起哈哈哈大笑。

"真是倒了八辈子霉，你可别只当是个笑话随便听听。我先提醒你，千万别去那座山！那里起初还叫噼啪噼啪山，后来就成了噼啪刺啦呼呼山，这不邪门吗？去了准倒大霉。总之，你走到噼啪噼啪山附近就差不多得了，赶紧掉头回来。如果非要闯进呼呼山，最后肯定落得跟我一样的下场。哎哟，痛痛痛！听到没？我可是给过你忠告了。你看着年纪不大，别把我这老一辈——不，也不能算老一辈——总之别把我说的话不当回事，要好好记住我这友善的忠告，毕竟是过来人的经验。哎，痛痛痛痛。"

"十分感谢。我定会多加小心。话说，这药该如何是好……为了感谢您真心实意的谆谆告诫，我就将这药作为谢礼相赠，请您务必收下。不如这样，请允许我先给您在背上的伤口处上药吧！幸好我今天刚好路过，和您遇上，如若不然，您恐怕就要折在这儿了。这也许就是老天的指引吧，同您有缘。"

"说不定还真是缘分呢。"貉子低声感慨道，"既然如此，就给我涂上吧。我最近的确正犯穷呢，就说吧，一旦迷上了女人，使钱就哗哗如流水。你顺带把那药膏在我手心里也挤上一滴给我看看。"

"您有什么问题吗？"兔子脸上露出了不安的神色。

"不，嗜，没什么，就是想看看而已。看看这药膏是什么颜色。"

"颜色的话，和其他的药膏并没有区别，就是这样的颜色。"说着，兔子往貉子的手心里挤了点药膏。

说时迟那时快，貉子抬手就把药膏往脸上抹，兔子见状大惊失色，生怕露出马脚，暴露这药膏，一把挡住貉子的手。

"哎呀，那可不行。这药性太强，不能往脸上抹，不能胡来。"

"别，你走开！"貉子现在可是破罐子破摔了，"求你了，快放手。你是不会理解我有多痛苦的，你不知道，就因为皮肤黑，我三十多年来受了多少委屈。给我放手！放开我！算我求你了，就让我涂吧。"

推搡间，貉子抡起腿一脚踹飞了兔子，以肉眼不可见的速度把药膏往脸上一通乱抹。

"其实吧，我的相貌绝对不能算丑，鼻子是鼻子，眼是眼。就因为皮肤黑，我一直抬不起头，现在可好办了。哇——！这药膏，厉害，火辣辣的，药效很强。没事，我觉着不是这样的猛药还治不了我这一脸黑皮呢。嗬——好痛，没事，我顶得住。等着瞧吧，下回再让我碰上那小妮子，肯定要把她迷得神魂颠倒，哼哼，我可不管她是不是犯了相思病，那又不是我的错。啊！火辣辣地痛啊。这药，肯定管用。来吧，既然已经这样了，后背也好，哪儿都好，给我全身都抹上，大不了把我痛死。只要能变白，痛死就痛死。快，给我涂！你不要手下留情，给我放心大胆地厚厚抹一层！"已然成了慷慨赴死的悲壮景象。

然而，美丽又高傲的处女宛如恶魔的化身，其残忍的程度又岂能被丈量。只见兔子一脸漠然地站在那儿，抄起辣椒粉制成的药膏，一坨一坨地涂在貉子的伤口处。貉子疼得满地打滚。

"没事，嗯，我挺得住。这药，一定管用。哇啊啊——好痛。

给我水！这是哪儿！是地狱！快饶了我吧，为什么我要下地狱啊！我只是不想被煮成汤，才挠了老婆婆啊。我没造什么孽啊，想想我活了三十多年，就因为长得黑点，从没招女人待见过。我也就是吃得多了点，啊啊，就因为这个，你知道我这辈子是怎么过来的？我从没抬起头来做过人。谁都不理解我啊，我好孤独，我是好人哪。我眼是眼，鼻子是鼻子的，不丑啊。"貉子痛苦不堪，嘴里不停地哀嚎着，可怜巴巴地吐着胡话，不久便失去了知觉。

然而貉子的不幸并未就此结束。就连身为作者的我，也是一边写着，一边长吁短叹。纵观日本历史，恐怕还未有谁如他这般，悲惨地度过下半生。逃脱了被炖成貉肉汤的命运，才偷得一丝快活，岂料又在这莫名奇妙的呼呼山里被大火烧伤，幸得九死一生，穷尽最后气力方才爬回巢穴，歪着嘴正哭天喊地之时，烧伤处又被厚厚地抹上了辣椒粉，因为剧烈的疼痛失去了神志，最后还被骗上泥船，葬身于河口湖底，真叫命运多舛。虽说这无疑算是命犯桃花了，可这样的桃花劫也未免太砢碜，毫无风流韵事可言。貉子在洞穴深处躺了三天三夜，苟延残喘，一条小命在阴阳两界徘徊游荡，生死未卜。第四日，突然一阵强烈的饥饿感席卷全身，貉子拄着根拐杖颤颤巍巍地爬出了洞口，嘴里嘟嘟囔囔着，四处搜寻食物，那跟跄悲戚的身影着实让人看着可怜。然而，他的身子骨倒很是健壮，才十日不到便已痊愈，食欲一如往常般旺盛，色欲也早已躁动不安、呼之欲出了。正所谓不见棺材不掉泪，他又屁颠颠地冲到兔子家去了。

"我又来找你玩啦！嘿嘿。"貉子觍着个脸，猥琐地笑了笑。

"哟！"兔子应道，一脸赤裸裸的厌恶。心里似乎在想：以为是谁呢，怎么又是你？不，应该比这更狠一些：你怎么又来了？怎么那么不要脸！不，应该比这个更毒一些：啊，真是烦死了！瘟神又来了！不，应该比这更狠毒一些：又脏又臭的老东西！去死吧！兔子脸上那鄙夷、厌恶至极的神色一目了然，可但凡不请自来的不速之客，往往对于主人家的憎恶之情表现得尤为迟钝。这是一种不可思议的心理状态，诸位读者不妨也注意一下。当你们出门拜访他人时，若觉得格外辛苦、十分拘束，颇为勉强地前往对方家中，往往会受到主人家出乎意料的热情欢迎。反之，当诸位觉得"啊，在那家里可真自在，几乎跟在自己家里一样，不，甚至比在自己家里更为惬意，完全就是我专属的安乐窝呀"，因此怀着轻松且期待的心情前往，那你们多半会被对方当成麻烦，被嫌弃很脏，视为恐惧，甚至是晦气。期望别人的家能成为自己的安乐窝，这本身或许就证明了那人就是个笨蛋。总之，关于登门拜访这件事情，吾辈之中常常有着令人惊讶的错误观念。哪怕是熟络的亲戚之间，倘若没有特别要紧的事情，或许也不应该随意叨扰对方才是。若还有看官对作者的忠告存疑，就看看这貉子的下场吧。貉子显然已经犯了这个致命的错误。兔子说了"哟"，而且满脸嫌弃，貉子却丝毫没有察觉。貉子把兔子那声"哟"理解为看到自己来访后的惊喜，甚至是处女出于喜悦而情不自禁发出的天真无邪的娇嗔，因而浑身颤抖、兴奋不已。与此同时，对于兔子眉头紧皱的表情，他又理解为一定是兔子为自己前些日子在呼呼山所受的罪而感到无比痛心。"谢谢，我没事。"明明对方没有问候他，貉子这厢却先道起谢来了，"不用担心！我已经全好了。我可是深受老天爷眷顾，运气好着呢。那什么呼呼山，不过是河童放屁，小菜一碟。听说那河童肉倒还挺好吃的，想想办法抓一个，什么时候也让我来尝一尝。题外话就先这样吧，话说那时候真是吓我一跳啊，那火也太大了。说起来，你怎么样？看起来好像没受什么伤嘛，能从那样的大火中平安脱身，还真有你的呀。"

"平安个什么呀，"兔子故作姿态，佯装闹别扭地嗔怪道，"就是你，也太过分了吧。真是的，那么大的火，居然把我一个人扔在那儿自己逃跑了。那烟熏火燎的，差点把我给呛死，我可恨你了。果然啊，要不都说危难之际方见本性。我啊，这次可算是把你的真面目看得一清二楚了。"

"不好意思啊，就原谅我吧。其实我也被烧伤了，就差那么一点，就连老天爷也救不了我了，真是倒了八辈子大霉。我绝不是不管你，把你给忘得一干二净了，而是因为我背上实在烫得不行，根本顾不上救你。你能不能理解我一下？我觉得我可不是那种不靠谱的男人，烧伤可不是闹着玩的。还有，那仙金膏啊，疝金膏啊，那些真的是一点都不管用。不说了，真是差劲，对皮肤黑没有任何的效果。"

"什么皮肤黑？"

"哎？什么？我是说那黑乎乎的药膏，那家伙，劲可大了。有一个和你长得很像、个子矮小的古怪药贩子，说是不收我药钱，我呢，心想凡事不试试怎么知道，就让他给我抹上了，那是真疼啊，那可不是一般的药，你最好也小心一点，绝不能马虎大意啊。就连我都觉得天旋地转，好像自己头顶上刮起了龙卷风，咚的一下昏过去了。"

"哼，"兔子轻蔑地说道，"这不就是自作自受吗！你这吝啬鬼，遭报应了呗。不要钱的药就试试，这种不要脸的事情也亏你说得出口，真是恬不知耻。"

"这嘴真够损的。"貉子嘀咕道。然而，他似乎也没有失落，反而是一副待在心爱之人身边、沉浸在暖暖幸福中的模样。随后，他一屁股坐下，死鱼般浑浊的眼睛来回转动，一边抓起小虫子往嘴里塞，一边说道："但是话说回来，我还真是个走运的男人啊。不管遭什么罪都没死成，说不定还真是老天爷开眼呢。你也没事，我也没事，伤也都恢复了，如今还能和你两个人这样聊聊天，真是太好了，啊啊，简直跟做梦一样。"

兔子打从一开始就想让貉子赶紧滚回去了。她忍啊忍啊，不胜其烦。她盘算着让貉子早些离开这儿，突然又心生一毒计。

"对了，你知道这河口湖里有许多好吃的鲫鱼吗？"

"还真不知道。真的吗？"貉子瞬间两眼放光，"我妈曾经抓过一条鲫鱼给我吃，那还是我三岁时候的事，真是好吃啊。从那之后，倒也不是说我自己手脚不灵活，绝对不是因为这个，反正像鲫鱼这种水里游的玩意是抓不到的，只知道那东西相当好吃。可是这三十年多年来，不对，啊哈哈哈，我怎么又模仿起我哥的口吻来了。我哥也非常喜欢吃鲫鱼呢。"

"是吗？"兔子心不在焉地敷衍着，"我是不想吃什么鲫鱼，但既然你那么喜欢，就陪你一起去抓喽。"

"真的吗？"貉子眉开眼笑地说，"但是，鲫鱼那玩意动作可快了，我上回为了抓它，差点成了土左卫门[1]呢。"他一不小心暴露了自己过去的丑态，"你有什么好办法？"

"用渔网去捞肯定能捞到。最近，鸬鹚岛的岸边聚集着好多又大又肥的鲫鱼呢。怎么样，我们现在就去抓吧？你会划船吗？"

"哦……"貉子暗自叹了口气，"倒也不是不会。只要我想划，总是会的。"貉子心惊肉跳地又吹了个牛。

"你会划呀？"兔子明知貉子在吹牛，却故意装出一副信以为

---

1 指成濑川土左卫门（？—1748），享保时期（约1716—1736）江户的相扑选手。据传，因为其体形肥大，脸色铁青，常被人戏称像是溺水后的尸体。此后，"土左卫门"一词逐渐成了代名词，意指溺水身亡者。

真的模样，"那正好。我有一艘小船，但实在太小了，坐不下我们两个。而且，那就是用很薄的木板随便搭起来的船，如果漏水的话，可就危险了呢。万一出了什么事，我倒是无所谓，只是不能连累了你啊，所以我们一起，再给你造一艘船吧！木板船很危险，所以我们就用泥土吧，更结实。"

"真是麻烦你了啊，我都快哭了，就允许我尽情地哭吧。我什么时候变得这样爱掉眼泪了呀？"貉子一边说着一边假哭起来，"不如就你一个人替我造这艘结实的小船吧，好不好？拜托你了。"他得寸进尺，提出了厚颜无耻的要求，"我会对你感恩戴德的。趁着你替我造那艘结实的小船，我来做饭！我肯定能成为一个出色的厨师。"

"行吧。"兔子顺从地点了点头，假装同意了貉子无理的要求。貉子听了一阵窃喜，这世上居然还有这么好骗的人。就在这一瞬间，貉子悲惨的命运便已注定。迂拙的貉子不知道，那些全盘接受他的胡言乱语的人，内心往往藏着不可告人的歹毒计谋。他不怀好意地笑着，心想：不错不错，相当顺利。

二人一起来到了湖边。此时，白茫茫的河口湖一片风平浪静。兔子立马和起了泥巴，开始制造那艘所谓结实的小船。貉子则在一旁念叨着"不好意思啊，不好意思啊"，同时忙东忙西，专心致志、绞尽脑汁地思索如何搭配自己的饭盒。待到阵阵晚风掠过湖面，吹起粼粼细浪时，泥土造的小船已然泛着冷峻的金属光泽，只待下水了。

"嗯哼，还不错。"貉子高兴得手舞足蹈，立刻把自己那石油桶一般大的饭盒给塞进了船里，"想不到你这丫头手还真巧。这一晃眼的工夫，你就造出了这么漂亮的小船。真不简单啊，绝对是神乎其神啊。"他满嘴的虚情假意、阿谀奉承，其心思昭然若揭，却暗自盘算着：若能娶到这么一个手巧能干的老婆，以后我就能过上潇洒的日子了。他除了原先的色欲，如今连贪欲也是愈加猖獗、肆意泛滥，琢磨着今后无论发生什么事，都必须一辈子死死缠住这个女人才行。打定主意后，貉子嘿哟一声跨进了泥船。"看来划船这件事，你也很在行吧。说到划船，我呢，倒也不是不会，怎么可能，我绝对不可能不会嘛，只不过今儿个呢，我想好好见识一下我老婆的本事。"他愈加厚颜无耻、口无遮拦，"以前，我这划船技术也颇有名气，甚至被称作划船健将，但是今天，就让我好好躺着，顺便见识见识你的划船本领吧。没事，把我的船头拴在你的船尾就行。让我们这两条船也凑在一起亲热亲热，死也要死在一起，可别想扔下我呢。"貉子惺惺作态、满嘴荤话，说着便在船底昏睡过去。

兔子听闻貉子要将两条船拴在一起，不由得吃了一惊。心想难道这蠢货有所察觉？她急忙偷看了一眼貉子，却发现那家伙跟没事人一样，早就进入了梦乡，咧着嘴色眯眯地淫笑着。"抓到鲫鱼了就叫我起来。那玩意可太好吃了。我已经三十七喽。"貉子嘴里还咕哝着愚蠢的梦话。兔子哼地冷笑一声，将貉子的泥船同自己的木船拴在了一起，随即抄起木桨啪地打入水中，两条小船便唰唰地离开了岸边。

此刻的鸬鹚岛正沐浴在红彤彤的夕阳之下，仿佛着了火一般。行笔至此，还请允许作者稍许卖弄一下其"见多识广"。据说这岛上的松林被制成了图案，印在"敷岛"牌香烟[1]的外壳上。确有其事，作者是从靠谱人士那儿听来的，诸位读者若是信了，也决计

1　日本曾经著名的高级香烟品牌之一。外包装上印有湖边的松树林。

不会吃亏。说来，如今"敷岛"牌香烟早已销声匿迹，所以对于年轻的读者而言，这自然不是个有意思的话题，无非是在卖弄些个无聊的知识罢了。那些吹嘘才识渊博之举，终究会以这般索然无味的方式收场。总之，三十多岁的读者——仅仅对他们而言——兴许还会隐隐约约地回想到："啊，就是那片松树林。"随即想起当年与艺伎嬉笑戏闹的往事，至多摆出一副不甚有趣的面孔。

话说那兔子，此时正着迷地看着鸬鹚岛的夕景。

她喃喃自语道："多美的景色啊！"说来也真叫人难以置信。一般想来，无论多么穷凶极恶之人，在自己即将犯下残暴罪行的前一刻，都应当没有这份多余的心境欣赏眼前的秀丽山水。然而，这十六岁的美丽处女眯缝着双眼，欣赏起岛上的夕阳美景。真可谓天真无邪与恶毒残暴不过毫厘之差。那些看见不谙世事的少女摆出让人作呕的造作姿态，却要垂涎感叹这就是青春纯真的男人，你们最好小心了。这些人所谓的"青春纯真"，其实就像我们眼前的兔子，胸中杀意与陶醉并居，实属感官上的混沌乱舞，那可是包含着致命危险的啤酒泡沫。感官刺激彻底淹没伦理的状态，便是所谓弱智，抑或是恶魔。在前一阵子风靡全世界的美国电影中，就有许多所谓"纯真"的雄性和雌性，带着四散流溢的皮肤饥渴，像发条玩具似的上蹿下跳。我并非想要牵强附会，只是在想这所谓"青春纯真"的鼻祖，是否就出自美国。滑雪胜地，阳光灿烂，诸如此类。在那表象之下，又可以面不改色地实行极端愚蠢的犯罪。若非弱智，便只能是恶魔。不，或许恶魔本就是弱智。如此说来，这身材纤细娇小、手脚精致可爱，堪比月亮女神阿耳忒弥斯的十六岁的兔子处女，也顿时让人觉得索然无味。低能，那便不可救药了。

"啊呀！"兔子身后传来一声奇怪的叫喊，原来是我们亲爱的天真至极的男士——貉子的惨叫，"水！水！完了完了！"

"有什么好大惊小怪的。泥做的船，迟早都是要沉的嘛。你不知道吗？"

"不明白，想不通，这没道理啊。怎么会发生这种事情？难道说你是要把我……不……难道是真的?! 你怎么像恶魔一样心狠手辣，不会的，我不明白。你不是我老婆吗？……啊呀！要沉了！眼下这船是真的要沉了，就算是开玩笑，这也太过分了。这是犯罪啊……啊呀！真要沉了！喂！你怎么能这样对我呢？这饭盒里还装着蚯蚓通心粉蘸黄鼠狼粪便呢，这不就浪费了嘛！啊……噗！哦……要死了！喂！求你了，别再搞这种恶作剧了！喂喂，别把绳子割了！不是说好了要死一起死，夫妻两辈子，缘分斩不断吗？哎，别呀，断了断了……救命！我不会游泳啊。我说我说！以前多少还是会游一点的，但貉子到了三十七岁，浑身都不好使了，游不了啊。我说我说！我今年是三十七了，和你年纪确实相差大了点。你可要尊重老人啊！不能忘了尊老之心！啊……噗！行行，你是个好人，好人！所以赶紧把你的桨伸过来，快伸过来，让我抓住……啊！痛痛痛，你做什么！痛死我了！居然拿桨打我的头。好啊，我可算明白了！原来你想弄死我啊，我可算想明白了。"貉子死前总算看穿了兔子的奸计，然而为时已晚。

砰！砰！——冰冷的船桨无情地砸在貉子的脑袋上。夕阳西下，貉子在波光粼粼的湖面上浮浮沉沉。

"哎哟哟！哎哟哟！你好狠啊！我是哪里对不起你了吗？爱上你难道有错吗？"话音刚落，貉子便咕咚一声，永远沉了下去。

兔子擦了擦脸，说道："哎哟，看把我累的，满头汗！"

故事到这儿就结束了。话说，这是告诫人们不可耽溺色欲的寓言故事吗？还是警告人们切不可靠近十六岁美少女的滑稽闹剧？抑或是教育人们即使喜欢上一个人，也要发乎情，止乎礼，若是死缠烂打，必遭对方厌恶，最终恐有性命之虞的教科书？

又或者，这仅仅是一则笑话，暗示在日常生活中，比起善恶的道德准则，人们往往任凭个人的好恶而互相辱骂，互相惩罚，互相讨好，互相服从？

且慢，我们还是莫要急着下这种出自评论家似的结论。我们不妨就把关注点放在貉子临死之际所说的那句话上。

即"爱上你难道有错吗？"。

古往今来，这世间的文艺作品中所呈现的悲剧主题都能归结为这一句话，并非言过其实。所有女性的心中，都住着一只冷酷无情的兔子；所有的男人心中，也都有一只貉子挣扎于沉浮之间。纵是拿作者这三十多年颇为坎坷的人生经历来佐证，这一点也是明明白白、真真切切的。恐怕，即便对你而言亦是如此。这故事且先讲到这儿。

货币

奇想与微笑　太宰治短篇杰作选

在外语里，名词有阴阳之分。

货币，则属阴性。

　　妾身乃是一张百元纸币，七七八五一号。劳烦您打开自己的钱包，稍许翻看一下那些百元纸币。指不定，妾身就藏于其中。只是妾身早已身心俱疲，无暇顾及自己究竟是被塞在何人的胸前，还是被揉捏一番塞到废纸篓里，挤作一团，难以想象未来还将沦落到何种境地。就在不久前，妾身听闻，待新的现代货币面世，吾等旧货币都会被烧毁，一件不留。也罢，与其天天过着这般浑浑噩噩的生活，不知生为何状、死为何物，妾身倒宁愿自己被一把火化为灰烬，好快些升天。只不过被烧死之后，究竟是去天堂还是地狱，虽全凭上苍决定，可想来，妾身纵是坠入地狱，也未尝不可。

　　妾身出生之时，尚不是如今这般卑贱的地位。彼时，二百元和一千元这样更方便的纸币尚未出现，妾身，身为一百元纸币，可是钱中之女王，第一次从东京的大银行窗口里被交付到某个人的手中时，那接过妾身的手还在微微颤抖。您别不信呀，那可是真人真事。那人是一位年轻的木匠，他并没有把妾身折起来，而是平铺着，然后小心翼翼地将妾身放到他围裙前面的口袋里，好像正肚子疼一般，把左手轻轻地按在口袋上，无论走路也好，坐公车也好，总之从银行回家的这一路上，他的左手始终没有拿开过，就那样一直紧紧地捂着口袋。到家后，那人还小心翼翼地将妾身放至神龛前，毕恭毕敬地参拜起来。妾身初入人世间，便是这般幸福。多想就这样一直留在那位木匠的家中，可妾身在那木匠家中只不过停留了一晚，便又生出了其他的事端。那天夜里，木匠心情大好，似乎喝了不少，他转向瘦弱的媳妇，作势嚷道："别他妈小瞧我，别看我这副模样，那也是能赚大钱的男人！"说罢，他起身，双手托着妾身，就像供奉一般，小心翼翼地将我从神龛前面拿了下来，小媳妇嘲笑起他那模样，二人随即争吵起来。最终，妾身被折了两折，塞进媳妇那小钱包里。次日清晨，妾身便被带去当铺，换了小媳妇的十身和服，而妾身就这样被放在了当铺那冰冷刺骨的保险柜里。正当寒气不断地涌进身体，腹痛难挨，脑袋昏昏沉沉的时候，奇妙的事情发生了，妾身竟重见天日了。这一回，我被一个医学生用显微镜换去了。妾身被他带着，去了非常遥远的地方。最终，在濑户内海的某个小岛上的一家旅馆里，妾身还是被那位医学生舍弃了。打那之后近一个月，妾身就一直躺在旅馆小五斗柜的抽屉里，无意中听得了女服务员的闲言碎语，原来，那位舍弃妾身的医学生，不知为何，在离开旅馆之后就投海自杀了。"跟个傻瓜一样，一个人去死。要是我，像那样俊俏的男人，我可随时愿意奉陪，跟他一起去死。"一个约莫四十岁、身材肥胖、口无遮拦的女服务员说道，众人哄笑作一团。自那之后的五年时间里，妾身游历于四国、九州，身体也逐渐受到了岁月的侵蚀。随后，妾身愈加被人轻视，时隔六年再度辗转回到东京时，最终免不了陷入自我厌恶，这每况愈下、只能随波逐流的自己啊！其实呢，自从回到东京，妾身便已是身不由己，变成了在黑市里替人跑腿的女人。虽说离开东京的这五六年间，妾身变了许多，但也还是比不上这东京的变化吧。一天晚上八点左右，妾身被微醺的中间人带着，从东京站走到日本桥，然后从京桥走过银座，一路来到新桥。这一路上，且先不说自己就像身在伸手不见五指的幽林之中，在人海里跌跌撞撞看不到尽头，未承想竟还遇上了一只拦路的野猫，在幽森死寂的街头，散发出不祥的味道。随即，例行的咣当咣当、咻咻声又响了起来，纵使在这日日夜夜不停息的混乱之中，妾身也全然无法休息片刻，从那个人的手里转到这个人的手里，就像接力赛中的接力棒，一刻不停地被传来传去，托他们的福，妾身不仅变成了如今这皱巴巴的模样，身上还沾染了各种臭味，真是够了，妾身实在是羞愧万分，却也只能是破罐子破摔了。彼时，也正是日本破罐子破摔的时期吧。当时我是经何人之手，交于何人，有何目的，其间又包含了何等不堪入耳的对话，想必诸位早已是十二分了解，或许还会说早就见怪不怪了，故此，妾身就不再赘述，只是，窃以为，所谓禽兽又岂止军阀之类。而且，这并不仅限于日本人，实则是人性普遍存在的大问题。明明世人大都以为，人处在今夜恐一命难保的困境中，那物欲也罢，色欲也罢，应当都会被抛诸脑后，可允许妾身斗胆说一句，人一旦陷入攸关性命的绝境，是决计不会那样，反而只会彼此憎恨，互相残杀，任凭自己的贪念放肆横行罢了。只要这世间尚有一个不幸之人，那自己亦不能幸福，这才是生而为人所拥有的真正情感。只顾自身或者自己家庭那一时的安逸享乐，就辱骂、欺凌、推搡邻居（不，就算是您，也一定做过那样的事情。若是下意识地做了，自己竟毫无察觉，那便更可怕了。还请您感到羞耻。若还是人，就请您感到羞耻。因为羞耻之心是人才会拥有的情感），如同来自地狱的魔鬼一样大打出手，他们让妾身所看到的，满是这样一番滑稽又可悲的景象。即便如此，在这任人驱使的下贱生活中，偶尔一两回，妾身也并非完全没有想过：啊，来到这世间，真好。纵使已是如今这副身心俱疲、垂垂老矣的模样，不知此时身在何处，生活中看不到丝毫的未来，妾身也还有至今都难以忘记的小小的幸福回忆。其中之一，便发生在去某个小城的时候。妾身被一位黑市的老婆婆带着，去了那个离东京坐车三四个小时的地方。现在，就请允许妾身来说说那件事情吧。至今，妾身已历经形形色色的黑市，从这个到那个，就妾身观察，黑市里的女人比起男人来说，能双倍发挥我的作用。窃以为，这女人的欲望，比起男人的欲望，有更为彻底、卑劣、让人战栗的地方。把妾身带去那个小城的婆婆似非等闲之辈，她递给男人一瓶啤酒，就换来了我，而这一次，她来小城是为了卖红酒。那时黑市里红酒的价格明明只有一升五十到六十元，而老婆婆凑近对方，嘀嘀咕咕了许久，不时笑得花枝乱颤，不知怎的，一张妾身竟可以换回四升红酒，她面不改色地扛起酒就回家，也就是说，这位黑市的老婆婆稍稍使个手腕，就能以一瓶啤酒换四升红酒，兑了水再装回啤酒瓶里，大约能装二十瓶。总之，这女人的欲望已非区区方圆规矩所能丈量之物。即便如此，那婆婆的脸上也丝毫没有喜悦之情，嘴里还念念有词，一边抱怨如今这残酷的世道，一边走回家去。妾身被塞到了葡萄酒贩的大钱包里，快要睡着时又被一把抽了出去，这回被交到了一个约莫四十岁的陆军上尉手里。这上尉好像是黑市老板的朋友。他拿出一百根"誉"牌军用香烟[1]（这是上尉自己说的，之后经黑市老板检查，发现只有八十六根，那葡萄酒老板大为光火，痛骂他是狗娘养的

1　日本明治、大正及昭和早期的军方专供香烟品牌，一盒二十根。

骗子）。总之，妾身被那包印着"内有一百根"的纸袋子给交换了过去，随手一捏，塞进了上尉的裤子口袋里。那天夜里，妾身被带到了一家远离闹市、破破烂烂的小饭店二楼。上尉喝得烂醉，端着昂贵的白兰地一口接着一口嘬个不停，他酒品也不好，对着一旁伺候着倒酒的女人一通破口大骂。

"你那脸，怎么看都跟个福狸似的（"狐"发成了"福"的音，许是哪里的方言）。你他妈给我记好了，福狸这长相，尖嘴有须，那须，右三根，左四根。福狸的这屁吧，臭得要命，这放出来的屁那叫一多，黄色的烟就往上飘啊飘啊飘，狗闻了都得嘟噜嘟噜嘟噜转圈，最后一头栽倒。这他妈可是真的。你那脸黄得很，奇怪的黄色，肯定就是被那臭屁给熏黄的。好家伙，臭得我。不过你这家伙，还挺行，不对，是明知故犯。你这完全就是大不敬，知道不？就算不乐意，居然敢在帝国军人的鼻子下放屁，也太没常识了不是？本大爷对这个可是很敏感的。居然敢在我鼻子下放福屁，怎么能他妈当啥事没有。"尽是些那样粗俗不堪的话，上尉还一本正经地边说边骂。婴儿那刺耳的哭啼声从楼下传到了他的耳朵里，又引来一阵大骂："那饿死鬼吵得很，扫兴。本大爷神经衰弱，别他妈糊弄我。那是你的娃吧？这还真神奇，福狸的崽子哭起来居然跟人的娃一样，奇了怪了。说到底，你也太他妈不负责任了，干着这档子活还把孩子带上，真是够自私的啊。就因为全是你们这种不知天高地厚的下三烂女人，日本还在这儿苦战。像你们这种头发长见识短的人，一定还天真地以为日本肯定会赢吧。愚蠢，愚蠢！这仗，早就他妈没戏了。这福狸和狗吧，嘟噜嘟噜转着转着，啪就倒地上了。赢个屁！所以，本大爷每天晚上就这样喝酒玩女人。有错吗？"

"有。"那陪酒的女子铁青着脸说。

"狐狸究竟犯了什么错要忍受这些？如果觉得讨厌，不来不来就行了。现在全日本，会这样喝酒玩女人的人，只有你们这些人而已。你的工资是哪儿来的？好好想想吧。我们挣的钱，一大半都上缴给了政府。然后给了你们，就这样被你们挥霍在了吃吃喝喝上。不要小看我，为母则刚。在如今这世道，还带着嗷嗷待哺的婴儿工作，你想过这样的女人有多艰苦吗？你们这种人怎么会懂。我们的乳房早就已经一滴奶都挤不出来了，可孩子还从干瘪的乳房里喂奶，不，已经连喂奶的力气都没有了。啊啊，没错，就是那些狐崽子。脸瘦得像是被削过一样，满脸皱纹，嘤嘤地从早哭到晚。要给你看看吗？就算如此，我们也在忍耐。一边希望你们能够获胜，一边隐忍着。可看看你们，究竟在……"正当她要继续时，空袭警报响了起来，几乎就在同时，传来了爆炸声，那熟悉的咣当咣当、咻咻声又开始了，屋里的拉门随即染上了一片血红。"啊！来了！最终还是打过来了。"上尉大叫着站了起来，可因为那白兰地的酒劲，他晃晃悠悠的，站不稳。

那陪酒的女子像小鸟一样飞奔到楼下，迅速背起婴儿又回到了楼上。

"快，一起逃吧，快点。那儿危险，振作一点，就算打不了胜仗，你好歹也是国家宝贵的军人。"说罢，那女子便从后面一把抄起像软脚虾一样磨磨蹭蹭的上尉，架着他走下楼，连鞋都来不及穿上，就拉着上尉的手一路逃到附近的神社里，上尉一下子就四仰八叉地躺在地上，对着上空传来的爆炸声，嘴里还念念有词，咒骂着什么。随着一阵噼里啪啦，天空降下火雨。整个神社都烧了起来。

"拜托了，这位军大爷，稍微再往那边跑两步吧。在这儿只有死路一条，我们还是能逃多远就逃多远吧。"

这位从事着人们口中最为下贱的职业，皮肤黝黑、消瘦的妇人，是我这黑暗的一生中所见过的最崇高、最闪耀的人。啊啊，欲望啊，为之消散吧！虚荣啊，为之消散吧！日本正是败给了这两者。一介陪酒女无欲无求，身着粗布粗衣，一心只为救下眼前喝醉的客人，她使出浑身之力一把抄起上尉，架在自己的身上，带着他步履踉跄地逃到了稻田里。就在他们逃进田里的那一瞬间，身后的神社完全化作一片火海。

陪酒女把不省人事的上尉拖进刚收割完的稻田，让他睡在隆起的田埂下，自己则在他的身边一屁股坐下，大口喘起了粗气。上尉则早已酣然入睡，还打起了呼噜。

那一夜，整个小城没有一砖一瓦逃过大火的吞噬。直到天快亮时，上尉才醒了过来，他坐起身，茫然望向还在持续燃烧的火焰，突然注意到了坐在自己身边一下一下地点着头、昏昏欲睡的陪酒女。他顿觉狼狈，逃也似的向前迈了五六步，又折返回去，从上衣内袋里掏出了五张妾身的伙伴，又从裤子口袋里掏出了妾身，同它们叠在一起，随后将六张纸币对折，塞进了婴儿的褓褓里，挨着肌肤的内衣最里头，贴着其后背，之后他便慌慌忙忙逃走了。此时此刻，妾身深感被幸福包围着。若是货币都能派上这样的用处，那妾身将会是何等幸福。那婴儿瘦骨嶙峋的后背触感粗糙，还有些干燥。即便如此，妾身和伙伴们在一起，还是不禁感慨。

"没有比这更美好的地方了。我们是幸福的，就让我们永远停留在这里，温暖这婴儿的后背，让他变得强壮起来吧。"

伙伴们无人开口，只默默地点了点头。

香魚千金

令嬢アユ

奇想与微笑　太宰治短篇杰作选

佐野君是我的朋友。我比佐野君年长十一岁，但我俩依旧是朋友。佐野君正在东京某大学就读文科，成绩似乎不太理想，随时有可能被退学。我不知奉劝过他多少次，叫他多少搞搞学习，佐野君每次都抱着胳膊低下头，喃喃着："如此一来，只能去当小说家了。"让我不禁苦笑。他好像认为只有讨厌学习、脑子愚钝的人才会去当小说家。这些且不去谈论，佐野君最近好像坚定了决心，认为自己真的只能当小说家了。也许他的学业正在日复一日地落后。"如此一来，只能去当小说家了"，当玩笑话变为决心后，佐野君的日常生活就变得极为悠闲。他现在才二十二岁，却整天端坐在本乡出租屋的小房间里，独自沉浸在围棋练习中，有种闲云野鹤的雅趣。有时，他还会穿上西装去旅行，包里装着稿纸、钢笔、墨水、《恶之花》《新约圣经》《战争与和平》第一卷等行李。即使在温泉旅馆的房间里，他也泰然自若地靠床柱边，拿出稿纸往书桌上一摊，忧郁地凝视着香烟飘散的模样，时而挠一挠长发，清一清嗓子，已是一派文人墨客的风情。可是他很快就厌倦了那些无谓的姿态，站起来出去散步。有时他会借来旅馆的钓竿，去溪边垂钓山女鳟，可他从未钓到过。何况他也不那么喜爱钓鱼，他觉得换鱼饵可太烦人了，所以一直都用毒蚊钩钓鱼。他还专门在东京采购了好几种上等的毒蚊钩，装在钱包里带去旅行。明明不喜欢，他为何还要专门带上鱼钩去旅行，还非得去钓鱼呢？无他，不过是想体验隐君子的心境罢了。

今年六月，香鱼解禁那天，佐野君带上稿纸、钢笔、《战争与和平》等行李，往钱包里塞了好几种毒蚊钩，出发去了伊豆的温泉地。

过了四五日，他买了许多香鱼回京。据说他在伊豆钓到两条柳叶大的香鱼，一脸得意地拿回旅馆时，被旅馆的人很是嘲笑了一番，实在尴尬得不知如何是好。尽管如此，他还是请人炸了那两条香鱼当作晚饭的小菜。看到大盘子里摊放着两片小指大的"碎肉"，他终于恼羞成怒，出钱去买了。他也给我家送来了大而肥美的香鱼，还狡猾地说这是伊豆的鱼，所以他才买了。他的说法很奇怪："有的人不费什么力气就能钓到这么大的鱼，可我没学他们。我不好意思学他们，所以我向他们买了那些鱼。"

那场旅行，他还带来另一样奇怪的东西。他说在伊豆找到了意中人，想跟对方结婚。

"是嘛。"我并不想细问，因我从不爱打听别人的恋爱。只要谈起恋爱，总有人会刻意美化。

我只是毫不关心地应了一声，佐野君却没有会意，而是滔滔不绝地说起了他找到的意中人。他的话语倒是挺真实，没有刻意粉饰之处，我也就还算平静地听到了最后。

他五月三十一日晚上到了伊豆，在旅馆喝了一瓶啤酒睡下，吩咐旅馆的人翌日一早叫醒他。第二天清晨，他扛着钓竿慢悠悠地出门去了，虽然多少有点睡眼惺忪，但他还是摆出一副风骚文士的派头，用脚分开夏日的杂草走到河边。草叶上的露水清凉宜人，舒服极了。爬上土堤后，这里开着一丛松叶牡丹，那里开着一丛姬百合。再看前方，竟有一个身穿绿色寝袍的千金，裸露着两条洁白修长的小腿，正在青草地上赤脚前行。啊，何等清纯，何等美丽！那位千金离他只有十米之遥。

"啊呀！"佐野君是个单纯的人，他忍不住发出欢呼，还抬手指向了那双白皙通透又柔软的小脚。千金没怎么受惊，而是笑着放下了寝袍的下摆。这也许是她每天必做的散步。佐野君空抬着那只手，一时不知该往哪里放。他很后悔，自己竟用手指了初次见面的姑娘的双脚，这是何等失礼。"那样可不行啊……"他用责备的语气嘀咕着含糊的话语，风一般走过千金身旁，头也不回地大步离开，绊了一下，继而缓步离开了。

来到河边，他找了棵一人环抱不住的大柳树，坐在树荫底下，垂下了钓线。他才不管这里能不能钓上鱼，他只想待在没有别人钓鱼的安静地。露伴老师曾说，钓鱼的妙趣不在钓上多少鱼，而在垂钓的安静和四季风景的秀美。佐野君恐怕也怀着同样的想法。毕竟他钓鱼的初衷，就是磨炼文人的魂魄，能不能钓上鱼不算什么问题。他就是要安静地垂钓，悠闲地欣赏四季的风景。流水潺潺，香鱼游过来轻触一下毒蚊钩，又转身逃开。佐野君不禁感叹，它们可真敏捷啊！对岸开着紫阳花，竹丛里红艳艳的应该是夹竹桃。他有点困了。

"能钓到鱼吗？"女人问道。

他神情忧郁地回过头去，方才那位千金已换上了朴素的白色连衣裙，肩上还扛着钓竿。

"不，不是要钓到鱼。"他回了句奇怪的话。

"是嘛。"千金笑了。她看起来不到二十岁，牙齿漂亮极了，眼眸也漂亮极了，脖子白皙如梦，好似一触即化，真可爱。她全身都漂亮极了。千金放下钓竿说道："今天刚解禁，连小孩子都能钓上大鱼。"

香鱼千金

"钓不上也没关系。"佐野君把钓竿轻轻放在河边的青草地上，点燃了香烟。他不是沉溺女色的青年，反倒不怎么开窍。他似乎已经不在意那位千金，悠悠地喷吐着烟雾，又开始欣赏周围的景色。

"让我看看吧。"千金拿起佐野君的钓竿，收起钓线看了一眼鱼钩，"这可不行，这不是钓鲹鱼的毒蚊钩嘛。"

佐野君觉得自己丢脸了。他干脆躺倒在河岸上撒谎道："那有什么不同，我用它也钓上了一两条。"

"我把我的鱼钩分给你吧。"千金从胸前的口袋里掏出一个小纸包，蹲在佐野君身边，开始换鱼钩。佐野君依旧仰躺着，凝视天上的云彩。

"这种毒蚊钩啊……"千金一边系上小小的金色鱼钩，一边喃喃道，"这种毒蚊钩叫作小染。好的毒蚊钩都有自己的名字，这个就叫小染，是不是很可爱？"

"是嘛，谢谢你。"佐野君很不解风情。什么小染，别多管闲事了，赶紧走吧。心血来潮的热心肠对别人来说只是大麻烦。

"行啦，这下你肯定能钓上鱼。这里鱼特别多，我平时都在那块石头上钓。"

"你是……"佐野君坐了起来，"你是东京人吗？"

"哎，为什么这么说？"

"不，只是……"佐野君狼狈地涨红了脸。

"我是本地人。"千金的脸也染上了红晕。她低下头，咻咻地笑着，走向了远处的岩石。

佐野君拿起钓竿，再次安静地垂下钓线，欣赏四季的风景。他听见扑通一声。那声音挺大，他的确听见了。再看千金，竟是她掉进了水里。只见她站在齐胸的水中，手还紧握着钓竿，轻叹着爬上了岸。那真是一副落汤鸡的模样,白色的裙摆紧紧贴着她的双腿。

佐野君笑了。他开怀大笑起来,心中只有幸灾乐祸,却没有一丝同情。他突然收敛了笑容,大喊一声:

"血!"

他指向了千金的胸口。今早指了她的腿,现在又指了她的胸口。千金雪白的连衣裙的胸口上沁开了一片玫瑰似的血迹。

千金低头看了一眼胸口。

"是桑葚。"她平淡地说,"我口袋里装着桑葚,打算当零嘴的,这下浪费了。"兴许是刚才她落到河里时,不小心压坏了桑葚。佐野君又一次觉得自己丢脸了。

千金留下一句"不准你看",消失在棣棠丛中,第二天、第三天都再没有来过。佐野君还是每天悠闲地坐在那棵柳树下,垂着钓线欣赏风景,似乎也没想再碰见那位千金。佐野君不是沉溺女色的青年,反倒很不开窍。

他欣赏了三天风景,钓上来两条香鱼。只能说,这多亏了叫"小染"的毒蚊钩。钓上来的香鱼只有柳叶大小,他叫旅馆的人做成了炸鱼,自己却不怎么高兴。第四天他要回东京,一早去买送礼的香鱼,碰到了那位千金。那天她穿着黄色绸裙,正骑着自行车。

"早上好啊。"佐野君是个单纯的人,他大声对千金打了招呼。

千金只是微微点头,很快就离开了。她的表情似乎有点严肃。自行车后座上放着一束菖蒲花,白色和紫色的花朵轻轻摇晃着远去。

那天临近正午,佐野君退了房间,右手拎着装稿纸的行李包,左手提着塞了冰块的香鱼盒子,走向五百米开外的公交车站。他不时地放下行李，擦一擦头上的汗，然后叹口气，继续往前走。走了约莫三百米，背后突然传来了声音。

"你要走了吗？"

他回过头，发现那千金正对着自己笑。她手上拿着小小的国旗，黄色绸裙十分优雅，头上戴的大波斯菊假花也品位不凡。她跟一个乡下老先生站在一起。老先生穿着棉质的条纹和服，个子虽小，但看起来很直率，指节凸起的黝黑大手上抓着他刚才看见的菖蒲花束。佐野君暗自想道：原来千金早上骑着自行车，就是为了给老先生送花啊。

"怎么样？钓上鱼了吗？"千金调侃道。

"没有。"佐野君苦笑着说，"你掉到河里，把香鱼都吓跑了。"对佐野君来说，这句回应已经算十分机灵了。

"也许是我搅浑了河水吧。"千金没有笑，而是低头嘀咕道。

老先生微微一笑，走了开去。

"你怎么拿着旗子？"佐野君试着转移话题。

"因为出征了。"

"谁出征了？"

"我侄子，"老先生回答，"昨天出发的。我喝多了，在这里住了一夜。"他眯着眼睛说完了话。

"那真是恭喜了。"佐野君满不在乎地说。事变刚发生时，佐野君总是很难说出恭喜的话，现在他已经不在意了。也许所有人的心情都会渐渐被统一起来。佐野君想，这是件好事。

"老先生很疼爱那个侄子。"千金用平静而伶俐的口吻解释道，"昨晚他可能觉得寂寞，最后就住下了。这不是坏事。我想给老先生打打气，今早就去买花了。然后，我又拿着旗子来送他了。"

"你家是旅馆吗？"佐野君对此一无所知。千金和老先生都笑了。

他们走到了车站。佐野君和老先生上了车，千金在窗外朝他们挥舞着国旗。

"老先生，您可不能灰心丧气。每个人最后都是要去出征的。"

车子开动了，佐野君不知怎的有点想哭。

"真是个好人，那千金真是个好人，我想跟她结婚。"佐野君一脸认真地说完，我却无言以对，因为我已经明白了。

"你啊，真笨，怎么这么笨！那人根本不是旅馆的千金。想想吧，她六月一日大清早的就在外面散步，又是钓鱼又是玩耍，那是因为别的日子都不能出来玩。你后来都没见到她，不是吗？那当然了，因为她每个月只能休息一天。明白了吗？"

"这样啊。那她是咖啡馆的女侍应？"

"是就好了，可我看不是。老先生对你说起留宿的事情时，是不是有点害羞？"

"哇！我知道了，原来是这样啊。"佐野君握紧拳头，咚地砸向桌子。看来他愈加坚定了自己的想法，这下只能当小说家了。

千金。相比好人家的大小姐，那个香鱼姑娘反倒更好，反倒是真正的千金。啊，也许我是个俗人。听见朋友要跟那种境遇的姑娘结婚，我会强烈反对。

关于服装

奇想与微笑　太宰治短篇杰作选

我曾经暗暗钻研过一种事物，那便是服装。当时我正在弘前高等学校上一年级，我成天穿着条纹和服，系角带[1]出门。我还拜了女师父，学习义太夫[2]。那种痴狂只持续了一年，后来，我就愤怒地舍弃了那些服装，此举并没有多么高尚的动机。一年级的寒假，我去东京玩耍，夜晚穿着风流人士的服装掀开了关东煮小摊的帘子。"姐儿，给咱来点热乎的，要热乎的。"我操着不堪入耳的所谓的风流腔调，自以为装得颇像那么回事。不一会儿，我忍着烫，咽下那热乎的酒，大着舌头施展了一通学来已久的装腔作势的词汇，真不知究竟胡说了些什么。等到说完了，卖关东煮的姐儿咧嘴一笑，天真地说："小哥是东北[3]的吧。"她也许是在奉承我，可我感到大为扫兴。我也不是天生的蠢蛋，当晚就愤怒地扔掉了所有风流衣冠。从那以后，我就一直努力穿着普通的服装。可我身高有五尺六寸五分[4]（也曾测得过五尺七寸以上，但我不太相信那个结果），哪怕只是普普通通地走在大街上，也多少有些扎眼。上大

1　男式腰带，宽约十厘米，长约四米，是最常用的腰带款式。

2　全称"义太夫节"，江户时代兴起的一种净琉璃（三味线伴奏的说唱叙事曲艺）。

3　指日本行政区划的东北地方。——编者注

4　此处所记太宰治的身高约为一百七十一点七厘米，岚山光三郎所著《文人恶食》则记为一百七十五厘米。

学时，我穿的服装都很普通，却还是被朋友提醒过。原来橡胶长靴是比较异样的装扮。胶靴很方便，它不需要穿袜子，可以穿足袋，也可以光脚塞进去，不必担心被人看出来。我平时总是光脚，穿上胶靴就格外暖和。出门时，胶靴也不像系带的鞋子那样，需要在门口磨磨蹭蹭地穿个半天。只需左脚一插，右脚一踩，就能出发了。脱鞋时双手都无须离开裤袋，抬脚轻轻一踢，鞋就脱下来了。无论水坑还是泥路，都能昂首阔步。胶靴真是好东西。为何不能穿胶靴呢？好心的朋友只说那样太奇怪，奉劝我不要再穿。他说："你大晴天也穿胶靴出去，有点特立独行。"也就是说，人们觉得我穿胶靴出门是为了打扮。那真是天大的误会。我上高等学校一年级时已经痛感到自己成不了风流人士，从此在衣、食、住方面只爱简单实惠。然而我无论身高、脸型还是鼻子，都要比常人大上一些，似乎很是碍眼。我只不过随手戴了一顶猎帽，朋友就会纷纷好心劝告：你怎么想到戴猎帽呢？不怎么合适啊，看着挺奇怪，还是摘了吧。我实在不知如何是好。看来，长着大号零件的男人，只因为这样就要比别人更努力。我只想低调地待在人生的角落里，人们却不愿意放过我。有一次我气急了，甚至想过干脆像林铣十郎阁下那样留一把大胡子。不过一个大胡子男人在这只有六叠、四叠半和三叠[1]房间的小房子里走来走去，恐怕会十分怪异，最后只得放弃。朋友曾经一本正经地感叹："萧伯纳如果生在日本，恐怕当不了作家啊。"于是我也认真地思考起了日本的现实主义，回答道："就是心境的问题吧。"我本想接着陈述两三句意见，朋友却笑着说："不对。萧伯纳不是身高七尺嘛，七尺的小说家在日本可没法生活。"我就这么被他耍了，但着实无法为那天

1　分别约为十平方米、七平方米和五平方米。

　　　　　　　　奇想与微笑　太宰治短篇杰作选

真的玩笑由衷地展露笑容。我只感到心中一寒。若是再长高一尺可如何是好！真是太危险了。

我上高等学校一年级时，早早参透了爱美的无常，从此变得破罐破摔，再也不做选择，拿到什么穿什么，自以为颇为普通。尽管如此，我还是成了朋友们批评的对象，渐渐变得胆怯起来，开始暗中钻研服装。说是钻研，我已经不知多少次被人提醒自己的粗俗，因此再也没有生出过我想穿那身衣服、想用这种古老面料做一件羽织等故作风流的欲望。我只会一声不吭地穿给到自己手上的衣服。而且不知为何，我对待自己的衣服和鞋子极端吝啬，为它们花钱时，正如文字描述的那般，会感到割肉之痛。哪怕揣着五元专门去买鞋，也要在鞋店门前来来回回走上好几遭，万千思绪如潮水般袭来，最后横下心，走进鞋店旁边的啤酒馆，把五元花个干净。我似乎认定了，衣服和鞋子不该自己花钱买。就在三四年前，故乡的母亲还会在每季给我寄一些衣服物什。母亲已经十年没有见我，不知道我已经成了这样胡子拉碴的穷讲究的男人，寄来的和服花纹都很夸张。穿上如此大的絣单衣 [1]，我看着就像相扑力士。或是穿上染了满身桃花的寝衣，我就成了在遭难的后台瑟瑟发抖的新派老头演员。总之是不成体统的。但我素来不对别人给的衣服说三道四，纵使内心无奈，也会穿到身上，郁闷地盘腿坐在屋里吸香烟。朋友偶尔来访，看见我那副模样，总会露出想笑又憋不住的表情。我则高兴不起来，最终忍不住脱掉那件衣服，将它塞到充当仓库的地方去。现在我已经收不到母亲寄来的衣服了，我必须靠自己的稿费买衣服穿。但我对给自己买衣

---

[1] 絣为织法，用事先染好色的异色经纬线织出花纹。单衣为和服种类，指单层无里布的和服。

服这件事极端吝啬，这三四年来，我只买了一件夏天的白絣，还有一件久留米絣的单衣。除此之外就只穿母亲以前寄来的，被我塞到了充当仓库的地方，又在需要时随手扯出来的衣服。譬如现在，若要举出我夏秋两季的衣服，盛夏便是一件白絣，随着气候转凉会添上久留米絣的单衣和铭仙絣的单衣，外出时换着穿。在家只穿丹前下[1]的浴衣。那件铭仙絣是内人亡父的遗物，走起路来衣裾爽滑，很是舒服。不可思议的是，只要穿上这件和服出门玩耍，必定会下雨，这也许是已故老丈人对我的告诫。我还穿着它遭过大水。一次在南伊豆，另一次在富士吉田，每次都让人头痛不已。南伊豆那次是在七月上旬，我下榻的小温泉旅馆被浊流吞噬，险些就要被冲垮了。富士吉田那次是在八月末的火祭。当地朋友叫我过去玩，我说现在还太热，等凉快一些再去，那朋友又说吉田的火祭一年只有一次，还说那里已经凉快下来了，下个月该冷了。那封信看起来怒气冲冲，我只好匆匆赶到了吉田。离开家时，内人提醒我穿那件和服出去小心又遇到洪水。我当时就有种不好的预感。到八王子时天气还很晴朗，在大月换乘前往富士吉田的电车时，已经下起了大暴雨。挤满车厢的登山者和男女游客纷纷抱怨着外面的豪雨，我穿着老丈人留下的招雨和服，总觉得自己是这场豪雨的罪魁祸首，实在是诚惶诚恐，连头都不敢抬。到达吉田后，依旧是大雨瓢泼，并且越下越大了。我与来车站迎接的朋友一道，三步并作两步地躲进了车站附近的饭馆。朋友很是同情我，而我知道这场豪雨正是我身上这件铭仙絣和服招来的，反倒觉得很对不起朋友，只是那罪名过于沉重，我不敢坦白交代。那火祭自然也是办不成了。听说这里每年到了富士山封山之日，

1　用作夹棉和服（丹前）打底的衣服。

家家户户都会在门口堆起丈余高的柴火，点火答谢木花开耶姬[1]，还比赛谁家的火势更猛烈。我未曾见过那样的节日，本以为今年能看到，却因为豪雨看不成了。后来我们就在那饭馆里喝酒聊天，等待雨停。入夜之后，外面甚至刮起了风。女服务生稍稍打开木窗，低声说了句："哎，有点红光。"我们都站起来窥看，只见南边的天空染上了一丝红晕，想来是有人在这场暴风雨中想方设法为木花开耶姬点起了答谢的篝火。我突然感到万分寂寥。这让人恼怒的暴风雨，都是因为我穿了招雨的和服。我这个雨男不合时宜地从东京来到这里，破坏了吉田男女老少不知盼望了多久的欢乐良宵。我若此时对女服务生坦白，自己就是那个带来暴雨的雨男，也许马上就要遭到吉田镇民的围殴。最后我还是狡猾地对朋友和女服务生隐瞒了自己的罪行。那天深夜，雨势变小了，我和朋友离开饭馆，一起住进了湖畔的大旅馆。翌日早晨格外晴朗，我告别朋友，乘坐汽车越过御坂岭前往甲府，可是车刚开过河口湖约莫二十分钟，刚要开始爬山时，就进入了可怕的山崩地段。十五名乘客各自卷起了衣服下摆和裤腿，抱着徒步爬过山岭的觉悟，三三两两走上了山。无论往前走多远，都见不到甲府那边过来迎接的汽车，最后众人只好放弃并折返，重新坐上原来的汽车回到吉田町。这一切都是因为我那件有魔性的铭仙绊和服。下次若是听闻哪里大旱，我就穿着它过去，四处逛一逛。等到天降沛然雨，那么我这无力的人，也算是做了一些贡献。除了这件招雨服，我还有一件久留米绊的单衣。这是我第一次用稿费买的新衣，因此我十分爱惜它，只在最重要的外出场合穿着它。我把它当成了一等一的礼服，人们却不怎么能注意到它。我穿它出门时，谈

1　琼琼杵尊之妻，日本初代天皇神武的先祖。

事情总是不太顺利，人们大抵要轻视我。也许是因为这件衣服看着像居家服。回到家后，我必定会愤懑不平，并且想起葛西善藏，最后痛下决心，绝不丢弃这件和服。

从单衣转到衬里和服的时期很让人为难。九月末到十月初那十天里，我总是被一种不为人知的忧愁缠绕。我有两件衬里和服。一件是久留米絣，一件是某种绢布和服[1]。它们都是母亲以前寄给我的，但花纹意外地细小朴素，所以我没有将其塞到城市一角的仓库里，而是一直留在家中。我这种人无法贴身穿着绢布和服，踏着毛毡草履，摇晃着手杖，在外面风雅地漫步，所以总会不自觉地躲开那件绢布和服。这一两年来，只在陪同朋友相亲，以及正月到内人的故乡甲府探亲时穿过两次，而且穿的时候，也没有搭配毛毡草履和手杖，而是穿着袴裤，踏着新买的矮木屐。我讨厌毛毡草履并非为了炫耀自己的蛮风。毛毡草履外观优雅大方，走进剧场、图书馆和其他建筑时，不像穿木屐那样需要麻烦看鞋人，所以我也穿过一次。然而我的脚底接触到草履表面的草席，实在是打滑得很，让我极为焦躁不安，感觉比穿木屐还要疲累五倍。于是从那以后，我就再也不穿毛毡草履了。至于手杖，摇晃着它走在大街上确实给人饱学之士的感觉，看着并不坏，然而我比常人个子略高一些，什么手杖到我手上都显得短小。苔是硬要将它拄在地上，我就得猫着腰。整天猫着腰拄着拐杖走路，看起来恐怕像个扫墓的老翁。五六年前，我发现有一种登山用的细长冰镐，曾拄着它在大街上行走，最后被朋友说我低级趣味，不得不慌忙放弃。其实我并非出于趣味拄着冰镐上街的，实在是普通的手杖过于短小，让我拄着不舒服，没一会儿就心烦意乱。

细长结实的冰镐，于我的肉身是必要的存在。虽然有人告诉我手杖不是挂着走，而是拿着走的东西，可我这人平生最痛恨拎东西。即使去旅行，我也会想尽办法，最好能空着手乘上火车。不仅是旅行，我认为在人生的一切事情上，拎着许多东西行走都是陷入阴郁的开端。行李越少越好。我活了三十二年，身上的负担是越来越重，为何还要在散步的时候主动拎上麻烦的行李呢？我外出时，管他是不是好看，都要把东西塞进怀里带着走，可手杖如何塞进怀里呢？要么扛在肩上，要么只能一只手拎着，真是太麻烦了。而且大街上的狗也许会把它当成武器，看见了就狂吠不止，那就真是一点好处都没有了。无论怎么想，贴身穿着绢布和服，脚踏毛毡草履，拎着手杖，甚至套上白足袋的形象，都不适合我。这也许叫作穷酸相吧。顺带一提，我离开学校后的七八年里，从未穿过一次洋装。我并不讨厌洋装，非但不讨厌，还觉得它方便轻快，总是很想穿它，但我一件洋装都没有，所以从未穿过。故乡的母亲从不给我寄洋装，我又身高五尺六寸五分，现成的洋装并不合适。若是去做件新的，又要搭配上鞋子、衬衫等附属物品，恐怕得花掉一百多元。我在衣、食、住方面极其吝啬，若要我花一百多元置办洋装，我情愿跳下断崖一头栽进大海的狂涛中。一次我去参加 N 氏的出版纪念会，当时我除了身上的丹前棉袄，一件和服都没有，便向朋友 Y 君借了西装、衬衫、领带、皮鞋和袜子，将那一套穿在身上，挂着谄媚的微笑去出席。当时熟人的评价也很糟糕，都说你穿洋装虽然稀罕，但是不好，不适合你，怎么突然想起来穿这种衣服了？连借衣服给我的 Y 君也在会场一角小声抱怨，因为被我穿在身上，他的洋装都遭到了贬低，他今后再也不想穿那身衣服出门了。生平唯一一次穿着洋装，就落得了那样的下场，不知我下次再穿洋装是在何时。现在我丝毫不想投入一百元去置办洋装，那个日期恐怕还甚为遥远。现下，我只能凑合着穿手头仅有的和服吧。前面也提到，我有两身衬里和服，绢布那件我不太喜欢。另有一件久留米絣，我倒是甚为喜爱。我还是更喜欢随意的、书生气的服装，也愿意一辈子都带着书生气活下去。凡是要参加什么大会，头天晚上我都把这件和服叠好塞在被褥底下，睡在它上面。就像参加入学考试的前夜，我心里会有种淡淡的激动。于我而言，这身和服就像出征的战袍。随着秋意渐浓，到了穿上这身和服得意扬扬、昂首阔步的季节，我就会松一口气。换言之，从单衣到衬里和服的过渡期，我实在没有适合穿出去的衣服。过渡期总会让我这种无力之人惶惶不可终日，在夏秋两季的过渡期尤甚。穿衬里和服还太早。我虽然想早点穿上自己喜爱的久留米絣衬里和服，但白天实在热得受不了。若是坚持穿单衣，又显得特别寒酸。反正都寒酸，倒不如在寒风中弓着背瑟瑟发抖地行走，可那样一来，人们又要说我是穷酸招牌、乞丐示威、瞎闹别扭了。若像寒山拾得那般以非同寻常的打扮扰乱他人的心神，实在是不太妥当，所以我尽量穿着普通的服装。简单来说，我就是没有哔叽和服，一件好的哔叽和服都没有。真要说的话，的确是有一件，但那是我上高等学校沉迷时髦打扮时悄悄购买的，浅红色条纹纵横交错的款式。待我从时髦的梦中醒来，怎么看都不觉得这是件男人穿的衣服。显然是女装。想必那段时间我是真的被冲昏了头脑。一想到我毫无疑义地穿着如此难以形容的夸张和服，扭曲着身子走在大街上，我就忍不住双手掩面，痛苦呻吟。这衣服怎么能穿上身啊？我连看都不想看它。我已经把它塞进仓库里忽略了很久。去年秋天，我把仓库里的衣服、鞋子和书籍整理了一番，卖掉了不要的东西，只把有用的东西带回家去。回到家中，当着内人的面解开那个大包

　　奇想与微笑　太宰治短篇杰作选

袱时，我怎么都无法保持平静，忍不住涨红了脸。因为我结婚前的浪荡生活，此刻都要暴露在她眼前了。几件穿脏的浴衣洗也没洗就被塞进了仓库，臀部磨破的棉袄也被揉成一团扔了进去，没有一件东西见得了人。那些东西或是肮脏，或是散发着霉味，或是花纹奇怪且夸张，怎么看都不像正经人的东西。我解开包袱时，心中不断自嘲。

"都是些废品，可以卖到废品店去。"

"多浪费呀，"内人也不嫌脏，一件一件拿起来看，"这可是纯毛面料，拿去改改吧。"

我一看，她拿的就是那件哔叽和服。那一刻，我恨不得逃到门外去。我应该是把它留在了仓库，怎么会跑到这个包袱里？直到现在我都不明白为什么。莫非我拿错了？真是失策。

"穿它的时候我还很年轻。你肯定觉得特别夸张吧。"我掩饰了内心的狼狈，故作平静地说。

"还能穿呀。你不是一件哔叽的都没有嘛，这件正好。"

这怎么能穿？在仓库放了十年，面料已经褪色，变得很是奇怪，成了类似羊羹的颜色。浅红色的纵横条纹也变成了脏兮兮的柿子色，宛如老太婆的衣服。重新拿出来一看，这件奇怪的衣服更是让我无奈得不忍直视。

那年秋天，我有一份必须当天完成的工作，一大早便爬了起来。看向枕边，一件陌生的和服叠得整整齐齐的放在那里。就是那件哔叽的。秋风渐凉，那件衣服像是拿去洗过并且重新缝过，比之前干净了一些，只是羊羹色的面料和柿子色的条纹还是那个样子。然而那天早上我实在急着工作，顾不上考虑衣服，便一言不发地穿上它，早饭都没吃就动起了笔。中午过后总算写完，刚松了一口气，一个很久不见的朋友突然来访。他来得正好。我跟朋友一同吃了午饭，聊了许多事情，然后出去散步。走进附近井之头公园的树林时，我才意识到自己是怎样一副模样。

"哎呀，不好，"我忍不住闷哼，"这可不好。"说完，我就站定在原地。

"怎么了？肚子痛吗？"朋友担心地皱着眉，打量着我的脸。

"不，不是那个意思，"我苦笑道，"这身衣服，你不觉得奇怪吗？"

"是啊。"朋友认真地回答，"好像是有点夸张。"

"这是我十年前买的东西，"我又迈开了步子，"应该是女式的。现在又变色了，更是……"我突然没有了行走的力气。

"没关系，不算太显眼。"

"是嘛。"我稍微有了些力气，跟他穿过树林，走下石级，来到了池塘边。

我还是感觉不太对劲。我已经三十二岁了，早已是个胡子拉碴的大男人，又自以为经历过一些苦难，现在却穿着如此难看又扯淡的衣服，踏着磨损的木屐，在公园无所事事地闲逛。不认识我的人，也许会以为我是这一带的肮脏小混混。就算是认识我的人，恐怕也要轻蔑地说那家伙怎么又这样了，为何不能安生一点？因为一直以来，我都被误会为怪人。

"不如去新宿那边走走吧？"朋友提议道。

"别开玩笑了，"我摇着头说，"穿成这样去新宿，万一被别人看见，我就真的丢人丢大了。"

"怎么会呢？"

"不，我才不去，"我坚决不答应，"就在附近的茶馆坐坐吧。"

"我想去喝酒，还是进城吧。"

"那个茶馆也卖啤酒。"我不想进城。一是因为身上的衣服，二是因为今天写完的小说实在不好，心情有点烦躁。

"别去茶馆了，那里太冷。还是找个地方好好喝上几杯。"这个朋友最近遇到了一些不愉快的事情，我也早有耳闻。

"那就去阿佐谷吧。我实在不想去新宿。"

"你知道那儿有什么好店吗？"

其实算不上什么好店，只是此前常去那个地方，就算穿得如此奇怪也不会遭到怀疑，若是身上的钱没有带够，也能下次再结账，很是方便。再加上那是没有女侍应的酒馆，无须太过在意穿着打扮。

傍晚，我们在阿佐谷车站下了车，一起走在大街上。我心里很不自在。映在商店橱窗上的身影，颇有寒山拾得的风采。这身和服倒映在窗中像是鲜红色，让人联想到八十八大寿被人套上红色衬袄的老翁。在这艰难的世道中，起不到一点积极的作用，文学的声誉也毫无起色，十年如一日，踏着磨损的木屐，在阿佐谷徘徊。今天还专门穿上了红色的和服。也许，我永远都将是个失败者。

"无论多少岁都一样啊。我倒是觉得自己努力过了。"走着走着，我忍不住抱怨起来，"也许文学就是这样。我啊，看来是不行了。你瞧，都穿成这样出门了。"

"对啊，服装还是要讲究一些为好。"朋友宽慰道，"我在公司也吃了不少亏。"

这个朋友在深川的一家公司上班，跟我一样不爱为服装花钱。

"不是服装，而是更深层的精神。我受的教育不行。不过魏尔伦是真的不错。"魏尔伦与红色的和服究竟有什么关系？我感到自己的话格外唐突，顿时有些害臊。可是，我在感叹自身的零落，产生失败者的意识时，必定会想起魏尔伦哭泣的样子，并得到救赎。我会因此想要活下去。那个人的软弱，反而给了我活下去的希望。我固执地坚信，唯有软弱的内省达到极致，才能迸发出真正崇高的光明。总而言之，我想继续活下去。抱着最高的骄傲，在最糟糕的生活中，继续活下去。

"提魏尔伦会不会太夸张？反正穿着这身衣服，无论说什么都没用。"我突然有点受不了。

"不会，没问题。"朋友轻轻笑着说。路上亮起了街灯。

那一夜，我在酒馆犯了个大错。我打了那个好朋友。一切都怪这身衣服。近来我一直在练习无论面对什么事情都保持笑容，因此完全没有粗暴之举。可是那一夜，我动手了。我认为，一切都怪这身红色的和服。衣服真可怕，它会影响人的心灵。那一夜，我带着异常卑微的心情喝酒，始终郁郁寡欢。我甚至害怕酒馆主人赶我出去，于是躲在昏暗的角落里喝酒。但我朋友在那一夜格外有精神，把古今东西所有艺术家骂了个遍，甚至控制不住自己，跟店主人争论起来。我知道那店主人有多可怕。有一回，店里一个陌生青年也像我朋友这样喝醉了酒，与别的客人纠缠。店主人突然像变了个人，严肃地向他宣告：你知道现在是什么时候吗？请你出去，以后别再来了。我当时就想，这店主人真可怕。此时此刻，我的朋友酩酊大醉，纠缠着店主人不放。我不禁心情忐忑，猜测店主人很快就要让我俩尝尝被赶出去的屈辱了。如果是平时的我，就算被赶出去也不觉得屈辱，必定会跟朋友一起愤慨不已。可是那一夜，我因为身上的奇装异服，已经彻底没了精神，只能一边观察店主人的脸色，一边小声劝阻朋友，叫他安分一些。然而朋友的口舌之箭变得愈加锐利，当时的情势终于发展到马上要被赶走了。那一刻，我想起安宅关的故事，决定出此下策。我要挺身成为弁庆，施与慈悲的铁拳了[1]。心意已决，我抬起手来啪啪扇了朋友两个耳光，尽量打得不痛又响亮。

"你给我清醒一点。真是的，你平时都不这样，今晚这是怎么了？清醒点吧！"我用店主人也能听见的音量说了这些话，勉强躲过了被赶走的危机，刚要松一口气，没承想那"义经"竟冲着"弁庆"扑了过来。

"你竟敢打我，别想让我放过你！"朋友大声叫喊，全然不配合演戏。孱弱的"弁庆"狼狈地站起来左躲右闪，该来的最终还是来了。店主人笔直朝我走来，下达了逐客令：请你到外面去，别打扰其他客人。仔细一想，的确是我先动的手。别人当然看不出这是弁庆的苦肉计。客观来看，我才是那个粗暴的人。就这样，我留下醉酒吵闹的朋友，被店主人赶到了店外。我心中愈加愤恨了。都怪这身衣服。若是穿着正常的衣服，店主人就会多多少少认同我的人格，不让我受这被驱赶的耻辱了。身穿红衣的"弁庆"佝偻着走在阿佐谷的大街上，步履沉重。此时此刻，我只想要一件好的啤叽和服，能随意穿着走出去的衣服。但是在买衣服这件事情上，我极端吝啬，以后恐怕还要因为衣服吃不少亏。

作业：国民服[2]，如何？

1　义经与弁庆隐姓埋名前往奥州时经过安宅关，关守险些认出义经。弁庆临机应变，举杖殴打义经，斥责他："一介苦力竟敢长得像源义经。"此时关守已经确信那就是义经，但念在弁庆护主的忠心，放他们过去了。

2　在"二战"时期日本实施物资管制令的情况下，对民众的服装进行合理化及简单化所设计的服装。款式类似中国的中山装。

酒的追忆

酒 の 追 憶

所谓酒的追忆，并非酒展开追忆，而是关于酒的追忆，或是关于酒的追忆及以其为中心，对我的过往生活形态的追忆。如果把这个意思直接用作标题，那就太长了，并且有故作奇怪之嫌，于是我才将它简化为《酒的追忆》。

我最近身体有点不好，已乖乖戒酒一段时间，后来突然感到这样太荒唐，便吩咐家里人温了酒，用小酒杯慢慢啜饮了二合[1]。就这样，我陷入了深深的感慨。

酒啊，当然要温过，用小杯啜饮最好。这是理所当然的。我读高等学校时开始喝日本酒，只觉得这种酒又辣又冲，用小杯啜饮都很难入口，更喜欢装模作样地端着库拉索、薄荷酒或波特酒，举到嘴边舔上一口。因此我看到那些喝得满地酒壶、大吵大闹的学生，心里总是充满嫌恶、轻蔑和恐惧。你可别说，这是真的。

后来我就习惯了日本酒。一开始只为了不让艺伎笑话，强忍着小口啜饮，然后必定会猛地弹起来，风一般跑进茅房，流泪呕吐，痛苦呻吟，继而顶着苍白的面孔回去，吃下艺伎给我剥的柿子，经过无数次丢人的苦修，我终于渐渐习惯了喝日本酒。

1　合，日本计量单位，主要用于计量酒或者米，一合约为一百八十毫升。——编者注

单用小杯啜饮已是如此惨烈，更别说用大杯喝酒、喝冷酒，甚至与啤酒混饮了。在我看来，那简直是让人战栗的自杀行为。

过去，连独酌都算不得什么优雅的行为，必须有人在旁边斟酒。若是哪个男人斗胆说酒还是独酌好，那他便要被视作野蛮下等的人物。那时候，连拿着小杯仰脖吞酒，都会惊吓到旁人，倘若是独酌时两杯三杯地咽下，更是成了醉酒胡闹，恐怕要被逐出社交界。

用小杯痛饮两三杯，已是如此大的骚动，倘若用了大酒杯，或是干脆用碗，便是要登报的大事件了。新派戏剧的高潮常有这样的场景：

"姐姐！就让我喝吧！求你了！"

跟负心汉分了手的年轻艺伎捧着酒碗郁郁寡欢。她的姐姐辈要去夺走酒碗，于是年轻艺伎更是郁郁寡欢。

"小梅啊，我明白你的心情，但你不能这样喝。用碗喝酒太堕落了。你若非要喝，干脆先杀了我吧。"

于是，二人相拥而泣。在整场戏中，这是最让人战栗、兴奋、激动得手心出汗的场面。

若是变成冷酒，场面就会愈加凄惨。沮丧的总管抬起低垂的头，朝夫人凑过去，带着心意已决的表情，压低声音说：

"小的能说句话吗？"

"啊，你说吧，尽管说。反正我已经不指望他了。"

这是店里少爷失踪后，他的母亲和店总管忧心忡忡的场面。

"那小的就说了，您可做好准备。"

"你就直说吧！"

"我看见少爷他……深夜摸进厨房里，那个，喝冷酒……"好不容易说完，总管俯下身子哭了起来。夫人猛地后仰，发出惊呼，同时响起秋风萧瑟的音效。

由此可见，喝冷酒几乎被理解成了极尽暗淡凄惨的犯罪行径。更别说烧酒了，那东西只会在鬼怪故事里登场。

后来，世事巨变。

我第一次喝冷酒，或者说被迫喝冷酒，是在评论家古谷纲武君家中。当然，此前也可能喝过冷酒，但我对那一次记忆最深。那年我应该二十五岁了，因为参加了古谷君他们创办的同人杂志《海豹》，而杂志事务所又设在古谷君家中，所以我常去他家做客，听古谷君谈论文学，喝古谷君的酒。

那时的古谷君高兴起来特别高兴，一不高兴就特别阴沉。记得那是一个早春的夜晚，我来到古谷君家，他轻蔑地对我说：

"你是来喝酒的吧？"

我听了很是生气。他这样说，就像我总占他的便宜似的。

"你别这样说话。"

我强装笑容回答道。

古谷君也微微一笑。

"可你还是会喝吧？"

"可以喝点。"

"不是可以喝点，你就是想喝吧？"

那时候的古谷君有点得理不饶人，我气得想转身就走。

"喂——"古谷君转头喊了一声夫人，"厨房不是还有半瓶酒吗？你拿过来，连瓶就好。"

于是我决定再坐一会儿。酒的诱惑实在太可怕了。夫人拿来了剩下"半瓶"的酒。

"不用温一下吗？"

"用不着，你拿个茶杯倒给他吧。"

古谷君异常傲慢。

我气极了，一言不发地仰脖咽下。根据我的记忆，那是我有生以来头一次喝冷酒。

古谷君袖着手，定定地看我喝酒，然后开始品评我的服装。

"你又穿了一身不错的里衣啊。不过外衣露出里衣的穿法可是歪门邪道。"

那身里衣是故乡奶奶给我的旧衣服。我越听越不高兴，开始自斟自饮有生以来初次品尝的冷酒。就是喝不醉。

"冷酒怎么跟水一样，一点味道都没有。"

"是嘛。等着吧，一会儿你就醉了。"

半瓶酒很快就见了底。

"我走了。"

"走吧，不送。"

我独自离开了古谷君的家，走在夜晚的路上，心中特别悲凉，于是小声唱起了一首轻快的小曲。

我呀，
就要被卖走啦。

突然，真的是突如其来地，我醉酒了。看来，冷酒真的不是水。我醉得厉害，宛如天灵盖生出了巨大的龙卷风，吹得我双脚离地，像在云雾中行走。下一刻，我就跌倒了。

我呀，
就要被卖走啦。

我喃喃道，爬起来，再次跌倒，世界围着我飞速旋转。

我呀，
就要被卖走啦。

歌声如同蚊蚋，悲凉又孱弱，像远处袅袅飘来的云烟。

我呀，
就要被卖走啦。

我再次跌倒，继而爬起，"不错的里衣"也沾满了泥污，走丢了木屐，只穿着足袋乘上了电车。

后来直到现在，我已经喝了不知几百几千回冷酒，再也没有陷入过如此糟糕的事态。

关于冷酒，还有一件让人难忘的往事。

讲那个故事之前，要先介绍一下我与丸山定夫君的交情。

太平洋战争持续深入的一年初秋，丸山定夫君给我写了一封信，大意是：

我很想来拜访你，请问你方便吗？届时我还会带个同伴来，你愿意见见吗？

在此之前，我从未见过丸山君，也未与他通过信。但我知道丸山君是知名演员，也去看过他的舞台表演。于是我回信表示随时恭候大驾，还附上了我家的简易地图。

"您好，我叫丸山。"几天后，玄关传来了我在舞台上听过的富有特征的熟悉声音。我立刻起身，迎了出去。

丸山君是一个人来的。

"还有一个人呢？"

丸山君微笑着说：

"其实是这家伙。"

说完，他从包袱里拿出了一瓶托米威士忌[1]，摆在玄关柜上。我不禁感叹，这人很有品位。当时——哪怕是现在，别说托米威士忌，我等凡人连烧酒都很难搞到。

"您别怪我小气，今晚我想跟您喝个半瓶。"

"啊，是嘛。"

剩下半瓶要拿走是吧。这么高级的酒，那当然得这么做。我突然有了主意，转头呼唤内人。

"喂，家里有瓶子吗？拿一个过来。"

"不，我不是那个意思。"

丸山君连忙说。

"今晚咱俩喝半瓶，剩下半瓶我想放在您家。"

这时我更是万分感慨，丸山君果然是个有品的人。但凡我们抱着一升瓶去见朋友，都是打算跟朋友喝光那瓶酒，而对方也会理所当然地这样想。有时甚至只拎两瓶啤酒，喝完意犹未尽，再从东道主那儿反钓些酒水出来，这叫作以小博大。

总而言之，我是头一回见到如此礼数周正的酒客。

"怎么，那不如今晚全都喝掉算了。"

那一夜，我过得十分愉快。丸山君对我说，现在全日本只有您信任我，请您今后多多关注我呀。我听了大为得意，挺着胸膛开始大放厥词，最后丸山君似乎有点应付不下去了。他对我说：

"今天先这样吧，我告辞了。"

---

1 TOMY'S MALT WHISKY，"二战"前东京酿造公司生产的日本第一款威士忌。

"那可不行，威士忌还剩一点呢。"

"您留着吧。过几天发现还有剩的，又能高兴一会儿。"

这话一听就像出自吃过苦头的人。

我把丸山君送到吉祥寺车站，回家路上误入了公园的树林，在一棵大杉树下狠狠地撞了鼻子。

翌日早晨，我对镜一看，鼻头红得惨不忍睹，而且肿得老高。我郁郁寡欢地去吃早饭，内人说：

"早餐酒喝点什么？威士忌还剩着一点呢。"

我输了。原来如此，难怪他要剩下一点。丸山君真是太善解人意了。我不禁为他的温柔倾倒。

后来，丸山君也不时给我邮寄一些酒水，偶尔还会亲自上门，带我去光顾能喝到许多好酒的地方。东京的空袭渐渐严重，丸山君依旧常带我去喝酒，每次我打定主意要请客，飞也似的跑去结账，总会听到同样的回答："丸山先生已经结过账了。"就这样，我一次都没能请上客，实在是惭愧不已。

"新宿的秋田，您知道吧？听说今晚是最后一天营业，咱们去吧。"

头天晚上，东京刚经历了烧夷弹的大空袭。丸山君穿着一身蓝底刺白花的火场厚袄，像表演忠臣藏夜袭一样跑来邀请我了。当时伊马春部君也搞了一顶铁盔，说是不知还有没有下次，专门到我家来玩耍。我和伊马君一听就来了精神，急忙跟着丸山君走了。

那天夜里，秋田来了大约二十个常客，老板娘给每人塞了一瓶秋田产的美酒。我从来没参加过如此奢华的酒宴。客人们个个抱着一升瓶，用大杯子自斟自饮。下酒菜也用大碗装着，堆成了小山。毫不夸张地说，那将近二十个常客个个都是名留青史的酒豪，却怎么也喝不完席上的酒。我当时已堕落为无论冷酒还是什么酒都能毫无顾忌地痛饮的野蛮人，但是喝到七分已是极为难受，再也喝不下去了。那瓶秋田产的美酒，度数好像很高。

"怎么不见冈岛先生啊？"

一个常客说。

"冈岛先生家昨天被烧没了。"

"那可不就来不了了。真可怜啊，这么难得的好机会……"

众人正谈论着，一个满脸煤灰、浑身脏兮兮的中年男人慌慌张张地走了进来。他正是冈岛先生。

"哎，你竟然也来啦。"

大家无奈地感叹道。

在这场非同寻常的酒宴上，醉态最丢人的莫过于我的朋友伊马春部君。据他后来的书信，那天与我们分开后，他醒来时发现自己睡在路边，铁盔、眼镜和提包都不知所终，身上几乎全裸，而且遍体鳞伤。那是他在东京喝的最后一场酒。几天后他就接到征兵令，被送上汽船奔赴战场了。

关于冷酒的追忆到此为止，接下来我想说说混饮。现在混饮已成了常事，谁也不觉得这有什么不妥，但在我上学时，这还是一种极为野蛮的行径，若不是人中豪杰，恐怕都不敢尝试。我去了东京的大学后，曾被同乡学长带到赤坂的饭馆吃喝。那学长是个拳手，在中国满洲[1]旅居过很长时间，是个身材高大、相貌堂堂的大丈夫。那个人刚坐下就对女侍应说：

"我们要喝酒，整点日本酒，再拿几瓶啤酒来。如果不混着喝，我根本喝不醉。"

1　指日占时期的伪满政权所在地。

真是威风凛凛。

于是他先喝一壶日本酒，再换上啤酒，如此交换着喝。我对他的豪放心生畏惧，独自拿着小杯啜饮。不一会儿，他唱起了"少小离家肤如玉，如今已是满身伤"的马贼小调。我记得自己当时害怕极了，一点醉意都没有。他混饮了一会儿，就撑起巨大的身躯说要小便。我看着他山一般的身姿，顿时满是敬畏，忍不住叹了口气。换言之，当时在日本敢于混饮的人，只有那些英雄豪杰。这么说绝不为过。

那么现在呢？冷酒、大杯酒、混酒都已经不算什么，只管喝就对，喝醉了便好。醉了大可以闭上眼睛。醉了大可以去死。甚至还冒出了酒粕烧酒之类奇奇怪怪的东西，绅士淑女就算控制不住嘴角的扭曲，也会毫无顾忌地痛饮。

"冷酒是毒啊。"

说着这种话相拥而泣的戏剧，在如今的观众眼中也许只会激起失笑。

最近我身体不太好，久违地拿起小杯啜饮着一级酒，想到饮酒这种事的激烈变化，不由得目瞪口呆，后知后觉地意识到自己已然堕落到如此境界的同时，忽觉身边的民俗世象转变之快如同恐怖的噩梦或鬼怪故事，一时间汗毛直竖。

佐渡

佐

渡

阿桂丸。总吨数：四百八十八吨。乘客定员：一等舱二十人，二等舱七十七人，三等舱三百零二人。船票：一等舱三元五十钱，二等舱二元五十钱，三等舱一元五十钱。航程：六十三千米。新潟出航时间：下午二时。到达佐渡夷时间：预计下午四时四十五分。船速：十五节。不知为何，我突然想去佐渡。十一月十七日，天上下着细雨，我身穿藏蓝色絣和服，下系袴裤，脚踏贴桩的安下屐，站在船尾甲板上。我没穿披风，也没戴帽子。船破浪而行，沿信浓川出海。船身激起水花，朝着目的地畅游。岸边排列的仓库都在为我送行，继而远去。被水打湿发黑的防波堤出现在前方，深入大海处矗立着白色灯塔。船已经开到河口了。接下来，便要进入日本海。船身猛地晃动一下，身下已是海水。引擎声猛然加剧，渡船开足了马力。总算要全速前进了。船速为十五节。甲板上很冷。我不再眺望新潟港，转身进了船舱。来到光线昏暗的二等舱深处，我裹着找侍应生借来的白色毛毯睡下，专心防止自己晕船。我极不擅长乘船，总是心惊胆战。船身悠悠地晃动。我决定假装死了，于是闭上眼，一动不动。

去佐渡要做什么？我自己也不知道。十六日，我在新潟的高等学校做了一场蹩脚的演讲。翌日，便乘上了这艘船。我听说，佐渡是个萧条的地方。我还听说，那是个萧条如死城的地方。我早就对那里心怀好奇。比起天国，我对地狱更觉好奇。我听说过丰饶的关西、明媚的濑户内海，心里自然也会好奇，却从来没想过去看看。我去过相模和骏河，再往外，就一次都未曾踏足。我想等年纪再大一些再出去看看。等我有了充裕的游玩之心，想在关西慢悠悠地走上一圈。现在，我的好奇心还一味朝着地狱的方向。既然去了新潟，便想到佐渡看看。必须到佐渡看看。就像蒙受了死神的召唤，我毫无理由地被佐渡深深吸引。也许我是个十分感性的人。萧条如死城之地，我就喜欢这种地方，着实惭愧。

此时，我像死了一般躺在船舱角落，心中却充满了悔意。我去佐渡做什么呢？为何明知什么都没有，却非要在这么冷的时节，换上一张严肃的面孔，专程系上袴裤，一个人到那种地方去呢？说不定，我很快就要晕船了。没有人会夸奖我。我感到甚为愚蠢。都长这么大了，我为何还会干这种蠢事？我还没有宽裕到能够恣意做这种旅行。考虑到家里的经济情况，我一分钱都不该乱花，却因为一时兴起，开始了如此无谓的旅行。本来并不想去，可是一旦开口，就要硬着头皮执行。若不这样做，我就总觉得要被人当作骗子，心里很不舒服。仿佛自己输了，颇为不情愿。明知道是蠢事，也要去执行，最后因为强烈的悔恨而腹痛难耐。多么无谓。无论长到多少岁，我都在重蹈覆辙。这种旅行，也只是愚蠢的旅行。我为何非要去佐渡不可？这样有意义吗？

我裹着毛毯，睡在船舱角落，内心十分不愉快。我气自己，气得不得了。我觉得，就算去了佐渡，肯定也没有好事。我闭了一会儿眼，痛斥自己愚蠢，然后猛地坐起身来。不是因为晕船恶心，而是相反。我假装自己死去，一动不动地躺了约莫一个小时，并未感到晕船。我觉得没问题了。想到这里，我又觉得躺着很蠢，只能坐起身来。刚站起来，我就打了个趔趄。船颠簸得很。我靠在墙边，扶着柱子，装模作样地迈着小碎步走出船舱，站到船腹的甲板上。我瞪大了眼，极目远眺。佐渡已经出现在前方。岛上全是红叶，岸边耸立着赤色的悬崖，被海浪一阵阵地拍打。我已经来到这里了。怎么这么快？现在只过了一个小时。乘客都很安静，还在船舱里躺着。甲板上也有两三个四十来岁的男人，都优哉游哉地眺望着前方的岛屿，忙着喷云吐雾。没有一个人表现出兴奋，兴奋的只有我。海角上矗立着灯塔，我终究还是来了。但是，没有人发出声音。密云压境，天空是一片灰鼠色，雨已经停了。海岛只离甲板不足百米，船沿着海岸缓缓前进。我有点明白了，这船怕是要绕到岛阴再靠岸。想到这里，我稍微放下心来。我跟跟跄跄地走到船尾，新潟——或者说日本内地已经看不见了，眼前是一片阴郁严寒的大海。海面一片漆黑。螺旋桨激起了喧嚣沸腾的飞沫，在黑色海水的衬托下宛如鹰鸷般鲜明。大片的水滴被桨叶击飞，化作层层叠叠的柔软波纹。日本海是一幅水墨画。我做了毫无意义的定论，心中有些得意。我此刻的面孔，也许酷似刚从水底浮出的小野鸭。我又跟跟跄跄地回到船腹的甲板上，看着眼前无声的海岛，得意的小野鸭脸也泛起了几分疑惑。船和岛都对彼此摆出素不相识的面孔。岛并不来迎接船，只是沉默地目送。船也不去问候岛，只是步调平稳地与之擦肩。海角的灯塔渐渐远去，船依旧悠然前行。我方才还以为它要绕到岛阴，并因此放下心来，看来事实并非如此。岛要被船抛在身后了，这也许不是佐渡岛。小野鸭狼狈不堪。昨日我从新潟海岸望见的就是这座岛。

"那是佐渡吗？"

"是的。"高等学校的学生回答道。

"能看见灯火吗？佐渡是否已沉睡，灯火无处寻，反过来就是假如醒着，必定能看见灯火，此时应该有灯火才对。"我摆出了无聊的理论。

"看不见。"

"是嘛，那歌里唱的就是骗人的呀。"

学生们都笑了。是这座岛，没有错。的确是这座岛，可汽船正在若无其事地离开，默杀支配了一切。这也许不是佐渡岛，算算时间，假如这是佐渡岛，那么此时到达未免太早了。这不是佐渡，我羞愧得手足无措。昨日在新潟的沙丘上，我煞有介事地指着它断言：那就是佐渡吧。学生们明知我弄错了，却兴许是因为我的语气过于庄重，不忍心嘲笑否定我，才逢场作戏给了那样的回答。过后，他们一定会怀疑我是个笨老师，说什么能否看见灯火，还模仿我的样子互相调笑。一想到这里，我就恨不得当场脱下裤裤，扔到海里去。但我转念又想，不会有那种事。从地图上看，新潟附近只有佐渡这一座岛屿。昨天那些学生，也都是诚实的人。我又开始猜测这应该是佐渡岛，但不能确定。汽船还在不留情面地前行，乘客一言不发。唯有我在甲板上四处徘徊，心慌意乱，几次想去问人，又怕这如果真是佐渡岛，坐在去佐渡的汽船上询问"那是什么岛"显得太过愚蠢。我也许会被视作疯子。唯有这个问题，我怎么都不敢问出来。若是问出来了，恐怕跟走在银座询问这是不是大阪一样怪异。我的懊恼与焦躁愈加深刻。我想知道。船上有这么多人，唯独我一人对事实浑然不觉。的确如此。海面越来越暗，这座沉默的岛屿也染上了黑色，船渐渐开远了。总之这就是佐渡，船定是要在海上绕个大圈，到阴面的港口停泊。情急之下，我只能这样说服自己，试图平静下来。然而，我还是难以平静，蓦然望向前方的海面，我愣住了。我有了出乎意料的发现，这么说绝非夸张，我感到恐惧，甚至毛骨悚然。汽船前进的方向，远远浮现出了苍白模糊的大陆影子。我仿佛看到了可怕的东西，我决定装作没看见。可是大陆的影子确实隐隐约约浮现在水平线上。我不禁想，那莫不是满洲？可是，我很快打消了那个想法。我内心的混乱达到顶峰，我开始猜测那是不是日本内地，可是方向不对。朝鲜？不可能，我又慌忙否定了。思绪乱作一团。能登半岛？有可能。我刚想到这里，身后的船舱就嘈杂起来。

"能看见了。"这句话传入我耳中。

我很烦躁，那块大陆就是佐渡，太大了，简直像北海道那样大。我认真地想，它恐怕有台湾那么大。假设那片大陆的影子就是佐渡，那我此前煞费苦心的观察就成了彻头彻尾的谬误。高等学校的学生骗了我。那么，眼前这个黑乎乎的无趣小岛又是什么？真无趣。怎能这样迷惑人？也许新潟和佐渡之间自古就有这样的岛屿。我从中学起就不喜爱地理学科，我真是一无所知。我彻底失去了自信，不再费心观察，而是回到了船舱。假设那片云烟般模糊的大陆就是佐渡，那么船还要再开好一会儿才到。我早早就跑出来咋咋呼呼，太吃亏了。我再次感到烦躁，拽起毛毯在船舱角落躺了下来。

然而其他乘客与我正相反，他们一个接一个坐起了身，有的在收拾行李，也有年轻的夫人披上先生的外套，勇敢地出舱参观，周围越来越嘈杂了。我又坐了起来，觉得自己真愚蠢。侍应生来收毛毯的租金了。

"快到了吗？"我刻意装出刚睡醒的声音。侍应生瞥了一眼手表。

"是快到了。"他回答道。

我顿时慌了手脚，不知如何是好，于是先从包里掏出毛线围巾缠在脖子上，走上甲板。船已经不再晃了，引擎声渐渐平息下来。天空和大海都变得格外阴沉，外面下着小雨。再看前方的黑暗，港口竟亮着二三十盏灯，那一定就是夷港了。许多乘客已经穿戴整齐，走到了甲板上。

"爸爸，刚才那是什么岛？"一个十岁左右、穿着红外套的少女抬头问旁边的男士。我不动声色地侧耳倾听他们的对话。这家人似乎来自大城市，想必跟我一样，都是第一次来佐渡。

"是佐渡呀。"少女的父亲回答。

这样啊。我和少女都点了点头。接着，我又悄无声息地走近那家人，想听听少女父亲的解释。

"爸爸也不太明白。"男士有些不安地补充道，"好像因为那座岛是这样的形状——"他用双手比出海岛的形状，"而汽船走的是这里，所以看起来像两座岛。"

我稍微踮起脚，窥视那位父亲摆出的形状。哦，这下我全明白了，一切多亏了少女。原来佐渡岛像个倒下的"工"，由一片低矮的平原维系着两条平行的山脉。大的山脉便是方才我看见的那片云雾缭绕的大陆，沉没的岛屿则是小一点的山脉，平原过于低矮，无法望见。现在，船即将在平原的海港靠岸。仅此而已，真是巧妙。

我踏上了佐渡，这里与内地没什么区别。大约十年前，我去过一次北海道，当时一上岸就难以抑制心中的兴奋。双脚踏在土地上的感觉，与内地截然不同，大地的根似乎无比庞大，我想，那里的土地与地底结构全然不同于内地。我又想，那一定是从大陆延续而来的土地。后来我对北海道出身的朋友说起此事，朋友十分佩服我的直觉，表示正是如此。北海道被津轻海峡隔开，与日本内地存在着地质上的分离，反倒跟亚洲大陆属于同种地质。

说到这里，那个朋友还举了几个例子证实这一点。我踏上佐渡，悄悄感受了脚下的土地，却没有任何异常。这里跟内地一样，我迅速得出结论，这里是新潟的一部分。外面下着雨，我没有伞也没有斗篷。五尺六寸五分的地质学家手足无措，对佐渡的热情已经冷却。我想，大可以直接掉头回去。我犹豫着，不知该怎么办。我抱着提包，在港口阴暗的广场上徘徊。

"老爷。"旅馆拉客的喊了一声。

"好，走吧。"

"去哪儿呀？"老伙计一脸迷茫，也许是我的语气太强硬了。

"当然是去那儿啊。"我指着伙计手上的提灯，上面写着福田旅馆。

"得嘞。"老伙计笑了。

老伙计叫来汽车，我与他一起坐了上去。这是个阴暗的城镇，有点像房州一带的渔业小镇。

"生意好吗？"

"不行啊，一过九月就没什么生意了。"

"你是东京人？"

"是呀。"一头白发的方脸伙计露出了微笑。

"福田旅馆在这儿属于好旅馆吧？"其实我并非心血来潮。在新潟那边，我已经向学生打听了两三家好旅馆的名称，福田旅馆好像是第一个被提出来的。方才我在广场上听见有人呼唤，还瞥见了提灯上写着福田二字，当即做了决定。总之，先在这里住上一夜吧。"今晚我本打算直接去相川，可是天上下着雨，正不知怎么办，就听见你叫我了。再一看提灯，上面写着福田旅馆，我就决定在这里住上一夜。我在新潟向人打听过，一看见你这提灯，就猛地想起来了。大家都说你那儿是最好的旅馆。"

"您过誉了。"伙计困惑地挠了挠头，谦虚地说，"其实就是个小破店。"

旅馆到了，那里并不破，虽然有点小，但散发着古老旅馆的沉静气息。后来我听女侍应说，连亲王都在这里住宿过。我被领到的房间也不错。屋里有个小小的暖炉。我走进浴室剃须，随后端坐在火炉前。在新潟与高等学校的学生打完交道，我到现在都甩不掉举止端正的习惯。女侍应也像背后扎了根棍棒，挺直身子彬彬有礼地对我说话。我觉得可笑，又无法一下子放松下来，甚至吃饭时也没有松开端坐的姿势。我喝了一瓶啤酒，毫无醉意。

"这座岛有什么特产吗？"

"有的，这儿的海鲜种类多，产量也大。"

"是嘛。"

谈话中断了。过了一会儿，我又静静地问道：

"你是佐渡人？"

"是的。"

"想到内地看看吗？"

"不想。"

"是吧。"什么是吧，我也不知道。我只是格外装模作样。对话又中断了一会儿。我吃了四碗饭，我从未吃过这么多饭。

"白米饭真好吃啊。"吃的是白米。我意识到自己吃得有点多，忍不住感叹一声，掩饰自己的羞耻。

"这样啊。"女侍应早已显示出一副坐立不安的样子。

"来点茶吧。"

"怠慢您了。"

"哪里哪里。"

我好像一名武士。吃完饭，独自端坐在屋子里，武士遭到了睡魔的侵袭，万分困倦。我拿起桌上的电话，向楼下的柜台问了时间，武士身上没戴表。六时四十分，如果现在就睡下，旅馆的人可能要瞧不起我。武士奋然站起，在缃袍外面披上藏蓝色絣和服，拿出钱包看了一眼，故作严肃地出了走廊。大摇大摆地下了台阶，傲然矗立在门口，命令刚才的伙计拿来木屐和雨伞。

"我出去走走。"斩钉截铁地宣言完毕，我走出了旅馆。

刚走出去几步，我就像变了个人，开始惊慌四顾。我只拣小路走，雨几乎停了，路很不好走，天也很黑。远处传来海浪声，但不觉寂寥，这里没有孤岛的感觉。我还是觉得自己仿佛走在房州一带的渔村。

总算找到了。门口的灯笼上写着"义经"，管他是义经还是弁庆，我只想走访佐渡的人情。我走进门去。

"我来喝酒了。"我的声音已然缓和下来，不再是武士了。

我就不说这里的坏话了，总之进去的人都是笨蛋。这家饭馆全然不见佐渡的旅愁，只有饭菜。那些山一样的饭菜让我倒尽了胃口。螃蟹、鲍鱼、牡蛎一盘接一盘地端了上来。一开始我还强忍着保持沉默，最后实在受不了，对侍应生说：

"我不要饭菜。已经在旅馆吃过了。螃蟹和鲍鱼，还有牡蛎，都在旅馆吃过了。我不是担心付不起钱，不，当然也有点担心。但最重要的是，这些饭菜都浪费了。我什么都不吃，只要两三壶酒便好。"

我很明确地拒绝了，戴眼镜的女侍应却笑着回答：

"您难得来一趟，还是吃点吧。要不，再叫些艺伎来助兴可好？"

"好吧。"我松动了。

一个小小的女人走了进来。你是艺伎吗？我很想严肃地质问，但不会说这个女人的坏话。总之叫她来的人都是笨蛋。

"你要吃菜吗？我在旅馆吃过了，放着多浪费啊，请你吃吧。"我最不能容忍浪费食物，扔掉残羹剩饭是世上最大的浪费。对着一盘饭菜，我要么全都吃完，要么全然不动筷。钱可以乱花，因为拿到钱的人会好好使用它。若是饭菜剩下了，就只能被扔掉，那就是彻头彻尾的浪费。我看着眼前这堆白白浪费的饭菜，感到无比痛心。我对这里的人充满了愤懑，他们太不注意了。

"快吃吧。"我不胜其烦地催促道，"如果你不好意思在客人面前吃，那就等我走了，跟大家分着吃吧，不然多浪费啊。"

"那我不客气了。"女人像是可怜粗鄙的我，咻咻地笑了两声，无比郑重地行了个礼，却没有拿起筷子。

这一切，都像东京郊区的感觉。

"我困了，先回去了。"我内心毫无波澜。

回到旅馆，已是晚上八点多。我又一次换上武士的英姿，命令女侍应铺好被褥，很快便睡下了。明早我要去相川看看。夜半，我突然醒了。啊，是佐渡，我暗暗想着。远处荡漾着阵阵涛声，我突然清楚地感觉到，自己睡在一座遥远孤岛的旅馆房间里。我彻底清醒了，很难再入睡。我总算捕捉到了所谓"萧条如死城"的强烈孤独感，这种感觉一点都不好，我难以忍受。可是，我专门到佐渡来，不就是为了寻找这种感觉吗？应该好好体会，多体会体会。我躺在被褥里，睁着眼思索各种事情。我认为不能抛弃自身的丑陋，只能不断滋养它。直到纸门微微发白，我一次都没合眼。翌日早晨，我吃饭时对女侍应说：

"昨晚我去了叫义经的饭馆，那里太无趣了。房子虽然很大，但是不好。"

"是呀。"女侍应放松地说，"那是最近刚开的饭馆。据说老字号的寺田屋更有档次，更值得去呢。"

"没错，必须有档次。早知道就去寺田屋了。"

不知为何，女侍应竟笑得停不下来。她低头压抑着声音，笑得肩膀直颤。我虽然不明就里，但也哈哈笑了。

"我还以为客人您不喜欢饭馆呢。"

"不会不喜欢。"我也不再装模作样了。我觉得，还是旅馆的女侍应最好。

结了账出发时，那个女侍应对我说："您走好呀。"我觉得那句话说得真好。

我乘上了前往相川的汽车，乘客几乎都是当地人，很多人患了皮肤病。不知为何，渔村似乎多发皮肤类疾病。

今日秋高气爽，窗外的风景与新潟没有任何不同。植物的绿意已经减退，山都很低矮，树木小而扭曲，乡间小道上吹着阵阵凉风。路上的女孩们都披着长长的吊钟斗篷，沿路村子的人毫不理睬外人，踏踏实实经营着生活。他们对旅行者都是默杀的态度。一言以蔽之，佐渡忙着生活，毫无波澜。

乘了两个小时的汽车，终于到达相川。这里也像房州一带的渔村，道路干硬发白。这片土地上的人同样默默经营着生活，一点都不欢迎旅行者。抱着提包在这里徘徊，甚至会让人感到羞耻。我为何要来佐渡？心中再次浮出疑问。我明知这里什么都没有，从一开始就知道呀。尽管如此，我还是来到了相川。现在日本并非四处游玩的时节，我很清楚。参观游玩究竟是种什么心态？前些天我读了瓦塞尔曼的小说《男人四十》，里面有这样一段话："他决定去旅行。并不是为了办什么事，只是顺从了内心的冲动。他觉得，压抑着冲动不去旅行，就是对自己不忠，就是在欺骗自己。那些看不到的美好山水，失落的可能性与希望都让他烦恼不已。

无论既有的幸福多么美好,那种难以平复的丧失感都会让他永远沉浸在不安之中。"也许,我也只是因为不想体会不去旅行的悔恨,才漂洋过海到了佐渡。佐渡什么都没有,也不可能有。就算再愚蠢,我也很清楚这点。可是若不过来亲眼看看,我就总会惦记着。参观游玩的心理,或许就是如此。不怕夸张地引申出去,人生大抵就是这样的过程。看过之后的空虚,没有去看的焦躁,人在这些连锁的情绪中坐立难安地活过了三十岁、四十岁、五十岁,然后便要死去。我快要放弃佐渡了,我想搭乘明日一早的渡船回去。我抱着提包,带着这个想法,走在土地干硬发白的相川城中,总觉得抓不住这里的印象。白天的相川街头没有人,城镇摆出一副漠然不知的模样,仿佛在对我说:你来干什么?这里并不冷清,而是空荡荡。这里不是参观的地方,城镇瞧也不瞧我一眼,忙忙碌碌地过着自己的生活。我磨磨蹭蹭地走在路上,感到万分羞耻。

我真想今天就回东京去,可是没有汽船。阿桂丸明早八点从夷港出发,我必须等到那个时候。佐渡应该还有一座城叫小木,但是去小木还要乘三个小时的汽车。我哪儿都不想去了,无事不该旅行,我决定在相川停留一晚。新潟的学生说,这里有个叫浜野屋的旅馆很好。我想,至少要找个好点的旅馆落脚。我很快便找到了浜野屋,那是一座很大的旅馆,同样空荡荡。我被领到了三楼的房间,拉开纸门,外面就是日本海。海水有些浑浊。

"现在能泡澡吗?"

"澡堂要四点半才开。"

这个女侍应应该是个现实主义者,她说起话来格外生疏。

"附近有什么名胜吗?"

"难说,"女侍应叠好了我的裤裤,"天儿太冷了。"

"不是有金矿吗?"

"有是有，不过今年九月就规定不对外开放了。您中午吃点什么？"

"不吃了，晚饭提前一点吧。"

我换上缊袍，走出旅馆，在外面闲晃。我去海边看了看，没什么感慨。我又爬上山，看到了金矿的一部分，规模似乎特别小。我又在山路上走走停停，接着望见了日本海。我一个劲往上爬，空气越来越冷了。于是我又慌忙下了山，继续在城里走。我买了许多特产，心情一点都不愉快。

也许这样就好了，我终于看过了佐渡。翌日早晨，我五点起床，在电灯下吃了早餐。六点必须坐上汽车。早饭有四五种配菜，我只就着咸菜吃了米饭，喝了味噌汤，别的菜一点都没碰。

"那是茶碗蒸蛋，您快吃呀。"现实主义的女侍应用母亲的口吻说道。

"是嘛。"我打开了茶碗蒸蛋的盖子。

外面还是一片昏暗。我站在旅馆门前等车，披着黑毛毯的男女老少从我面前走过。他们全都一言不发，脚步匆匆。

"那都是矿山的人吗？"我对旁边的女侍应小声说。

女侍应沉默地点了点头。

（作者后记：旅馆及饭馆的名称做了改动。）

传奇

ロマネスク

仙术太郎

以前，津轻国神梛木村有个叫锹形惣助的人。他是神梛木的村长，四十九岁才得了一个儿子，惣助给他起名叫太郎。太郎一生下来就打了个大大的哈欠。惣助认为那哈欠大得怪异，觉得自己在前来庆贺的亲戚们面前丢了脸。没过多久，惣助的担心就成了现实。太郎从不主动吃母亲的奶，只会躺在母亲怀里，不情愿地张开嘴，等着乳房自己凑过来。把老虎玩具塞到他怀里，他也不去玩，只会盯着摇晃的老虎头发呆。早上睡醒了，他从不急着爬出去，而是闭着眼装睡两个小时。太郎这孩子，就是不喜欢轻快的动作。三岁那年，他惹了点小事，锹形太郎的大名因此传遍了全村。其实那件事很小，甚至登不上报纸。其实就是太郎到处走了好远。

那是一个初春的日子。晚上，太郎悄无声息地爬出了母亲的怀抱，咕噜噜滚到地上，接着滚到屋外去了。一出门，太郎就唰地站了起来。惣助和太郎的母亲都熟睡着，并不知道他去了外面。

满月映照着太郎光洁的额头，轮廓有点模糊。太郎穿着青鳞花纹的汗衫，套着慈姑花纹的袄子，光脚走在满是马粪的砂石路上，朝东边去了。他困顿地半闭着眼，吐着急促的呼吸，一直走啊走。

翌日早晨，整个村子都震惊了。因为三岁的太郎竟若无其事地睡在离村子足有一里远的汤流山苹果林中央。汤流山的外形就像融化的碎冰，有三座缓和起伏的山岭，一直朝西边倾斜过去。最高峰不过百余米高。没有人知道太郎怎么跑到了山里。不，太郎肯定是独自爬上去的，但谁也不明白他为何要上山。

挖蕨菜的姑娘发现了太郎，把他装在竹篓里晃晃悠悠地带回了村。村民们见了竹篓里的孩子，个个皱起黝黑油亮的眉头，都说他是让天狗拐走的。惚助见孩子没事，嘴上直磕巴。他既不能说为难，也不能说太好了。太郎的母亲倒是没那么慌乱，她抱起太郎，往采蕨菜姑娘的竹篓里塞了一卷粗棉布作为谢礼，接着就拿出一个大盆，烧了热水，静静地给太郎洗澡。太郎身上并不脏，反倒又白又胖。惚助在澡盆旁边飞快地踱步，最后不小心绊到澡盆，洒了一地的水，被老婆骂了一顿。尽管如此，惚助还是没离开，站在老婆背后盯着太郎，一直问："太郎啊，你看见什么了？"太郎连连打着哈欠，咿咿呀呀地大叫不止。

那天夜里，惚助钻进被窝后，总算明白了太郎说的是什么：百姓炊烟忙。大发现！惚助躺在那儿，激动得想拍大腿，却被厚重的被子碍了事，不小心打在肚子上，痛得直哼哼。他陷入了沉思。村长的儿子就是将来的村长啊，年仅三岁就关心起了百姓家的炊烟，这可是前途光明啊。这孩子爬到了汤流山上，定是俯瞰了神梛木村的晨景，看见家家户户晨起做饭，四处炊烟升起。这是何等超凡的眼光啊！这孩子将来定有大作为，我得好好培养他。惚助悄悄起身，给睡在旁边的太郎仔细掖好了被子，接着又伸出手，给太郎旁边的老婆胡乱掖了几下被子。他老婆的睡相很差，惚助假装看不见那张牙舞爪的睡姿，用力扭过头去喃喃自语：这可是太郎的亲妈，我得好好待她。

　　太郎的预言应验了。那年春天，村里的苹果树都开出了硕大的淡红色花朵，香气一直飘到十里外的城里。到了秋天，好事就更多了。苹果个个长得大如手鞠球，红似珊瑚，多如泡桐果。摘一个下来尝尝，果肉鲜甜多汁，异常爽脆，轻轻咬上一口，汁水能溅人一脸。下一年元旦，好事又降临了。一千只仙鹤从东边飞来，村民们见了纷纷惊叹。鹤群缓缓划过元旦的蓝天，往西边去了。那一年秋天，地里结的稻穗也不输上一年的苹果，把稻子压弯了腰，村子富裕起来了。惣助坚信太郎的预言之力，却忍着没向村里人夸耀，也许是因为不想溺爱孩子，也许是盘算着能否从中捞一笔。

　　过了两三年，年幼的神童竟走上了歧途。不知从何时起，太郎就被村里人起了个懒虫的外号。后来连惣助都觉得，儿子被这么叫也没办法。太郎长到六七岁，也不像别的孩子那样漫山遍野乱跑。他夏天坐在窗边，支着下巴看外面的风景，冬天则坐在炉火边，凝视炉里的火焰。他很喜欢猜谜，一个冬天的夜里，太郎懒洋洋地躺在炉边，眯着眼睛看向旁边的惣助，慢悠悠地出了个谜面：什么东西进了水里也不湿？惣助晃了三次脑袋想了想，回答说不知道。太郎幽幽地闭上眼告诉他：是影子。这下惣助开始觉得太郎烦人了。这儿子若不是个蠢货，也定然是个白痴吧。也许村民说得没错，他就是个笨蛋。

　　太郎十岁那年秋天，村子里发了大水。在村北边缓缓流淌的五六米宽的神椰木川因为连日的雨水暴涨起来。发自水源的浑浊山洪翻卷着大大小小的旋涡袭向下游，六条支流合成一条，瞬间冲走了几百根原木，连根拔起岸边的青冈栎、冷杉和白杨，这些原木在山脚下的渊泽里几经沉浮，又一鼓作气撞碎了村里的木桥，如同大海一般漫延开来。大水一直淹到村里人家的基石，冲走了家里养的猪，淹没了一万多个稻垛，让它们顺水漂走。五天后，雨停了。十天后，水总算退了。到了第二十天，神梛木川又恢复成原本的五六米宽，在村北边缓缓流淌。

村里人每天都凑作一堆商量该怎么办，每次商量都会得出同样的结论——俺们不想饿死。这个结论每次是商量的出发点。到了第二天夜里，他们又不得不从头开始商量这件事，再得出同样的结论。商量总是没个尽头，很快，村子就乱了，老百姓开始闹事。一天，十岁的太郎给双手抱头、长吁短叹的父亲提了建议：要解决这个很简单，只需到城里去，请领主大人救济便可，就让我去吧。惣助猛地爆发出欢声，接着他很快发现，这话说得实在是太轻巧了。于是他刚松开的双手重新抱住了脑袋，连眉头都拧作一团。"你还是个孩子，所以想得简单，大人可不会这么想。你去找领主直谏，搞不好连命都没了。别瞎想了，不能去，你可千万不能去。"那一夜，太郎揣着手走出屋，一路赶去了城里。村中没有一个人知道这件事。

直谏成功了。太郎运气很好，他不仅没有丢掉小命，还得了奖赏，兴许是那位领主大人忘记了法律条文。托他的福，村子没有灭亡，第二年又渐渐兴盛起来。

后来那两三年，村民们都连声夸奖太郎。两三年过去后，他们就忘了，太郎又成了村长家的笨蛋少爷。太郎每天跑到库房里，一本接一本地读惣助的藏书。他有时会看很奇怪的画册，却也面不改色地照读不误。

不久之后，他发现了记载仙术的书籍，同样如饥似渴地读了起来，翻来覆去读了好多遍。他在库房里修行了将近一年，已经学会了变成鼠、鹰、蛇的法术。他化作老鼠在库房里飞奔，不时停下来吱吱叫两声。他又化成老鹰，从库房窗户飞出去，自由地翱翔长空。他还化作蛇，爬进地板底下，躲避蛛网，靠肚子上的鳞片在清凉背阴的草地上四处游走。随后，他又学会了变成螳螂的法术，但是那法术只能让他变成螳螂，一点都不好玩。

惣助对这个儿子算是彻底绝望了。尽管如此，他还是很不甘心地对孩子母亲说："这孩子就是太有才了，才会如此懒惰。"太郎十六岁那年情窦初开，喜欢上了隔壁油店的女儿，那姑娘吹笛子可好听了。太郎常常躲进库房里变成老鼠或蛇，偷偷去听姑娘吹笛。他对姑娘完全着了迷，恨不得自己变成津轻最英俊的男人。于是太郎开始渴望靠仙术变成英俊的男人。到了第十天，他的愿望实现了。

太郎战战兢兢地对着镜子一看，吓了一大跳。只见他皮肤白皙得几近透明，脸颊鼓胀起来，有了肉乎乎的富态，两眼又细又长，口唇处生出了长长的胡须，就像天平时代的佛像那般，连他胯下的东西也像古人那般变得又细又软。太郎大失所望，仙术的书太古老了，竟是天平时代的东西。变成这样根本没用，得从头再来。太郎又一次施展法术，但是没有用。出于一己私欲施展的法术不管是好是坏，都会牢牢刻印在身体里，怎么改都改不掉。太郎连着努力了三四天，到了第五天，他总算是放弃了。长着这般古典的面容，肯定是讨不到女子欢心的。不过世上从来不缺好事之人。太郎失去了仙术的法力，顶着肉脸和胡须从库房里走了出来。

他对惊得合不拢嘴的父母说明了事情经过，好不容易让他们信服，闭上了嘴巴。既然已经成了这副模样，他必然难在村里待下去。于是太郎留下一封书信说要出门旅行，当天晚上就飘飘然走出了家门。满月当空，轮廓有些许模糊，却并非天气的缘故，而是太郎的眼睛模糊了。太郎心不在焉地走着，开始思索美男子这种东西。很久很久以前的美男子，为何到现在却成了人们眼中的蠢相？这不应该呀，这不是也挺好的嘛，不过这个谜题实在太难解。太郎穿过邻村的树林，一路走到了城里，甚至越过了津轻的边界，也没有想出答案。

至于太郎施展仙术的秘诀，就是揣着手靠在柱子或墙上，呆呆地嘀咕几十遍几百遍不好玩、不好玩、不好玩、不好玩、不好玩……待到进入无我的境地，就能成功了。

打架大王次郎兵卫

以前，东海道三岛的宿场有个叫鹿间屋逸平的人，他家从曾祖父那代开始酿酒。都说酒能体现酿酒人的人品，鹿间屋的酒向来清澈辛辣，那酒的名字叫水车。逸平有十四个孩子，六个是儿子，八个是女儿。他的长子不谙世事，只知道按逸平的吩咐做生意，他对自己的思想没有自信，就算有时向父亲提几句意见，也会说到一半就完全没了气势。"您说得有道理，可我觉得问题太多了，恐怕是错的，不知父亲如何想，也许是我弄错了"——就这样说到最后，他总是自己打消了原来的意见。逸平每次都用一句话打发他：是你错了。

二儿子次郎兵卫就很不一样。因为他从来不愿像政治家那样虚与委蛇、弯弯绕绕，而喜欢直白地表达自己的态度，所以三岛宿场的人都管他叫混子，对他敬而远之。次郎兵卫极其讨厌商人性子，他觉得并非世上一切都要算计着来，确信无价才是至宝，因此他每天都喝大酒。就算嗜酒，他也绝不沾一滴自己家用来赚取不正当利益的黑酒，若是一不小心喝了，他就要以手抠喉强迫自己吐出来。每一天，次郎兵卫都在三岛城中四处饮酒，父亲逸平却不怎么责怪他，因为父亲是个头脑清醒的人，知道家里孩子那么多，有一个笨的反倒能给生活添彩。逸平还兼任了三岛灭火队首领的职务，打算将来把这名誉头衔传给次郎兵卫。他指望着次郎兵卫继续像野马一样厮混胡闹，混出点江湖上的名声，将来也好胜任灭火队长的头衔。于是，他一直对次郎兵卫放浪的行为视而不见。

二十二岁那年夏天，因为遇到了一件事，次郎兵卫下定决心要成为打架大王。

三岛大社每年八月十五日都要举办庙会，不仅是宿场的人，连沼津的渔村和伊豆群山那边都会拥来好几万人，个个腰上插着团扇，去大社赶庙会。三岛大社庙会当天一定会下雨，这个现象老早以前就有了。三岛的人都爱热闹，非要在雨中摇着团扇，即使湿透也要忍着凉雨观看跳舞、推花车、放烟花。

次郎兵卫二十二岁那年的庙会，天罕见地放晴了。一只老雕悠悠地划过晴空，发出尖厉的叫声。参拜的人群先拜了大社神，又拜了晴空和老雕。中午刚过，一片黑云从东北方向涌来，眨眼间就笼罩了整个三岛。带着湿气的风贴地而起，下一刻，天上落下了大滴的雨水，仿佛忍耐已久，哗啦啦地变成了大雨。次郎兵卫坐在大社大鸟居门前的酒馆里喝酒，望着屋外的雨水和小跑而过的女人。接着，他猛地撑起了身子，因为看见熟人了。那是住在他家对门的习字先生的女儿。那姑娘拖着沉重的红花和服，跑不了五六步就得停下来走走，接着再跑上五六步。次郎兵卫掀开门帘走出去，叫住姑娘让她撑把雨伞，万一打湿了衣服可不好。姑娘停下脚步，缓缓转过纤细的脖颈，看见是次郎兵卫，白皙柔嫩的脸顿时涨红了。"等着。"次郎兵卫说完，回到屋里大声催促老板，要来了一把油纸伞。先生家的姑娘，你和你爹娘肯定都觉得我是个只知道喝酒的混子，可是你看，我见到别人可怜，也会帮她借伞，这下你们知道错了吧？次郎兵卫得意地想着，又掀开门帘走了出去。那姑娘已经不见了，门外只剩下越来越密集的雨点，还有急着去躲雨的混杂人群。哟，哟，哟，哟，酒馆里传出了嘲弄的声音，那是六七个混子。次郎兵卫拎着油纸伞陷入了思考。啊啊啊，好想成为打架大王，人被这样轻视，哪里还有闲心讲道理。见人杀人，见马杀马，这就对了。从那天起，次郎兵卫每天潜心修习打架的功夫，一直学了三年。

打架看的是胆量。次郎兵卫选择以酒壮胆，他的酒量越来越大，双眼变得如同死鱼般冰冷，额头上长出了三道油腻的横纹，成了厚颜无耻的面相。抽烟的时候，他都要胳膊从后面绕个大圈，拿着烟管放到嘴边，再吸上一口，让人一看就是个胆肥的男人。

接着要看怎么说话。他决定用深沉低哑的声音说话，打架前总得说些唬人的台词吧，次郎兵卫为此烦恼了好久。如果按照格式来说话，很难体现出感情，于是他选了这种不讲格式的台词：你没搞错吧？是不是开玩笑？你瞧你鼻头都肿成紫色了，真是笑死人，恐怕得一百天才能治好吧，肯定是搞错了。他每天睡下后都要把这段话背上三十次，以便随时脱口而出。他还想在说话时拧着嘴角，瞪着眼睛，摆出近乎微笑的表情，为此他也做了很多练习。

这下准备就绪，总算要开始修炼打架了。次郎兵卫不喜欢用武器，他认为靠武器取胜的都不是男人，不靠空手取胜，他是绝不会舒心的。他先研究了怎么握拳，如果拇指握在拳头外面，很容易被折断。次郎兵卫做了各种研究，最后把拇指握在拳头里面，四根手指的第一关节整整齐齐并在一起，就成了看起来坚不可摧的拳头。他用整齐并在一起的第一关节敲了敲自己的膝盖，拳头一点都不痛，膝盖反而痛得弹了起来，这可是个大发现。次郎兵卫接着又开始盘算要把第一关节背部的皮肤磨厚。早上一睁开眼，他就用自己新想的办法握紧拳头，朝着枕边的烟草盆打上一圈。走在大街上，他又照着别人家的土墙、木墙边走边打。进了酒馆，他就打桌子。坐在家里，他就打炉边。他花了一年时间练这个，烟草盆被他打散架了，土墙、木墙上多了大大小小无数的洞，酒馆的桌子被他砸裂了，家里的炉边也被打得凹凸不平，这时次郎兵卫总算对自己的拳头硬度有了自信。修炼拳头时，次郎兵卫发现挥拳也有诀窍，先要抬起胳膊大幅度往后拉，再以腋下为轴心，像炮弹似的打出去，这样能达到平时三倍的效果。若是在笔直打出去的过程中再朝内侧稍稍一旋，效果就能达到四倍。说白了，就是让胳膊像陀螺一样钻进对方的肉里。

接下来那一年，他跑到自家屋后的国分寺遗迹的树林里修炼去了。修炼什么呢？就是殴打五尺四寸高的人形枯树桩。次郎兵卫试着殴打了自己身上的每一寸，发现眉间和心窝最吃痛。他又根据古老的传闻，考虑过男人的要害，最后觉得那实在太卑鄙，不是大男子汉的做法。他还发现小腿前边也很吃痛，但那里更适合用脚踹，次郎兵卫认为打架用脚卑鄙无耻，不好意思这么做，于是决定只照着心窝和眉间出拳。他用小刀在枯树桩上刻了两个三角标记，标出眉间和心窝的位置，每天奋力殴打。你没搞错吧？是不是开玩笑？你瞧你鼻头都肿成紫色了，真是笑死人，恐怕得一百天才能治好吧，肯定是搞错了。接着他就朝眉间出拳，再用左手掏心窝子。

修炼了一年，枯树桩刻了三角标记的地方已经深深凹陷下去，变得如同饭碗。次郎兵卫思索：现在我百发百中，但还不能放心。

我的对手不像枯树桩一样站定不动，而是会动的。于是，次郎兵卫盯上了三岛城里随处可见的水车。富士山麓的积雪消融，化作数十条水量充沛的小溪，穿过了三岛家家户户的门前、庭院和屋檐底下。小溪边上有许多长着青苔的水车，一刻不停地缓缓转动。夜里，次郎兵卫喝完酒回来，必定会去与水车搏斗。他要揍打水车上转动不休的十六枚叶片。一开始他看不真切，很难打中，但是没过多久，三岛就总能见到叶片耷拉下来、再也转不动的水车。

次郎兵卫常去小河边泡水，每次都潜到深深的水底，一动不动地待着。这是考虑到万一打架时脚滑掉进河里，提前练好憋气的本事，因为城里全是小河，那种情形恐怕很容易发生。他还用棉布腹带紧紧裹住了肚腹，不让太多酒水进入肚子里。若是喝醉了，脚下就不稳，容易遭人暗算。三年过去了，大社的庙会来了三回，去了三回。次郎兵卫的修行结束，终于成了结实厚重的人。他连从左到右扭个脖子，都要花上一分钟。

父母对亲骨肉都是很敏感的。父亲逸平早已看出次郎兵卫在修行，他不知道二儿子在修行什么，只感觉孩子想要变成大人物。于是，他实践了先前的想法，让次郎兵卫继承了灭火队长的名誉头衔。次郎兵卫有了那莫名其妙的负重感，得到许多灭火队员的信任，他们总是围在他身边队长队长地叫，他压根找不到打架的机会。年轻的他早早就产生了担忧，觉得自己这辈子都打不成架了。百般磨炼的双臂每夜都在蠢蠢欲动，怅然若失地四处抓挠。无处发泄的力气让他无比苦闷，最后他干脆破罐子破摔，找人做了满背的刺青。五条细长似鲭的鱼从四面托起了直径五寸左右的血红玫瑰，蓝色的细小波纹从背后一直延伸到胸口。有了这身刺青，次郎兵卫成了整个东海道最不好惹的男人。别说灭火队员，就连宿场的混子都对他敬仰有加，这下打架的梦想算是彻底破灭了。次郎兵卫心里难受得很。

可是，机会总在意想不到的时候到来。在三岛宿场，有一家叫陈州屋的酒商，跟鹿间屋不相上下，其老板是财大气粗的丈六。他们家的酒味道更浓郁，颜色也更花哨。丈六跟自家的酒一样，收了四房小妾还不满足，正盘算着再收第五房。他的目光越过次郎兵卫家的屋顶，落在了隔壁习字先生家的陋室房顶上，还穿过上面丛生的地米菜，狠狠地穿进了屋里。先生没有答应。他两次差点要切腹，都被家人发现，及时拉住了。次郎兵卫听了这件事，觉得自己大展身手的时候到了，便暗中等待时机。

第三个月，机会来了。十二月初，三岛罕见地下了一场大雪。日落时分，星星点点飘落的雪花不久之后就成了硕大的雪片。那雪积了约莫三寸高的时候，宿场六个小钟急匆匆地齐齐敲响了。起火了。次郎兵卫慢悠悠地走出了家，陈州屋隔壁的草席店烧起来了，好可怜啊。数千朵火焰在草席店的屋顶上摆阵，宛如群魔乱舞。火星像松树花粉一般喷出，向四方的天空飞散。黑烟像妖怪海坊主似的大团冒出，覆盖了整个房顶。天空飘落的大片雪花被火焰染上色彩，多了几分沉重和怠惰。灭火队员跟陈州屋争论起来了，陈州屋坚决不让他们往家里放水，非要队员推倒隔壁草席店的房子压住火势，灭火队员反驳说那样不符合灭火的法则。这时，次郎兵卫出现了。"丈六啊——"次郎兵卫尽量压低声音，还带着一点微笑，说了起来，"你没搞错吧？是不是开玩笑？"不等他说完，丈六就插嘴了："哎，鹿间屋的少爷，嘻，得了吧，我那都是开玩笑的，就是得意忘形了。来，您尽管浇水吧。"这架终究是没打成。没办法，次郎兵卫只好看着火场。虽然架没打成，可是次郎兵卫的威望又提高了。后来有很长一段时间，灭火队员都喜欢回忆当时的场景——队长在火光的映衬下，揪着丈六狠狠骂了一顿。他的双颊沾了十几片大大的雪花，那样子就像凶神一样可怕。

翌年二月吉日，次郎兵卫在宿场郊外盖了新房子，里面有大、中、小三间屋子，还有个大阁楼，开窗就能望见富士山。三月吉日，他就把习字先生的女儿娶到了新居。那天夜里，灭火队员挤满了次郎兵卫的新居，庆祝二人的婚礼。他们又是喝酒又是表演节目，就这么喝了一夜，直到次日天明时分，最后一个人表演完两个盘子的魔术，众人已是烂醉如泥，硬撑着沉重的眼皮子，在屋子角落发出掌声和喝彩声，婚宴到此结束。

次郎兵卫猜测，这兴许是很好的日子，就这么浑浑噩噩地过去了。他父亲逸平也觉得这孩子算是安排好了，美美地吸了一口烟，烟管往接灰的竹筒上一敲，心情很是爽快。然而纵使逸平的脑子再聪明，他也想不到后来竟会发生如此悲惨的事情。新婚第二个月的晚上，次郎兵卫喝着小酒，对旁边斟酒的新娘子说："告诉你，我打架可厉害了。打架的时候要这样，用右手揍对方的眉间，再用左手揍心窝。"他真的只是在玩闹，新娘子却咕咚一声倒地死了。也许是打得太准了点，次郎兵卫被问了重罪，打入大牢。凡事太专精了也不行。次郎兵卫坐牢后，仍旧是一副岿然不动的模样，没有狱卒敢得罪他，其他犯人干脆捧他当了老大。次郎兵卫被拥立到比别人都高一等的座位上，用悲凉的调子唱起了自己创作的、分不清是念经还是念诗的小曲：

　　　红脸汉子啊，
　　　对那石头说：
　　　我可厉害啦。

石头不回答。

说谎的三郎

过去，江户深川有个叫原宫黄村的人。这人是个鳏夫，很了解中国的宗教。他有个孩子，名叫三郎。家里只有一个孩子，却起名叫三郎，街坊邻居都说他不愧是个思想弯弯绕的学者。谁也说不明白这跟学者有什么关系，总之这就是学者作风。邻居们对黄村的评价都不太好，说他极其吝啬，甚至传闻他吃了饭必须吐出一半，用那些碎渣来做糨糊。

三郎的谎言癖就因黄村的吝啬而生。八岁之前，三郎一文零花钱都没有，还被父亲强迫背诵中国圣人君子的名言。三郎吸溜着鼻涕，一边嘀咕圣人君子的话，一边到处去拔房柱和墙壁上的钉子。攒够十根钉子，他就拿去附近的废品店换个一文钱或两文钱，去买花林糖吃。后来废品店的人告诉三郎，他父亲的藏书能卖十倍的价钱，于是三郎就一本两本地往外拿，拿到第六本时被父亲发现了。父亲挥洒热泪责打了这个偷东西的孩子，他照着三郎的脑袋打了三拳，然后说："再打你，只会让我们俩都饿肚子，所以我不打你了，你给我坐下。"三郎被迫哭着发誓悔悟，这是三郎第一次说谎。

那年夏天，三郎杀了邻居家的狗，那是条狆犬。一天夜里，那狗叫得特别欢，有时是长嗥，有时是汪汪大叫，仿佛自己有多么痛苦，总之就是用各种声音吵闹。狗叫了一个小时，父亲黄村对躺在旁边的三郎说："你去看看。"三郎早就撑起了脑袋，眨着眼睛专心听狗叫。听了父亲的吩咐，他站起来打开木窗，发现邻居家拴在竹围墙上的狆犬正躺在泥土地上打滚。三郎骂了一句："别吵！"狆犬看清了三郎便闹得更欢了，带着浑身泥土去啃竹竿，接着叫得更尖厉了。三郎见那狆犬如此可恨，连声大叫别闹，还跑到院子里捡了小石子，猛地朝狗扔过去。石子击中了狆犬的脑袋，那狗尖叫一声，雪白的小身体像陀螺一样滴溜溜地转了几圈，倒在地上不动了，狗死了。三郎关上木窗，爬回被窝里。父亲昏昏欲睡地问："怎么了？"三郎把棉被一直盖到头顶，闷声回答："狗不叫了，好像生病了，保不准明天就得死。"

那年秋天，三郎杀了人。他在言问桥上把小伙伴推进了隅田川，没有什么直接原因，他就是被一种近似想对太阳穴开一枪的冲动侵袭了。豆腐店家的小儿子被他推下桥，像鸭子一样挥舞了几下细长的双腿，扑通一声落进了水里。波纹随着水流往下游移动了约莫两米，中间伸出来一只小手，那手紧紧握着拳，很快又沉下去了。波纹渐渐散开，被河水冲没了。三郎看着那个光景，放声哭喊起来。人群聚集过来，看见三郎哭哭啼啼地指着河里，都猜到出了什么事。"好孩子，知道叫人来。你朋友掉进水里了？别哭，我们这就去救人，真是个好孩子。"那个自己想象了整个故事的男人拍了拍三郎的肩膀。很快就有三个水性好的人站出来，争先恐后地跳进了大河，一边炫耀各自的泳姿，一边寻找豆腐店家的小儿子。那三个人都过度专注于炫耀自己，没怎么认真寻找，等好不容易找到时，孩子已经断气了。

三郎啥事都没有，他还跟父亲黄村一起参加了豆腐店家的葬礼。长到十岁十一岁，那无人知晓的罪行开始折磨三郎，这桩大罪终于让三郎的谎言癖愈演愈烈。他对别人说谎，对自己说谎，只为了从世间和自己心里抹除犯罪的痕迹。等他长大成人，他已是满身谎言。

二十岁那年，三郎长成了一个特别内向、忧郁的青年。每年盂兰盆节，他都会长吁短叹地对别人说起自己的亡母，博取周围人的同情。其实三郎根本没见过母亲，母亲一生下他就死了，三郎从来没有思念过母亲。他太会说谎了，他为黄村的两三个学生代写了书信，最擅长写的就是管父母要钱的信。譬如这样：谨启，写写四季景色，问候父母贵安，如此说一番客套话，然后立刻写事情。先来一大段奉承话再讨钱，那只是下策。因为那一大段奉承话会因为最后一句话全都作废，成了肮脏的算计。正因为如此，才要鼓起勇气直接说事情，越简单明了越好。"学堂开了《诗经》的讲义，教科书在坊间书肆要花二十二元购买。黄村先生考虑到学生们的经济能力，愿意为我们直接从中国采购，实际费用为十五元八十钱。若错过这次机会，恐怕会亏一点钱，小儿想尽早订购，烦请急汇十五元八十钱过来。"接着再汇报自己的近况，写点有的没的。"昨日眺望窗外，众多鸟儿中有一羽苍鹰，其姿态甚为威武。前天在墨堤散步，遇见了奇怪的花草。那花瓣比朝颜小，比豌豆花大，不红不白，甚是罕见，我将它连根挖起，种在了花盆里。"如此写上悠闲自在的一番话，让父母忘却了讨钱的事情。尊父收到这样的书信，见儿子心境如此平和，必会感慨自己浮躁，微笑着寄出钱款。三郎写的书信果真管用，学生们纷纷来找他代笔，或是请他口述。每次拿到钱，他们就会请三郎出去玩，把钱花得一干二净。黄村的学堂越做越大，整个江户的书生都慕名前来，表面上拜黄村先生为师，实际是为了向小先生讨教写信的办法。

三郎想了想，成天为几十个人代笔或口述书信，实在是烦人得很。要不干脆付梓吧，我写一册书教教他们怎么从父母那里要钱。但是他发现，出书可能会造成一个问题。万一书生的父母买来熟读，那将会如何？他可以预料到极为不祥的结果。于是，三郎不得不放弃出书的想法，因为他还遭到了书生们的强烈反对。尽管如此，三郎还是没有丢下著述的决心。他决定出版最近江户很流行的诙谐小说。他以"我有个故事，您且听我道来"为开头，写尽了一切恶作剧和欺瞒。那些东西与三郎的性格完全相符。二十二岁那年，他用醉泥屋灭茶灭茶先生的笔名出版了两三本诙谐小说，竟卖得还不错。一天，三郎在父亲的藏书中看见了自己的杰作《人间万事假作真》，便不动声色地问黄村："灭茶灭茶先生的书是好书吗？"黄村咬牙切齿地回答："不好。"三郎笑着告诉他："那是我的笔名。"黄村高声清了清嗓子以掩饰自己的狼狈，然后压低了声音，像是怕别人听见："赚了多少？"

杰作《人间万事假作真》讲的是嫌厌先生这个年轻混子行走江湖寻欢作乐的故事，譬如嫌厌先生游玩花街柳巷假扮戏子、大富翁或微服私访的贵族。他的骗子招数着实巧妙，几近真实，男女艺伎都不觉有诈，最后连他自己都信以为真，仿佛他真的一夜之间成了一方富贵，一朝梦醒成了一代名伶，就这样度过了整个人生。最后在他死去的那一刻，嫌厌先生又变回了原来那个一文不名的嫌厌先生。这其实便是三郎的私小说。二十二岁那年，三郎的谎言已经通神，只要他说出口，一切的谎言都会化作真金白银。他在黄村面前是个内向、孝顺的儿子，在学堂的学生面前是个万事通，在花街柳巷或是团十郎，或是不知哪里的领主，又或是哪个帮派的老大，丝毫没有不自然的迹象。

第二年，三郎的父亲黄村死了。黄村的遗书上这样写着：我是骗子，是伪善者。我的心越是远离中国的宗教，就越对其敬仰。我还能活着，都是为了我那失去了母亲的孩子。我可以失败，但很希望这孩子能成功。结果，连孩子也失败了。我要把六十年来一点一滴积攒起来的五百文钱全都留给我的孩子。三郎看完遗书，脸上没了血色，嘴角勾起浅笑，把它撕作两半，接着又扯作四半，继而是八半。为了不饿肚子就不再责打孩子的黄村，比起孩子的名声更在乎版税的黄村，邻居传闻他在自家地下埋了满满一瓮黄金的黄村，留下五百文遗产就这么死了。这就是谎言的末路。三郎仿佛嗅到了谎言维持到最后化作一股忍不住的臭屁释放出来的味道。

三郎在家附近的日莲宗寺院里举办了父亲的葬礼。乍一听，和尚像是在胡乱敲打着野蛮的鼓点，细细听上一会儿，却好像带有愤怒、焦虑和掩饰那种情绪的自暴自弃的自我丑化。三郎弓着背坐在一群身穿礼服、手持念珠的学生中间，盯着前方三尺的地板默默思索。谎言是犯罪发出的无声臭屁，自己的谎言起源于幼年的杀人，父亲的谎言起源于让他人信仰连自己都无法信仰的宗教。说谎是为了稀释沉重且苦闷的现实，但谎言就像酒，越喝越不易醉。谎言会渐渐变得浓稠，经过切磋琢磨，绽放出真实的光华。看来不只有我一个人这样，人间万事假作真，他突然想到这句话说的正是自己，不由得苦笑起来。啊，这就是滑稽的顶点。三郎厚葬了黄村的遗骨，决心从今天起不再说谎。大家都有秘密的犯罪，没必要害怕，没必要内疚。

没有谎言的生活，这句话本身就是谎言。对美说美，对丑说丑，这也是谎言，对美说美的心，本身就是在瞒骗。这个也脏，那个也脏，三郎每晚都承受着难以入眠的痛苦。后来，他发现了一种态度——无意志、无情绪的痴呆态度，他像风一样生活。三郎把一切日常行动托付给了老皇历，托付给了老皇历上的凶吉事宜。他唯一的乐趣，就是每晚做梦，有时是青青野草，有时是让他心动的姑娘。

一天早晨，三郎独自吃着早饭，突然晃晃脑袋陷入了沉思，继而猛地放下了筷子。他站起来，在屋里滴溜溜走了三圈，继而揣着手出去了。他开始怀疑无意志、无情绪的态度了，这不正是谎言地狱的大后山吗？有意装出的痴呆，难道不是谎言吗？越是努力假装，谎言就堆积得越深。随他去吧，无意识的世界。三郎一大早就进了酒馆。

　　三郎掀开门帘进去，这么一大早的，里面已经坐着两个客人。那竟是仙术太郎和打架大王次郎兵卫。太郎坐在东南角，面团一般丰满的脸上泛起微醺的红晕，手指一下一下撩起长长的胡须。次郎兵卫坐在西北角，肿胀的大脸上满是油脂，拿杯的左手从身后绕了一大圈，举到嘴边啜一口，再把杯子捧到眼睛的高度，发起了呆。三郎在二人中间落座，也喝起了酒。这三个人并非旧识。太郎半眯着眼睛，次郎兵卫花了一分钟缓缓扭过脖子，三郎那双狐狸眼滴溜溜转个不停，三人各自偷看着另两个人的模样。随着醉意渐深，三人凑近了一些。当他们隐忍多时的醉意猛然爆发时，三郎先开了口："一大早的，咱们能凑在一起喝酒，也算是一种缘分。尤其在江户这种走出半町便是他乡的繁华闹市，三个人同一天、同一时刻来到这个小酒馆，更要堪称不可思议啊。"太郎打了个大哈欠，慢吞吞地答道："我爱喝酒，所以喝酒，别盯着我看呀。"说着，他拿起擦手巾挡住了脸。次郎兵卫拍了拍桌子，在桌面上留下一个宽三寸、深一寸的凹洞，接过了话头："没错，说缘分的确是缘分，我刚从牢里出来。"三郎便问："你怎么进的牢里？""是这样的——"次郎兵卫用深沉低哑的声音讲了自己的前半生。讲完之后，一滴眼泪滑落进酒杯，被他拿起来饮尽了。三郎听了思索片刻，先说他觉得次郎兵卫就像自己的兄长，然后小心翼翼地说说停停，尽量不留谎言地讲了自己的前半生。次郎兵卫听了一会儿，只说自己不懂，便打起了瞌睡。太郎反倒停止了无聊的哈欠，睁开了半闭的眼睛，听得格外认真。等到故事说完了，太郎慢悠悠地摘掉挡脸的手巾，开口说道："这位三郎兄弟，我很明白你的心情。我叫太郎，来自津轻，两年前到了江户，闲来四处晃悠。请你听听我的故事吧。"说完，他就用特别瞌睡的语调讲了自己的经历。三郎一听就大喊："我懂，我懂！"次郎兵卫被他的喊声吵醒了，只见他睁开惺忪的睡眼，问三郎在喊什么。三郎发现自己的失态，心里很是羞耻。这兴奋便是谎言的结晶，他极力想控制，却因为醉酒而无可奈何。三郎试图控制自己的心理起了反作用，他干脆自暴自弃，张口说起了弥天大谎："我们是艺术家！"那句谎话一出口，后面的谎话就刹不住了。"我们三人是兄弟，今天在此一见，到死都不会分开。我们的天下必将降临，我们是艺术家。仙术太郎的半生、打架大王次郎兵卫的半生，还有鄙人的半生将会成为人生的典范，被世人传颂下去。"管他的呢，说谎的三郎将谎言的火焰燃烧到了极点。我们是艺术家，不惧王侯，视金钱如粪土！

満愿

这是四年前的事情。我在伊豆三岛的朋友家二楼度过了一个夏天，创作题为《传奇》的小说。一天夜里，我醉酒骑车，不小心跌伤了，右脚踝上方撕开一道口子。伤口虽然不深，但可能因为喝了酒，出血很厉害，于是我慌忙去看了医生。镇上的医生三十二岁，身材肥胖，长得很像西乡隆盛。他喝得烂醉，跟我一样跟跟跄跄地走进了诊室，我觉得异常滑稽。接受治疗时，我忍不住咻咻地笑，医生也跟着咻咻地笑，最后我们都忍不住，放声大笑起来。

那一夜，我们成了好朋友。相比文学，医生更喜好哲学。我觉得谈论哲学更轻松，因此跟他聊得来。医生的世界观可以说是原始二元论，视世间一切为善恶争斗，格外黑白分明。我内心一直想信仰名为"爱"的单一神，但是听了医生的善恶争斗之说，抑郁的心情竟如沐春风。譬如见我夜间访问，立即叫夫人拿啤酒来款待的医生本人是善，笑着提议今晚别喝啤酒了，不如打桥牌的夫人便是恶。医生举的这个例子，我无比赞同。医生的夫人个子娇小、身材圆润、皮肤白皙，看着优雅大方。他们没有孩子，但是家里二楼住着一个少年。那是夫人的弟弟，正在就读沼津的商业学校。

医生家订了五种报纸，我几乎每天早上都在散步途中拜访他，在那里读上半小时到一小时的报纸。我每次都绕到后门，坐在房子的外廊上，一边喝着夫人端来的冷麦茶，一边压着被风吹得啪啪作响的报纸阅读。离外廊不过四五米远的荒草地上有一条水量充沛的小溪，送牛奶的青年每天早晨骑着自行车沿溪而来，对做客的我道早安。那个时间还有一位来拿药的年轻女子，她通常穿着朴素的连衣裙，踏着木屐，给人清爽干净的印象。这女子常与医生在诊室谈笑，医生偶尔会把她送到门口，还曾经大声叮嘱：

"夫人，再忍忍就好了！"

一次，医生的夫人向我解释了缘由。那位女子是小学老师的夫人，她先生三年前患了肺病，最近已经好了很多。医生对此很上心，对年轻的夫人千叮万嘱，现在正是最重要的时候，一定不能贪欢。夫人遵守了吩咐。尽管如此，女子有时还是会以一副愁眉苦脸的样子来拿药。每逢那种时候，医生都会狠下心来，严肃地叮嘱："夫人，再忍忍就好了。"言外之意，是再次提醒她不可冲动。

八月末，我目睹了美好的事物。清晨，我坐在医生家的外廊上读报，夫人来到我旁边坐下，小声对我说：

"啊，她看起来好高兴。"

我抬起头，发现那个身穿连衣裙、清爽干净的女子正蹦蹦跳跳地走过去，不停地转着手中的白色小伞。

"今早得到批准啦。"夫人又小声说。

三年，说得虽轻巧——我感到心潮澎湃。如今过去了许多年，我愈加觉得那女子的身影无比美丽。也许，这就是医生夫人的言外之意。

畜犬谈——致伊马鹈平君

我对狗有一种自信。总有一天，它定会扑上来咬我的自信，我是注定要被狗咬的。对此，我很有信心。甚至觉得活到今天都未被狗咬过，着实是个奇迹。诸君，犬类是猛兽。不是有人说狗能咬死马，甚至征服狮子吗？这就对了——我不无孤寂地首肯道。瞧瞧狗那尖锐的獠牙吧，那可不是好对付的东西。别看它如今在街头游荡，一副不足为道、自卑自贱的可怜样，只知道翻垃圾箱，那可是能咬死马的猛兽。指不定什么时候，它就要发狂暴怒，显露本性。狗必须用铁链牢牢拴着，一点都不能大意。世间许多饲主养着这般猛兽，只因为平日分了一些残羹冷饭，就对它宠爱有加，毫无顾忌地连声呼唤其爱称，把它当成家庭的一员，让其靠近自己，待它好似三岁的爱子，扯着猛兽的耳朵哈哈大笑。见到这光景，我总要战栗不已，不得不闭上双眼。万一那狗大叫一声扑上去咬，饲主该如何是好？须得小心提防。就算是饲主，也很难保证狗一定不会咬他（狗一定不咬饲主的说法不过是愚蠢的迷信。既然生了一副可怕的獠牙，那它必定要咬人。没有任何科学能证明狗一定不咬什么人）。散养那种野兽，任凭它在路上徘徊，究竟是什么样的行为啊？去年晚秋，我有一个朋友就饱受其害，他便是可怜的牺牲者。据朋友说，那天他揣着手走在小路上，碰见一条狗。他什么也没做，只从狗身边走了过去，那一刻，狗竟凶狠地瞥了他一眼。他刚走过去，那狗就大叫一声，扑过去咬了他的右腿，真是飞来横祸。事情就发生在一瞬间，朋友都惊呆了。片刻之后，不甘心的泪水奔涌而出。这就对了——我依旧不无孤寂地首肯道。事已至此，还能有什么办法呢？朋友拖着痛腿，去医院接受了治疗。接下来那二十一天，整整三个星期，他都要上医院就诊。腿伤好了以后，为了防止体内被注入恐水症（狂犬病）的病毒，他还要每天去打针。由于朋友性格懦弱，叫他去同饲主谈判，恐怕是不可能的。他只能默默忍耐，在我面前发出无奈的叹息。而且，那些针剂的费用绝不便宜，不怕冒犯地说，朋友并没有多余的积蓄支付这笔钱，为此他受了不少苦。可以说，这真是一场天降的灾难，大灾难！若是不小心漏了注射，万一恐水症发作，人就会发热发狂，最后连相貌都变得像狗，四肢着地，在泥土上爬行，只知道汪汪吠叫，症状极其凄惨。接受注射时，朋友不知承受了多大的忧虑和不安。他是个苦命人，因为教养得体，丝毫没有流露出惊慌失态的模样，三七二十一天，每天都一丝不苟地上医院打针，如今已能精神饱满地工作。若是换作我，那条狗恐怕活不了。我是个复仇心强于常人三四倍的男人，气极了还能发挥出超过常人五六倍的残忍心性，肯定会立刻将那狗脑袋砸个粉碎，掏出眼珠子咬成烂泥，恶狠狠地吐到一边，依旧感到不解恨，干脆把附近所有人家的狗全都毒死。别人没有招惹它，它却大叫一声咬上来，这是何等无礼狂暴之举。就算是畜生，也无可饶恕。人不能因为它是畜生，就可怜它、纵容它，必须毫不留情地施以酷刑。听闻了去年秋天朋友的遭遇，我对畜犬的憎恨骤然达到极点。那是极其尖锐的憎恨，几乎要燃起蓝火焰。

今年正月，我在山梨县甲府郊外租了一座三间房的草庵，隐居在其中，紧巴巴地赶写蹩脚的小说。这甲府城里，无论走到哪儿都能看见狗，数量极其惊人。它们就在人来人往的路上，或是蹲坐，或是躺卧，或是疾驰，又或是龇牙咧嘴地吠叫，一旦有点空地，必然变成野犬的地盘。它们在那里打打闹闹，练习格斗，一入夜就在无人的街道上飞驰，宛如山贼般成群结队、肆无忌惮。这里的狗实在太多了，让我不禁怀疑甲府是不是家家户户至少养了两条狗。山梨县原本是甲斐犬的产地，但街头那些狗绝不是那样的纯种犬。那里最多的便是红色长毛犬，毫无可取之处的可怜杂种犬罢了。我本就不喜畜犬，自从朋友遭难之后，更是对其横生憎恨，从不敢放松警惕。然而这座城中有如此多的狗，无论拐进哪个小巷都能看见它们或是跳梁跋扈，又或是蜷成一团悠然睡觉，实在是防备不过来，我为此费了不少脑筋。如若可能，我恨不得系上护腿护臂，顶着头盔上街。可是打扮成那个样子实在异常，出于风纪上的考虑，恐怕要招来麻烦，于是我只能采取别的手段。我认真地、严肃地思考了对策。首先，我研究了狗的心理。对于人类，我已经有几分了解，偶尔能准确识别他们的心理。然而狗的心理太难解了。第一个难题便是在人与狗的感情交流中，人言究竟能起到多大的作用，假设话语不起作用，那就只能依靠彼此的动作和表情。尾巴的动作很重要，但是单说尾巴的动作，仔细一看也会发现极为复杂，轻易不能解读。我几乎要绝望了。最后，我想了个极为拙劣、堪称无能的办法，这就叫穷极之策。只要见到狗，我就会露出满面的微笑，展示自己毫无加害之心。夜晚也许看不见微笑，于是我就哼唱纯真的童谣，展示自己是个内心温柔的人。我觉得，这些举动多少有点效果。因为直至今日，都没有狗突然朝我扑来。虽说如此，仍旧不能放松警惕。每次遇到狗，无论多么害怕，也绝不能拔腿就跑，必须露出卑微顺从的微笑，故作天真地摇头晃脑，忍耐着背上仿佛有十条毛虫在爬的、令人窒息的恐惧，极其缓慢地通过。我不禁对自己的卑微感到厌烦，尽管深陷让人几欲流泪的自我厌恶，却还是得身体力行，否则我总感觉那些狗就要扑过来了。于是，我无论见到什么狗，都要卑躬屈膝地问候一番。若是头发留得过长，也会被狗当成流浪汉一通狂吠，所以即使讨厌理发店，我也还是逼迫自己勤去理发。若是拎着手杖走在路上，狗可能会觉得那是危险的武器，因而被激起反抗心理，所以我再也不拎手杖了。我着实猜不透狗的心理，只能漫无计划、胡乱随意地讨好它们，最后竟出现了让人意外的现象——我竟成了招狗喜欢的人。狗总爱摇着尾巴跟在我后面，我气得连连跺脚，多么讽刺啊！我本就不喜欢它们，最近更是对它们憎恨到了极点，与其被这些畜犬喜欢，我情愿被骆驼倾慕。无论对方是多么臭名昭著的恶女，得到她的好感也不会不受用——这只是毫无根据的臆断。有时候，人的尊严、人的内心就是无法容许这种情况，难以忍受，我就是讨厌狗。我早早看透了它们的凶暴兽性，并对其心生厌恶。它们为了每日一两顿的残羹冷饭就背叛朋友、抛妻弃子，孤身横陈在那家人的屋檐下，摆出忠义的模样，对旧友大声狂吠，彻底忘却了父母手足，只知道窥看饲主的脸色，阿谀奉承，不知羞耻，即使被殴打也只会嗷嗷乱叫，夹着尾巴，让人家嘲笑。其精神之卑劣、丑恶，真难怪会有行若狗彘之说。分明拥有日行十里的脚力、咬死狮子的尖牙，却只会发挥懒惰无赖、堕落卑贱的性子，丝毫没有矜持，对人类卑躬屈膝、为奴为仆；对同类视若敌忾，见之狂吠，甚至互相撕咬，以此取悦人类。瞧瞧那些麻雀吧，那虽是一种不具备任何凶器的纤弱小禽，却坚持自由，经营着与人类全无关系的小社会，同类相亲，欣然歌颂贫乏却快乐的生活。狗这种东西，越想越觉得肮脏。我讨厌狗，我甚至觉得它跟自己有点像，就更是讨厌了，难以忍受。而狗竟然格外喜欢我，对我摇尾乞怜，我感到的狼狈与遗憾，真不知如何诉说。我过于敬畏狗的猛兽之性，高估了它们，以至于毫无节制地对其谄媚，狗竟把我当成了知己，对我异常亲近，结果如此可笑。可见凡事都要讲节制，而我至今仍不知节制。

早春的某一天，快到晚饭时间，我去了旁边的四十九联队练兵场散步，又有两三条狗跟了过来。我真害怕它们照着我的脚跟来上一口，始终诚惶诚恐，又照旧装作古井无波的模样，拼命压抑着拔腿就跑的冲动，故作悠闲地迈着步子。狗跟在我后面，走着走着就打起了架。我故意不回头，假装一无所知地向前走，心中却极其无奈。若手上有一把枪，我恨不得将它们砰砰打死。狗并不知晓我这面如菩萨、心似夜叉的奸佞恶意，一直跟了好久。绕着练兵场转完一圈，我又领着那些狗踏上了归途。当我走到家门口时，身后的狗早已不见了。到这里为止，还是平日常见的光景。只是从那天起，有一条狗开始执拗地纠缠我。那是一条黝黑的、让人不忍直视的小瘦狗，真的又瘦又小，它的身长也许只有五寸。然而就算狗小，也不能大意，它应该已经长齐了牙齿，一旦被咬，就得上医院打上三七二十一天的针。而且这种小狗缺乏常识，总是随着性子来，更要加倍小心。那小狗时而跟在后面，时而跑在前面，不时停下来仰头看看我，又跌跌撞撞地跑上几步，最后竟跟到了我家门口。

"喂，跟来一个怪东西。"

"哎呀，真可爱。"

"哪里可爱了，快把它赶走。要是动粗，小心被它咬了，就给点吃的吧。"

这便是我的软弱外交。小狗立刻看穿了我内心的恐惧，干脆登堂入室，厚着脸皮在我家住了下来。三月，四月，五月，六、七、八月，直到秋风渐起，这条狗还赖在我家。我不知因为它流了多少次泪，真不知如何是好，实在没办法，我只好给它起了名叫波奇。虽然在一起住了半年，但我至今仍不把波奇当作家人，总觉得它是个外人，内心无法接受，怎么都容纳不下。我们总在互相解读心理，激起敌意的火花，总之就是不能坦率地对彼此露出笑容。

刚来到我家时，它还是个孩子，一会儿狐疑地观察地上的蚂蚁，一会儿被蛤蟆吓得尖声吠叫，我见到它的模样，总忍不住失笑。虽是个讨厌的家伙，但或许也是得了神明的引导来到这个家中的，我便给它在廊子的地板下搭了个狗窝，做些软熟的幼儿食物给它吃，还在它身上撒了清除跳蚤的药粉。然而过了一个月，就不怎么好了。小狗渐渐长成了杂种狗的模样，卑贱。这狗原本定是被扔到了练兵场的角落里。那天散步回来，它跟在我后面，已经瘦得不堪入目，全身毛发脱落，屁股几乎全秃了，正因为这样，我才给它吃点心，为它做米粥，不打也不骂，像对待易碎物品那样慎重地款待它。若是换作别人，定然早就将它踹开了。我对它如此之好，实际并非出于对犬类的爱，这不过是先天的憎恨与恐惧促生的老奸巨猾的策略。但是多亏了我，这波奇长得油光水滑，成了一条成年的公狗。我丝毫没有卖弄恩情的意思，可它至少也该给我找点乐子。所以说，弃犬说到底还是不行，狼吞虎咽地吃完饭，可能想消消食，它要么拿木屐当玩具，将其咬得面目全非，要么对院子里晾晒的衣物多管闲事，扯下来蹭满泥污。

"不准这样玩，太烦人了。谁请你做这种事了？"我用上了所有的温情，对它发出内里含针的话语，这狗只是眨巴眨巴眼睛，跳起来要跟我这个责备它的人玩耍，这是何等任性啊！我对这厚脸皮的狗暗翻白眼，甚至有些轻蔑。长大以后，这狗的无能终于暴露出来，它的外形也不好看。小时候身材还算匀称，让我以为它或许混了一些优秀的血统，后来才发现，那是彻头彻尾的谎言。因为狗的身躯不断变长，手脚却异常短小，长得像只乌龟，真是不忍直视。它长着如此丑陋的外形，却要在我外出时如影随形。连路上的少年男女都指着它，笑着说这狗真怪。我多少有些爱面子，可无论我走得多么潇洒风流，被这狗一跟上，就全都白费了。有时我干脆装作不认识它，快步向前走。波奇却从不离开我身边，时不时地抬头窥视我的脸，一会儿跟在后面，一会儿跑在前面，对我纠缠不休，让我们看起来全然不像不相识的人与犬，反倒像情投意合的主从。因为它，我每次外出都心情沉郁，这可算是一种严苛的修行。若只是跟着我走，倒也罢了，后来它终于暴露了潜藏在体内的猛兽本性，开始酷爱打架斗殴。它跟着我，一路上见到什么狗都要去打招呼。换句话说，就是到处撩架。波奇四肢短小，年龄又不大，但打起架来所向披靡。又一次，它闯进聚集于空地的狗群以一敌五，我心想这下真的危险了，没想到它灵巧地避开了灾难。它极为自信，无论遇上什么狗都闷头扑过去。有时也会败下阵来，一边狂吠一边后退，声音变得尖厉凄惨，黝黑的脸像是失去了血色。有一回，它扑向了牛犊大小的牧羊犬，那一次换成我面无血色了。果然，波奇根本敌不过它，那牧羊犬只把波奇当成玩具摆弄了，并没有真心与之较劲，因此波奇算是捡回了一条命。自从有了如此惨痛的遭遇，它就变得意志消沉了。从那以后，波奇再也不会满大街撩架。何况我本就不喜争斗，不，应该说我认为放任野兽在路上争斗乃是文明国家之耻，我对那震耳欲聋的野蛮吠叫恨之入骨，恨不得杀之而后快。我不爱波奇，我对它有恐惧，有憎恨，唯独没有一丝爱意，我觉得它死了更好。

它不请自来地缠上了我，自以为肩负着饲犬的义务，见到什么狗都要与之狂吠一番，却不知我这主人每次有多么担惊受怕。我真想拦下一辆汽车，坐进去砰地关上门，一阵风似的逃走。若只是狗咬狗便也罢了，万一敌犬气血上头，朝我这个主人扑过来可如何是好？这不无可能，毕竟是嗜血的猛兽，指不定会做出什么事情。这样一来，我就要被撕咬得体无完肤，连着三七二十一天上医院打针。狗的争斗就是地狱，我一有机会就对波奇说：

"你可不能打架。若非要打架，就离我远点。我啊，一点都不喜欢你。"

波奇似乎能听懂一些，每次听到我这样说，就会略显沮丧。这下，我更觉得狗诡异骇人了。也许是我不厌其烦的忠告起了作用，或是在牧羊犬一战中落得惨败使然，波奇开始变得异常温驯，甚至有些卑微了。跟我走在路上，若是被别的狗吠了，波奇也只是一副不予理睬的态度，仿佛在说：

"哎呀，好讨厌，真野蛮。"

总之它只会假装文雅讨我的欢心，或是猛地抖动一下身子，或是怜悯地瞥一眼那条狗，然后窥视我的脸色，咧着嘴连连吐气，摆出好似谄笑的表情，看起来无比卑微。

"这家伙没有一点好，只知道看人的脸色。"

"还不是因为你太在意它。"内人从一开始就不太关心波奇。若是它弄脏了晾晒的衣物，内人就会说它，除此以外便不怎么理睬，只在喂饭的时候叫几声波奇。"害它性格扭曲了。"内人笑着说。

"看来是越来越像主人了。"我苦涩地想。

进入七月，生活有了些变化。我们终于在东京的三鹰村找到了一座正在修建的小房子，并与房东签好了合约，待到盖好就能住进去，每月交二十四元租金。回去之后，我们开始了搬家的准备。房子一盖好，房东就会用速递发来通知。当然，我们不会带走波奇。

"就带过去嘛。"内人还是不怎么把波奇当成问题，显得很随性。

"不行。我养它又不是因为看它可爱，只是害怕被狗寻仇，实在没办法才收留了它。你还不明白吗？"

"可你只要一会儿见不到波奇，就闹着说波奇去哪儿了，波奇去哪儿了呀。"

"因为它不见了更让人害怕，说不定它背着我跟同伴合谋干坏事去了。那家伙知道我瞧不起它，狗啊，都特别记仇。"

我认为，现在正是绝佳的机会。我要假装忘记了狗的存在，把它扔在这里，三下五除二坐上火车去东京，那狗肯定不会翻过笹子岭一路追到三鹰村去。我们并没有丢弃波奇，只是不小心忘了带走它。这不是罪过，波奇也不该恨我们，更不该找我寻仇。

"留下它真的没问题吗？该不会饿死吧？死了会不会来作祟呀？"

"可它本来就是被扔掉的狗呀。"内人好像也有点不放心。

"也对，肯定饿不死，应该没问题。把那样的狗带去东京，我在朋友面前该丢脸了。你看它身子那么长，真难看。"

最后，我们还是决定扔下波奇。可在那之后，突然出现了变化。波奇得了皮肤病，它的病情很严重，在这里实在不好描述，只能说其惨状让人不忍直视。有时因为炎热，还会散发出阵阵恶臭。这下内人受不了了。

"影响了邻居多不好，把它弄死吧。"到了这种时候，女人总会变得比男人更冷酷、更大胆。

"要弄死吗？"我吓了一跳，"再忍忍就好了呀。"

我们翘首期盼三鹰房东的来信。那房东说七月底应该能建成，现在已经临近七月底了，我们早已整理好搬家的行李，只等通知到来，可那通知迟迟不来。就在我写信去询问时，波奇得了皮肤病，真是越看越让人难受，波奇似乎也羞愧于自己的丑态，成天躲在黑暗的地方，就算偶尔躺在门前阳光好的石板上晒太阳，若是被我发现，骂上一句"哇，你这脏狗"，它也会慌忙站起来，垂头丧气地钻进廊子底下躺着。

尽管如此，只要我出门，它还是会偷偷摸摸地跟上来。我如何能忍受被这种怪物一样的东西尾随？每次我发现波奇跟过来，都会一言不发、目不转睛地盯着它，嘴角勾着嘲讽的微笑。此举效果极好，波奇会猛然想起自己的丑态，垂着头安静地躲起来。

"真的受不了，连我都觉得身上痒了。"内人不时找我抱怨，"我已经尽量不去看它，可是看上一眼就不行了，甚至会梦到它。"

"好了，再忍忍便是。"我想，除了忍耐别无他法，就算生病了，那也是一种猛兽，若是随意触碰，可能要被咬，"也许明天就能等到三鹰的回信了。只要搬过去，就不用再见到它啦。"

三鹰的房东回信了。读完信，我大失所望，由于一直降雨，墙壁不干，加之人手不足，工程还要拖上十天。我很烦躁，哪怕是为了躲开波奇，我也想尽早搬家。莫名的焦躁感使我无心工作，成天就是翻杂志、喝酒。波奇的皮肤病日益严重，我的皮肤好像也开始发痒了。深夜，我不知多少次被波奇在屋外蹭痒的响动吓得毛骨悚然，真受不了。有时我还会不受控制地大发脾气。房东再次来信，要我再等二十天，我立刻将那愤懑发泄在了不远处的波奇身上。都是因为它，才会诸事不顺，一切不好的事情，都是波奇带来的，我咬牙切齿地诅咒波奇。一天夜里，我在睡衣里发现了狗虱，一直隐忍的愤怒终于爆发，我暗中做了一个重大的决定。

我要将它弄死。对手是可怕的猛兽，若是平常的我，就算是倒立着，也绝不会做出如此鲁莽的决定。然而当时正值盆地特有的酷暑，我正热得难耐，加之每天无所事事，一心等待着房东的来信，过着极其无聊的日子，心中更是烦躁不安，又因为失眠而处在发狂状态，终是忍无可忍了。发现狗虱那一夜，我立刻让内人出去买了大片的牛肉，自己则去药店购买了小量的某种药品。万般准备已经齐全，内人还有些兴奋，我们这对恶鬼夫妇那一夜凑在一起，小声商谈了许久。

翌日凌晨四点，我就起床了。虽然事先定了闹钟，但是没等它响，我已经自行醒来。天蒙蒙亮，外面有点凉。我拎着竹叶裹的小包走了出去。

"你别一直看到最后，完事就回来吧。"内人站在门口送我离开，表情很是镇定。

"知道了。波奇，来！"

波奇摇着尾巴，从廊下跑了出来。

"来啊，过来！"我快步走了出去。今天我没有像此前那样怀着恶意瞪它，波奇也就忘了自己的丑陋，忙不迭地跟了上来。外面雾很大，城市尚未苏醒。我急匆匆地赶往练兵场，途中碰见一条身形格外庞大的红毛狗，它朝波奇狂吠起来。波奇再次摆出了故作文雅的态度，仿佛不明白那狗在嚷嚷什么，轻蔑地瞥了它一眼，不做停顿地走开了。红毛狗卑鄙无耻，竟一阵风似的袭向波奇的后背，照着它光秃秃的睾丸咬了下去。波奇在千钧一发之际转过身来，但是它犹豫了片刻，转过来窥看我的脸色。

"干它！"我大声命令，"那红毛太卑鄙了！别跟它客气！"

得到准许之后，波奇浑身一震，弹丸似的直冲红毛狗心腹。两条狗立刻打作一团，汪汪大叫。红毛比波奇大上一倍，但是打不过波奇，最后呜呜叫着败下阵来。它也许还染上了波奇的皮肤病，真是个蠢货。

争斗结束，我松了口气。正如文字所言，我看得捏了一把汗。有一瞬间，我还觉得自己要被卷入两条狗的决斗，跟它们一同战死。我心中涌出了一股奇怪的激情，波奇啊，就算我被咬死也无所谓，你只管尽情地打吧！波奇追了一会儿，最后停下脚步，又窥看我的脸色，突然丧失了气焰，垂头丧气地走了回来。

"干得好！厉害！"我夸了它一句，转身继续走。再过一座桥就到练兵场了。

过去，波奇就被丢弃在这个练兵场。所以，我现在又带它回到了练兵场，让它魂归故里。

我停下脚步，把牛肉扔在地上。

"波奇，吃吧。"我不愿直视波奇，只是目光躲闪地站在那里，"波奇，快吃。"

脚边传来吧唧吧唧吃东西的声音，应该要不了一分钟它就死了。

我弓着背，慢悠悠地走着。雾很大，旁边的山只剩下一个模糊的黑影。南阿尔卑斯的层峦叠嶂，还有富士山，全都看不见。朝露打湿了我的木屐，我愈加弯腰驼背，慢腾腾地踏上了归途。过了桥，走到中学门前，再一回头，波奇竟跟上来了。它一脸惭愧，垂头丧气，躲开了我的目光。

我已经是个大人了，并没有沉浸在单纯的感伤中。我很快猜到了缘由，那些药没起作用。我点点头，心中已将一切化作白纸，回到了家中。

"不行，药不管用。你就饶了它吧，那家伙又没犯什么错。艺术家本来就该是弱者的同胞，"我把路上想的话全都说了出来，"是弱者的朋友啊！对艺术家来说，这就是出发点，也是最崇高的目标。我竟忘却了如此简单的事情。不仅是我，大家都忘却了。我要带波奇去东京，如果朋友笑话它的样子，我就揍他。家里有鸡蛋吗？"

"嗯。"内人一脸不高兴。

"给波奇吃吧。若是有两个，就给它两个。你也忍忍吧，皮肤病要不了多久就好了。"

"嗯。"内人还是一脸不高兴。

亲友交欢

親友交歡

昭和二十一年九月初，我接待了某位男士的来访。

这起事件毫无浪漫可言，也不是一件什么赶潮流的事，然而我认为，它在我心中怕是留下了到死都难以磨灭的痕迹。这就是一起如此微妙、让人不堪忍受的事件。

事件。

话虽如此，说它是事件，恐怕也是有点太小题大做了。我和某个男人一起喝了个酒，倒也没起什么争执，至少在表面上我们还是有说有笑、在一团和气里互相告辞的，它也就是这么个事情而已。不过，于我而言，我总是不禁觉得，这是一起无论如何也不能轻易放过的重大事件。

总之，那是个很了不起的男人，是个老天爷赏饭吃的家伙。没有一丝一毫的可取之处。

去年，我蒙了战灾，到津轻老家避难。几乎每一天我都煞有介事地把自己关在屋里，时不时也会有当地的什么文化会、同好会邀请我去演讲，或者是叫我参加座谈会，我总是推辞说："应该有很多比我更合适的讲师。"然后一个人偷偷地在睡前来一杯，随即蒙头睡大觉，就这样从早到晚，过着假隐者一样的日子。在那之前的十五年里，我出入于东京最下等的酒馆，喝最下等的酒，与所谓最下等的人打交道，因此对绝大多数的无赖早就见怪不怪了。然而，我还是被那个男人给惊呆了。总之，我对他是厌恶至极。

九月初，我吃完午饭，正在老宅正房的中堂里，一个人百无聊赖地抽着烟，这时，一个农民扮相的中年男人杵在门口打了声招呼。

"哟。"他开口道。

那个人就是我所说的"亲友"。

［在这篇随笔里，我虽描绘出一个农夫的形象，并向世人揭露他那可憎的秉性，但我完全没有试图以此来支持阶级斗争中所谓的"反动势力"。虽然可能有些傻，但是以防万一，我还是提前在这里多一句嘴。只要读完这篇随笔，对于大部分的读者，那自是一目了然的事，这种补充说明确实扫兴，可近来，总有些个头脑愚笨、麻木不仁的人，满嘴叫嚣着些陈词滥调，妄下结论，恶意中伤他人，所以，为了那些个脑子陈腐愚昧的人（不，指不定人家能说会道呢），还是请允许我在这里啰唆一句，加上多此一举的解释说明。其实，出现在这篇随笔里的他，虽外表看起来是农民，但绝不是那些喜好整天摆弄"意识形态"的人所敬仰的那类农夫，他着实是一个非常复杂的男人。总之，我还是头一回见到那样的男人，甚至可以说是不可理喻。我觉着，那人简直就是一个新型人类。我并非想要尝试对他做出善恶与否的道德判断，而是想要把自己对这种新型人类的预感提供给读者。若是能达到这个目的，我也就知足了。］

他是我小学的同年级同学，叫平田。

"不记得我了？"他露出大白牙，笑着说道。我对那张脸隐隐有些印象。

"认识。不进来吗？"那一天，我对他的确像是个言行轻率的交际家。

他脱了草鞋，走进中堂。

"真是好久不见啊，"他大声说道，"这都过多少年了？哎哟，得好几十年了？你看看，那得二十多年了！俺之前就听说你搬到这儿来了，可地里的活太多、太忙，这不就一直没机会过来找你唠唠嘛。听说你也是半个酒鬼了呀，哇哈哈哈。"

我苦笑着给他倒了杯茶。

"以前和俺打架的事，不记得了吧？咱俩总打架嘞。"

"是吗。"

"什么'是吗'。你瞅瞅，俺这手背上还有个疤呢，这可是被你给抓伤的。"

我仔仔细细地观察了那一下子捅到我面前的手背，然而，连伤疤的影子都没找到。

"你左边的小腿前头也应该有个疤。有吧？肯定有。那是我朝你扔石头给砸的。哎，真是没少和你打架。"

然而，别说我左边小腿上，就连右边的小腿上，也没有那样的疤。我只是暧昧地笑了笑，听他继续说故事。

"对了，就想着和你商量个事呗。班级聚会，咋样，不乐意？咱们就给他大喝特喝一顿，算十个人头，拿个二斗酒，这些个东西都俺来整。"

"听着还不错，不过这二斗酒是不是有点太多了？"

"怎么会，不多。每人不整个二升，没劲。"

"可是，这二斗酒怎么凑？"

"估计是整不到那么多，也没准，俺试试。这个你不用担心。不过话又说回来，就算在乡下，最近这酒也真不便宜，那可就得靠你了。"

我心领神会，起身从里屋拿出五张大钞来。

"那这样吧，这些钱你就先拿着。其余的，之后再说。"

"等等，"他把钱塞还给我，"那不对。今儿个俺不是来找你拿钱的，只是来商量事的，就是来听听你的意见。虽说，那啥，最后怎么着也的确会找你掏个千八百块钱的，但今儿个，一来是找你商量，二来呢，也是见见老朋友。行了，总之就交给俺吧，那钱，你就先替俺收着吧。"

"这样，行。"我把钱收起来，放进了上衣的口袋里。

"没酒吗？"他突然开口。

果然，我暗想，随后望向他，重新审视起他那张脸。一瞬间，他也满脸难堪，随即又嚷嚷道：

"俺就是听说你这儿总有个两升三升的嘛，拿出来整了。你媳妇不在吗？让你媳妇给俺倒一杯。"

我站起身。

"行，那来这边吧。"

我心中只觉无趣。

我把他带到了里屋的书房。

"房间有点乱。"

"不会，没事。文学家的房间都这样。俺在东京那阵子，可是和好多文学家都打过交道呢。"

对于这件事情，我自是不敢相信。

"果然哪！话说，还真是个好房子，不愧是大户人家。院子里的风景也好，还有刺桂嘞，知道为啥叫刺桂不？"

"不知道。"

"你不知道啊？"他得意起来，"那说起来，往大了说和这整个世界都有联系，往小了说和家庭有关，还能给你们提供写作素材。"

文不对题，不知所云，我甚至觉得他是不是没别的词了。然而，事实并非如此。之后，他还是让我见识到了他的老奸巨猾。

"究竟是什么呢？那个由来……"他嘿嘿一笑，"下次再告诉你为啥叫刺桂。"他把头一扬，卖起了关子。

我从壁橱里拿出一个方瓶，里头还剩半瓶威士忌。

"不过这是威士忌，你也喝吗？"

"有啥喝不喝的，你媳妇不在？让她给俺倒上。"

我在东京住了许久，也接待过不少客人，还从来没有遇到过这么说话的客人。

"我内人，她不在。"我撒了个谎。

"别跟俺打马虎眼。"他丝毫不把我说的话当回事，"叫她过来，赶紧给俺倒上一杯。俺就是想喝上一杯你媳妇倒的酒才特地过来的。"

若他是抱有期待，觉得大城市的女人都高雅脱俗、妩媚动人，那不仅是他可悲，对我的妻子也是种屈辱。我妻子虽是大城市的女人，但颇为土气，笨拙得很，又不怎么讨人喜欢。所以，我也不情愿叫妻子出来。

"不如算了吧。如果是我内人倒的酒，反倒不好喝了。这个威士忌，"我一边说着一边往桌上的茶杯里倒酒，"在以前只能算是三流的酒，不过，至少不是甲醇。"

他一口气灌下了一杯，随后咂舌道："有点像蝮蛇酒[1]。"

我又往杯子里倒满了酒。

"喝得太猛的话，过会儿醉意一下子上头，可是会很难受的。"

"啧，瞧你说哪儿去了。俺在东京曾经干完了两瓶三得利呢。这威士忌，要我说啊，不过六十度而已吧？呵，小意思。没多大

---

1 用蝮蛇浸泡而成的酒，常用作强壮身体的药酒。

劲。"说完，他又是猛地一口喝光，毫无情趣可言。

接着他给我倒上，又把自己的茶杯满上，说道：

"已经没了。"

"哎，是吗。"我像个成熟得体的交际家，心领神会地站起身来，又从壁橱里拿出一瓶威士忌，拔掉了木塞。

他一脸坦然，点了点头，继续喝着。

就算是我，都已然开始厌恶了。我打小就有浪费的恶习，自认为爱惜东西的自觉性比起一般人缺乏得多（这绝不是一件值得夸耀的事情）。即便如此，那威士忌可谓是我私藏的宝贝了，虽然在过去不过是三流的酒，可在如今这世道下，绝对可以算是一流的。它的价格自是高昂，不过比起钱，当时我可是颇费了一番周折才将这些酒弄到手的，这绝不是有钱就能买到的东西。许久之前，我好不容易从别人手里收来了这一打威士忌，虽然为此破了产，但也从没后悔过，每天浅尝辄止，一直都倍加珍惜，只为了让同样好酒的作家井伏先生[1]在来访的时候也能品尝到。可库存还是一点点地减少，当时壁橱里也就剩下两瓶半而已。

当他提出要喝一杯的时候，恰巧家里既没有清酒也没有别的，所以我才拿出了那珍藏已久、所剩无几的威士忌，可万万没料到竟会被对方这般鲸吞殆尽。这听上去的确像是个吝啬鬼的牢骚（不，直说了吧，对于这威士忌，我就是个吝啬鬼，就是觉得心疼），可他这样理直气壮、不以为意地猛灌，实在是让我不由得怒火中烧。

不仅如此，他说的那些话丝毫不能引起我的共鸣。这并非说我自己是个举止得体、有修养的人物，而对方是个不学无术的乡

1　井伏鳟二（1898—1993），日本小说家，原名井伏满寿二。著有《山椒鱼》（1929）、《黑雨》（1966）等。与太宰治是师兄弟关系。井伏深受太宰治的尊敬，并对太宰治的人生和写作都有非常重要的影响。

野村夫。我也同没文化的娼女严肃地探讨过所谓"人生的真谛"，也曾因一位没受过教育的老匠人的劝导而潸然泪下。我其实对于世人所谓的"学问"持有怀疑态度，可他说的话令我浑身难受是有其他原因的。那究竟是什么原因？与其让我三言两语地加以论断，还不如让我将他那天的种种言行举止活灵活现地描绘出来，任由诸位读者来判断，窃以为如斯，方是作为作者所谓不失偏颇的手段。

打从一开始他就一直在呶呶不休那些"俺在东京那阵子"的事，随后借着醉意，他愈加滔滔不绝、口沫横飞。

"就说你，也是个在东京因为女人惹出过乱子的人，"他大声嚷道，嗤笑着说，"俺吧，其实在东京那阵子，也差点出娄子。就差那么一点点，就要和你一样捅出大娄子来了。真事，实际上吧，也已经到那地步了。但是，俺给逃走了，嗯，跑路了。话说，俺看这女人，一旦相中了男人就很难忘掉。哈哈哈，现在还给俺写信嘞。嘿嘿，就说上次，还给俺送年糕来了。女人吧，就是傻，真受不了。要想让她看上你，长得好也没用，有钱也没用，而是心思，要这颗心。其实吧，俺在东京那阵子，也是个乱来的主。想想看，你那会儿肯定也在东京，不知道在和哪个艺伎鬼混，还弄哭人家了吧，你居然一次都没碰见过俺，还真是不可思议啊。你说你，那时候到底上哪儿混去了？"

我完全不知道那时候究竟是指什么时候。而且，我完全没有印象自己像他所想象的那样，在东京时把艺伎弄哭还乱来。那大抵不过是在露天的烤肉摊上，喝点泡盛烧酒[1]，醉酒后的一通胡言

1　泡盛烧酒是日本的一种蒸馏酒，由大米发酵而成，于十五十六世纪左右传入琉球（现冲绳地区），后成为当地传统酒类。

乱语罢了。诚如他所说，我在东京时的确"因为女人惹出过乱子"，还不是一次两次，几番重蹈覆辙，害得父母和兄弟在他人面前抬不起头来，然而至少可以这么说：我决计不会仗着自己有钱，就冒充美男子，随意玩弄艺伎，还在这里扬扬得意！虽说这是卑怯苍白的辩解，但通过他的话语我才明白，原来自己竟连这一点点的信誉都没有，心中顿觉一股莫名的烦躁。

不过，我也不是因为这个男人才第一次品尝到那种烦闷，那些个东京文坛的评论家，还有其他种种，甚至已是朋友之交的人也曾让我吃过不少苦头，因此，我对于那些评价也就养成了听过且过、一笑了之的习惯。可眼下，我察觉出面前这农夫模样的男人竟将那些事情视作我最大的弱点并乘虚而入，他那样的心机是何等卑劣、何等无聊。

话虽如此，那一日我确实是个极其敷衍的交际家，只是应付了事，没有任何毅然决然的表现。说到底，我不过是一介身无一物的逃难者，拖着妻儿，毫无征兆地强行挤进这个并不怎么富足的小镇，自是知晓，自己毫无疑问已是到了苟且偷生的地步，故此，对这一方小镇上土生土长的人而言，我势必是个无礼且唐突的交际家。

我去正厅拿了些水果来招待他。

"不吃吗？吃点水果可以醒酒，就能继续喝了。"

他若继续猛灌威士忌的话，照这势头发展下去，不久就会酩酊大醉，即使不大发酒疯，若是醉得不省人事，也实在是难以收场。想到这儿，为了让他稍许平静一些，我给他削了个梨。

然而，他好像不大乐意从醉意中醒来，瞟都不瞟那梨一眼，只是一直去够那威士忌的茶杯。

"俺讨厌政治，"他话锋一转，突然谈论起了政治，"俺们农民，没必要懂那啥政治。就俺们过日子，哪怕就一点点利益，谁给俺，俺就跟他走，那不就行了呗。谁把实实在在、看得见摸得着的东西放到俺跟前，让俺攥着他的手，俺就跟他走，那不就完事了嘛。俺们农民又没啥野心，受多少恩，就报多少恩，那正是俺们老百姓实诚的地儿。什么进步党啊，社会党啊，管他哪边，都行。只要俺们农民有田种，有地耕，那就中。"

起初，我实在不明白他为何突然说起这些微妙的事情。可他接下来的这番说辞，倒是表明了他真正的来意，不禁让我苦笑一番。

"话又说回来，上次那选举，你也帮你哥竞选了吧？"

"没有，我一件事情都没有做过，每天都在这个房间里做自己的事。"

"骗人，就算你是个文学家，不是政治家，那也是人之常情。为了你哥，你肯定帮了不少忙。俺吧，就是个没学问、啥也不懂的农民，但那人情世故还是讲的。俺，讨厌政治，也没啥野心。就说那社会党呀，进步党啥的，俺觉着也没啥吓人的。但俺可讲交情，俺吧，和你哥虽然的确说不上亲近，但是，至少你和俺是同学，还是好朋友不是？这就是交情嘛。谁也没拜托过俺，可俺还是投了你哥一票。俺们农民，没必要懂那啥政治。俺觉着，只要别忘了这人情世故的事，就中，你说呢？"

也就是说，兴许他认为仅凭那一票，就可以换来大喝威士忌的权利了。看得愈是透彻，我愈是觉得无聊乏味。

可他也绝非不谙世事的男人，他似乎敏锐地察觉到了什么。

"俺吧，可没有追随你哥给他当下人的打算啊，如果你那样看不起俺，那俺可难办了。就算是你家，查查那祖谱，也不过就是个卖油的而已。你知道不？俺是从俺家婆娘那儿听来的，就是谁买一合油，就送给谁一块糖，那买卖可算是干对了。还有河对面的斋藤家，别瞅他是个大地主，耀武扬威的，那也就是现在的事，三代以前，是靠捡河里漂着的木柴，削成签子，然后把从河里抓来的鱼穿起来烤一烤，卖个一文二文钱才发的家。还有，大池家，不过就是以前在路边摆上桶子，让路过的人往里头撒尿，等那小便装满了就卖给农民，靠这才有了如今的家底。所谓有钱人哪，问问祖上三辈，都是这么个样。俺家这族，你听好了，那可是这地方历史最长的家族。那啥，听说祖上可是京都人。"说到这儿，他还觉得有些不好意思，哧哧地觍笑道，"婆娘的话，指不上，总之也是有正儿八经的家谱的。"

我一本正经地附和道：

"那么说来，可能还是官人出身了。"以此来满足他的虚荣心。

"嗯，啥呀，那也说不清楚，但基本上就是那么回事了。也就是俺穿成这样，脏兮兮的，天天下地干活，可俺哥，你也认识吧，那可是大学生。他是大学棒球队的选手，名字还经常上报纸呢！俺弟弟现在也上了大学。俺可不随大流，俺当了个农民，但不管是俺哥还是俺弟，现在在俺面前都挺不直腰杆，就是因为东京没粮食。俺哥大学毕业后虽然当了干部，可还是三天两头地写信来要俺送点米过去。可送米多累啊，俺哥要是自己扛回去的话，那不管多少斤，俺都乐意让他扛走，但他好歹也是个东京政府机关的干部，好像也的确不能老是来扛米呀。你也是，要是现在缺个啥，尽管上俺家来拿。俺嘛，可没想过要白白喝你的酒。农民，可是很实诚的人。受了恩惠，那必须好好地报答。不，你倒的酒俺不喝了！叫你媳妇来。不是你媳妇倒的酒，俺就不喝！"我心情很是复杂，毕竟我本就不想让他那样喝。"俺可不喝了，把你媳妇带来！你如果不带来，俺可就自己把她拽过来了啊。你媳妇到底在哪儿？卧室里？是睡觉的房间？俺可是这天底下的农民，你知道俺们平田家族吗？"他醉得不轻，摇摇晃晃地站起身来，开始无理取闹。

我一边笑着，一边安抚他坐下：

"行，那我把她带来。就是个无聊的女人，你可别介意。"

说着我走到妻子和孩子的房间，煞有介事地吩咐道：

"喂，小学的好朋友过来看我来了，你出来打声招呼。"

我果然还是不想让自己的客人被妻子看不起。来到这儿的客人，不管是什么货色，我只要稍微察觉到他们被自己的家人看不起，就会痛苦难耐。

妻子抱着最小的孩子走进了书房。

"这位是我小学时候的好朋友，叫平田。上小学时，我们总是打架，他右手还是左手的手背上还有被我挠伤的疤呢，所以，他今天应该是特地莅临寒舍，来报那一抓之仇。"

"哟，好吓人。"妻子笑着说道，例行公事地打了个招呼，"请多关照。"

即使对于我们夫妇二人这样怠慢且无礼的社交礼仪，他似乎也毫不在意，他眉开眼笑地说道：

"不不不，可别再说这些生硬的客套话了。嫂夫人，来，请到这边来，麻烦给我倒一杯酒。"他可真是个滴水不漏的交际高手，背地里喊"你媳妇"，当着面就喊"嫂夫人"。

妻子倒的酒被他一饮而尽。

"嫂夫人，刚才我同修治（我的幼名）也说了，如果缺什么东西，就请上我家来拿。我家什么东西都有，番薯呀，蔬菜呀，大米呀，鸡蛋呀，还有鸡。马肉怎么样，吃吗？我可是剥马皮的好手，如果吃的话，还请过来拿，给你带一条马腿回去。野鸡怎样，还是山里的鸡味道好吧？我还打猎，提起猎手平田，这附近一带没有人不知道的。你想要吃什么，我就给你打来什么。野鸭怎么样？鸭子的话，明天一早我就上田里，铁定能给你打个十来只，我还在早饭前打过五十八只呢。如果觉得我是吹牛的话，就到桥边上的铁匠笠井三郎那儿问问看就知道了，那个男人知道我所有的事。提猎手平田的名，这个地方的年轻人就任凭差遣。对了，明天晚上，喂，文学家，和俺一起去趟八幡宫的夜间庙会看看吧？俺来找你。年轻人可能会闹点事情，能怎么办呢，谁让这时局不稳啊。那时俺就会冲进去，大声制止：'给我住手！'简直就和幡随院长兵卫[1]一样。俺贱命一条，没啥可留恋的，就算死了，俺还有财产，不会苦了老婆孩子。喂，文学家，明天晚上，一定要跟我去呀，让你瞅瞅俺有多伟大。每天就闷在这个房间里头，整天云里雾里的，能写出来好文学吗？必须多体验体验。你究竟在写些啥玩意呀？嘿嘿，艺伎小说吗？你就是没吃过苦才这副模样。俺可已经换过三个婆娘了，那可是越换越可爱。你咋样？就你这样，俩？仨？嫂夫人，生活得怎么样？修治有好好疼你吗？别看我这样，那也是在东京生活过的男人嘞！"

糟糕，事情还是变得愈加不可收拾了。我吩咐妻子去正房拿点下酒菜来，借此把她支开了。

他悠然自得地从腰间拿出烟袋来，又从烟袋上系着的荷包里取出装有火绒的小盒还有火石，噼啪噼啪地往烟袋锅里打火，可怎么都打不着。

"我这儿有好多香烟呢，你抽这个吧，点旱烟有点麻烦吧。"

1　幡随院长兵卫（1622—1657?），江户前期侠客的代表人物之一。据传，其十八岁时便以侠名著称。与幕臣白柄组首领水野十郎左卫长期对峙，后水野使计将长兵卫引诱至吉原，随后将其杀害。

听我说完，他望着我咧嘴一笑，把烟袋给收了起来，不无自豪地说道：

"我们农民总带着这个嘞。你们可能瞧不上，但它可方便了。就算下着雨，只要拿出火石噼啪噼啪打几下就能着。俺就想着，下次俺去东京的时候，要把这带上，试试在银座的正中间，噼啪噼啪打个火。你马上也要回东京了吧？俺上你那儿转转。你家，在东京哪儿？"

"受灾户，还没决定好去哪里呢。"

"这样啊，是受灾户啊，头一回听说。那这么说来，肯定拿了不少政府补给吧？之前好像还有受灾户分到了毛毯，你给俺拿来。"

我张皇失措，不知如何是好，实在难以揣摩他真正的心思。但是，他好像并非开玩笑，执拗地继续说道：

"就给俺拿来嘛，俺拿它做件夹克衫。听说还是条挺不错的毛毯不是？给俺吧。放在哪儿了？俺回去的时候就给捎上。这就是俺的做派，有想要的东西，就直说俺要拿走！撂下这话，就一定得带走。与之相应地，你若来俺那儿，你也能那么干，俺不介意。拿走什么都成。俺就是这么干脆的男人，可不整那套虚的事，讲究个啥礼节，麻烦。行了，毛毯俺就拿走了。"

那毛毯仅此一条，妻子把它当成宝贝，甚是珍惜。他定是认为我们不愁吃穿，就因为我们住在这所谓"气派"的房子里。然而，我们如同寄居蟹一般，住在与自己毫不相称的大贝壳里，一旦从贝壳里掉出来，就成了浑身赤裸的可怜虫。夫妻二人连同两个孩子，只能紧紧地抱住政府补助的毛毯，在寒风里瑟瑟发抖，狼狈不堪地团团转。有田有地的人又如何能够知晓无家可归之人的凄凉悲苦，因这场战争而失去家园的人，一大半（想来应是如此吧）定在脑海里有过一两回干脆和家人共赴黄泉的念头。

"毛毯这事，就放过我吧。"

"你还真是个小气鬼啊。"

他刚想继续念叨、胡搅蛮缠的时候，妻子端来了下酒菜。

"哎哟，嫂夫人，"他随即把矛头转向了那边，"真是给你添麻烦嘞。吃食啥的我不需要，快到这儿来，请给我满上一杯。修治倒的酒，没喝头了，他小气得很，不像个男人，要给他揍一顿不？嫂夫人，俺吧，在东京那会儿吧，打架可厉害了。那柔道呀，也练过两下子。就现在，修理像修治这样的人那也是小意思。不管啥时候，修治要是敢在你面前耍威风，就告诉俺，俺替你狠狠地揍他一顿。咋样，嫂夫人，不管是在东京，还是来这儿之后，可没有男人敢像俺这样啥也不顾忌地调侃修治吧？说到底，俺俩是不打不相识的老朋友了，修治在俺面前可没法装模作样。"

此时此刻，当我知晓他那毫无顾忌的样子竟是故意做戏时，我愈加觉得兴致索然。让人请客喝威士忌，结果还闹得鸡犬不宁，他莫不是打算将这些都作为日后他那愚蠢的自吹自擂的谈资？

突然，我想起了木村重成与厮役的故事[1]，还有神崎与五郎和马子的故事[2]，甚至想到了韩信所受的胯下之辱。木村也好、神崎也好，韩信也罢，原先，我一想到他们对于那一个个无赖之徒所怀的不动声色、深不可测的蔑视，与其说是敬佩他们的忍辱负重，

1　江户时代初期的武将。据传，木村命令厮役擦拭自己的佩刀，对方却勃然大怒不愿意。周围人就将此事告知木村，但他无所谓，完全没有放在心上。此番出乎意料的举动却被世人误以为是胆小鬼，连区区下人也敢反抗他，因此一直被众人嘲笑。直到七八年之后，在大阪冬之役中，木村勇猛杀敌、不幸战死沙场的丰功伟绩传回，人们才醒悟是误解了他。木村的隐忍自此成为美谈。

2　在北上江户的途中遇到马夫丑五郎，被其刁难，还写下了道歉书。此逸事可能有误传，但依然常见于歌舞伎和净琉璃舞台上。

倒不如说只觉得他们那是装模作样，令人厌恶。我时常在小饭馆里看到这番景象：二人发生口角，一人悲愤交加，咆哮怒骂，另一人却在一旁从容憨笑，对周围人不停地使眼色，像是在说："耍酒疯呢，抱歉。"随即又对那情绪激动之人说些"哎呀，我错啦，对不起啦，向你赔礼道歉"之类的话，那副嘴脸着实令人作呕，实乃卑鄙低劣。遇到这副姿态，怎能不叫那悲愤之人变得越发狂躁，暴跳如雷呢？木村也好，神崎也好，韩信也罢，纵使他们绝非惺惺作态之人，纵使他们不会堂而皇之地上演对周遭使眼色、口称"我错啦，对不起"这番假仁假义的戏码，而是以一种堂堂正正、真心诚意的态度向对方赔罪，他们的那些美谈也还是与我的道德标准相抵触。我着实感觉不出什么坚忍。所谓坚忍，似乎并非那样一时且做作的行为，而应当像阿特拉斯[1]那样强韧，像普罗米修斯[2]那样承受得了苦痛，是一种长久且不间断的道德品质。加之上述三位伟人在当时都让人察觉到了尤为强烈的优越感，这反倒让人觉得那茶室的小和尚和马子等人理所应当揍他们一顿，并对那些个无赖之徒生出些许同情心来。尤其是神崎同马子之间，似乎神崎还特意起草了赔罪文契，然而神崎仍然心存芥蒂，在四五日之后，终是自暴自弃，喝起闷酒来。就像上述那样，我本就不钦服那些成为美谈的伟人之宽广胸襟，反倒是一直对那些无赖之徒颇为怜悯和感同身受。然而，眼前这位稀客的到来，让我不得不全盘纠正之前对木村、神崎与韩信的看法。

1　古希腊神话中的擎天神，泰坦一族，参与了泰坦（与奥林匹斯）之战，后被宙斯惩罚，在最西边，用双肩撑起天堂直至永远。

2　从宙斯处盗取火种归还人类，并传授其知识，帮助人类建立文明，因此触怒宙斯，被捆绑在高加索山脉的悬崖边。宙斯每天派一只老鹰啄食其肝脏，又令其快速愈合，以此日复一日地折磨普罗米修斯，让其饱受痛苦千年，最后被半神英雄赫拉克勒斯救出。

何为卑劣已然不重要了，道德观的天平已逐渐倾向于莫与小人为敌。忍辱负重也罢，其他什么也罢，也是没这工夫再遵循道德了。我断言，木村、神崎与韩信确是比那些气急败坏的无赖之徒要软弱，被其欺压又毫无胜算。基督教不也说，若见时不利我，"所以主啊，就请容许我逃离远去吧"。

除了逃离别无他法。此时此地，如若激怒了这位亲友，怕是得上演一出砸窗破门的戏码，这又并非我的房子，实在是让人心惊肉跳。哪怕不是砸烂，就连平日里，我都会因为孩子弄破拉门、扯坏窗帘、在墙壁上乱涂乱画而战战兢兢。眼下当务之急是万万不可触怒这位亲友。在修身课[1]的课本里，那三位伟人的传说是以"忍耐""大勇和小勇"来命题的，吾等求道之人就这样被彻底地误导了。若是我把他们编入课本的话，定会以"孤独"二字作为标题。

时至今日，我才体会到那三位伟人当时的孤独。

正当我一边看着他那嚣张的气焰，一边不甚烦闷之时，他突如其来地发出了"哇——！"的惨叫。

我吓得够呛，望向他，只见他叫唤着"后劲来了！"，然后就如同仁王一般，又像是不动明王一般，双眼紧闭发出低吼，两只胳膊撑在膝盖上，使出浑身的力气，看上去像是在和醉意搏斗。

原来是喝醉了。也难怪，他几乎一个人就将新开的方瓶喝掉了大半。他额头上沁满了一闪一闪的油汗，那副尊容堪比金刚或阿修罗。我们夫妻见此等情状，交换了不安的眼神，但仅仅三十秒之后，他就换了一副若无其事的样子，开口道：

1　修身课是指在第二次世界大战前，日本中小学根据《教育敕语》所开设的课程，旨在对国民的道德进行指导。

"果然，还是这威士忌好啊，容易喝得醉。嫂夫人，快，给我倒一杯。坐过来一点嘛，我这个人，再怎么醉都不会失去理智。今儿个你们请客，下次一定让我来请。上我家来呗，但是，我家可啥也没有。鸡，有养，但那绝对杀不得。那可不是一般的鸡，那叫斗鸡，是让它们打架的鸡。今年十一月有大型的斗鸡比赛，俺打算让它们都出场，所以现在正在训练呢，只有输得不像样的才能拿出来宰了吃。所以，等到十一月嘛。那啥，萝卜还是能给你们两三根的。"他的说话声逐渐小了下去，"酒也没，啥也没有，所以，我今儿个就上你这儿喝来了。鸭子，到时候会上一只的，如果抓得到的话。但是，有个条件，那只鸭子，只能是我、修治和嫂夫人三个人吃，那时候，修治可得拿威士忌出来。而且，你可给俺记好了，可别说什么那鸭肉难吃，给俺记牢了啊，别叨叨啥'那么难吃的东西'。那可是俺好不容易打来的鸭子，你要给俺说好吃。行不行，俺俩可说好了。好吃！美味！就得这么说。啊哈哈哈，嫂夫人，农民就这样，一旦被人瞧不起，就连段粗绳都不稀得给你。和农民打交道得讲技巧，明白了没？嫂夫人，可不能摆架子，摆架子的话，那啥来着，就算是嫂夫人，也和俺婆娘一样，到了晚上……"

"孩子在房间里哭呢。"妻子笑着说完就逃走了。

"不像话！"他怒骂着站起身，"你媳妇，不像话！俺婆娘可不像她那样！俺去把她拽回来，别小瞧俺，俺家庭可是有模有样的。孩子六个，夫妻美满，如果觉得俺在撒谎，去桥边的铁匠三郎那儿问问就知道了。你媳妇的房间在哪儿？带俺去卧室，让俺去瞅瞅你俩睡觉的屋子。"

啊！让这等人将那宝贝的威士忌给喝了去，真是暴殄天物！

"算了算了，"我也站起身来，拉住他的手，现在哪还笑得出来，"别理那样的女人，我们不是很久没见了嘛，痛快地喝吧。"

他咚的一声坐下。

"你们俩，感情不好吧？俺可猜到了。俺就想呢，奇怪啊，一定有啥事。"

也没什么猜到猜不到的，这"奇怪"的根源就是这位亲友放肆地耍酒疯。

"没劲，俺唱个曲咋样？"听他如此说，我便放下两重心了。

一来，他唱个歌大概就能消除现在的尴尬气氛；二来，这也确实是我最后的希冀了。想来今日从中午直到日落时分的整整五六个小时，我都在给这位"毫无交情"的亲友作陪，听他东拉西扯了那么多，在这期间，当真是没有任何一刻曾让我生出丝毫好感，觉得应要珍惜这位亲友，抑或是觉得这是个男子汉大丈夫。若就此别过，再回想起今时今日，我怕是永远只能记得对这个男人的恐惧和厌恶，于他于我，怕是没有比这更无趣的事情了。顺着他想要高歌一曲的想法，我心中不由得涌现出一个期盼，哪怕就一件也好，说一件、做一件可以给我留下美好回忆、让我怀念的事情，在这离别之际，还恳请你用那悲怆的声音唱起津轻的民谣，抑或是其他什么曲都好，让我为之动容、为之流泪吧！

"那再好不过了，一定要唱一首，一定。"

那早已不是场面话，我打从心底里期待着那一首歌。

然而，就连那最后的一点希冀也还是被残忍地背叛了。

山川草木转荒——凉
十里风——腥——新战场 [1]

　1　这是日军将领乃木希典在成功攻占旅顺之后，视察金州时写下的汉诗。

随后他说忘记后半段是什么了。

"得嘞，俺回家喽，被你媳妇给逃走了，你倒的酒又难喝，差不多该回去了。"

我没有挽留。

他站起身，道貌岸然地开口道：

"这同学会，那既然没啥办法，就还是俺辛苦点来张罗吧，其他的事就交给你了，这个同学会肯定很有意思。今天多谢招待，这威士忌俺就拿走了。"

关于这，我早就做好了思想准备，我将茶碗里他喝剩下的威士忌又倒进了只剩下四分之一的酒的酒瓶里。这时他突然开口：

"哎哎，用不着整这一出，装得跟真的似的。柜子里头肯定还有瓶新的吧。"

"你连这都知道?!"我不寒而栗，随即又干脆痛快地大笑起来。真有你的，我还能说什么呢？东京也罢哪儿也罢，找不出比他更甚的男人。

这下可好，无论是井伏先生还是其他什么人来，都没有可以一同享乐的东西了。我从柜子里拿出最后一瓶酒，递给他，暗想是不是该直接告诉他这酒有多贵。我有些好奇，若是告诉了他，他是会一脸漠然，还是会因为不好意思就说不要了呢？可最终我还是放弃了这个念头。我果然还是做不了这种事情——请人吃饭还要提价钱。

"香烟要吗?"我试探性地问了一声。

"嗯，那肯定是要的，俺可只有旱烟啊。"

若说小学时候的同学，我只有那么五六个真正的好朋友，对于此人的记忆当真全无。于他而言，除了之前所提打架之事，几乎再也没有关于我的记忆。然而，二人竟也亲友交欢了整整大半日有余。我脑海里甚至浮现出了"强奸"这样极端的字眼来。

不过，事情到这儿可还没有结束，他还是亲手给添上了个有始有终的句号。不管看似多么爽快抑或豪爽，他都完全是个不可救药的男人。我将他送到门口，终于要告别的时候，他在我的耳边狠狠地啐了一句：

"别他妈跟我装清高！"

黄村先生言行录

（先讲讲黄村先生沉迷山椒鱼，结果吃了大亏的故事吧。此人逸事极多，接下来我还会陆续介绍。听完三四个故事，读者自然就能把握黄村先生的为人，因此这里暂不对他进行抽象的解说。）

不得不说，黄村先生沉迷山椒鱼这种怪东西，我或多或少也有点责任。一个早春的日子，黄村先生照旧戴着他的鸭舌帽（那是一顶极其夸张的格子纹鸭舌帽，丝毫不称他的气质。我一度看不下去，鼓起勇气说你还是别戴这顶帽子了吧。先生当时凝重地点点头，说他早就不想戴了，可他到现在还是在戴），还学年轻人的样子把帽檐推得高高竖起，到我家来做客了。后来，我们一块儿去了附近的井之头公园。每逢这种时刻，我都会感到遗憾，因为先生完全不知风流；我很早以前就领悟到了这件事。

"先生，梅花。"我指着花说。

"嗯，梅花。"他对那花连个正眼都没给，只是应声道。

"说到梅花，白梅还是比红梅好啊。"

"是啊，好啊。"先生迈着大步走了过去，我连忙追上。

"先生，您不喜欢花吗？"

"很喜欢。"

但我已经看出来了，先生没有一点风流之心。他在公园散步，只是大步向前走，既不赏梅也不看柳，还不时对我耳语一句"真

黄村先生言行录

是个美女"。没错，他只对擦肩而过的女人最敏感，我内心万分苦涩。

"并不是美女呀。"

"是嘛，看着像二八碧玉呀。"

真让人无奈。

"走累了，休息一会儿吧？"

"好吧，那边的茶馆视野开阔，应该很好。"

"反正都一样，选近的吧。"

他走到距离最近的邋遢茶馆里坐了下来。

"吃点什么吧？"

"也好，甜酒或小豆汤吧。"

"还是吃点什么吧。"

"这里好像也没别的东西好吃了。"

"有没有亲子盖饭之类的？"明明是个老人，却如此能吃。

我不由得涨红了脸。先生点了亲子盖饭，我点了小豆汤。吃完了，先生说：

"这碗够大，饭量也多。"

"但是不好吃吧？"

"不好吃。"

他又站起来大步向前走。先生总是坐不住。我们走进了中岛的水族馆。

"先生，这锦鲤真不错。"

"是啊，挺不错。"他说完就去看别的了。

"先生，这香鱼长得真好看。"

"是啊，在游呢。"他又去看下一个了，压根没有欣赏。

"这边是鳗鱼，挺有意思的，都在沙子上睡觉呢。先生，您在看哪里呢？"

"嗯，鳗鱼，活的。"他尽说些前言不搭后语的话，一个劲地往前走。

突然，先生发出了凄厉的叫声。

"哎！你看，山椒鱼！我记得这叫山椒鱼，竟然是活的啊，太让人敬佩了。"兴许是前世命定的因缘，先生只看了一眼水族馆的山椒鱼，就兴奋得涨红了脸。

"这是第一次啊，"先生沉吟道，"我第一次看到山椒鱼。不，我以前好像也见过几次，但头一次站得这么近。你身上该不会散发着古代的气味吧？像是深山的峦气啊。你知道峦气是什么吗？那可以说是深山的精气。太惊人了，嗯……"先生好一通沉吟，我在旁边感觉羞耻极了。

"原来您喜欢山椒鱼啊，真是太意外了。它有什么好呢？不过，我们确实有位前辈创作了关于山椒鱼的小说。"

"对吧，"先生煞有介事地点点头，"那想必是一部杰作吧。对你们来说，这幽而玄之的野兽，不，鱼类，不……"先生慌了手脚，红着脸不停地捻动胡须，"这究竟是什么东西？水族？不，类似海狗吗？海狗……"这下，他彻底乱了套。

先生似乎感到万分遗憾，他在人前暴露了自己动物学造诣的浅薄，看起来很不甘心。过了约莫一个月，我到阿佐谷的先生家拜访，那时先生已经成了有模有样的动物学家。先生做什么事都不服输，为了一雪前耻，他每天晚上偷偷研究动物学的书籍，终于找到了答案。这次一见到我，他就迫不及待地开口道：

"原来上次看见的东西，是两栖类中的有尾类。"他得意扬扬地揭晓了显而易见的答案，"你能听懂吗？那就是字面意思。它长了尾巴，所以叫有尾类，啊哈哈哈。"先生说到这里似乎有点害羞，自顾自地笑了起来，我也跟着笑了。

"不过，"先生正色道，"那种动物太吸引人了，大可称其为奇珍异兽。"他要开始长篇大论了。我坐在外廊上，不情不愿地掏出了怀里的记事本。我养成了一个习惯，只要先生换上这种一本正经的腔调，我就得拿出本子记下。那是因为有一次我没事找事，想要讨好先生，就说先生的演讲真有意思，请让我拿笔记下，先生听了格外高兴。从那以后，稍有一点小事，我就要正襟危坐，他才慢慢腾腾地演讲起来。若我不拿出本子，他就会摆出很不乐意的模样，对我说些阴阳怪气的话，使我最后不得不拿出来。其实我很讨厌这个习惯，然而这都是我没事找事的报应，怪不得别人。以下就是那天演讲笔记的全文。括号内是速记者——我本人的感想。

今天讲些什么呢？虽然没什么值得谈论的新鲜事（如果他不是那么喜欢卖关子，就还算是个好先生），每次都讲差不多的话题，各位（分明没有别人）听了肯定会厌倦，但今天我就来披露一下自己的浅学，讲讲山椒鱼这种珍奇的动物吧。前不久，我受到一名老实坦率的书生邀请（总说这种话），前去井之头公园赏梅。园内开满了红梅、白梅（红梅并没有开），争奇斗艳，真是一派安详的仙境之景。我如入幻境，四处漫步，几乎忘却了俗尘（亲子盖饭，亲子盖饭）。就在那时，我眼前突然出现了幽而玄之的太古动物，它散发着深山的（这字怎么写来着）峦气，蠕动着尊贵的身躯。各位不必惊讶，我看到的便是那山椒鱼。我们沉醉在梅花的香气中，不知不觉漫步到了公园的水族馆。山椒鱼，我就这样一睹了它的真容。就是它！这正是我长年追寻的恋人、古代原始的芬芳、纯粹的大和（有点强词夺理），这是全然的日本的东西。我郑重地转向同行的书生，向他讲述了山椒鱼的可贵。那书生突然像狂人一般大笑起来，我很不愉快，便不再讲解，匆匆回到了家中。今天，先给各位介绍一下山椒鱼的生物学特性。日本的大山椒鱼世界闻名，根据我最近研读的石川千代松博士的著作，距今二百年，德国南方出土了造型奇特、前所未有的化石。一个粗心大意的学者不假思索地断定那就是人类的骨骼，并四处传播人类在上古时期就是如此丑陋的姿态，让人多知廉耻。就这样，这人震惊了学界，那块石头也一举成名。贵妇人对其憎恶不已，臭男人纷纷喝彩，宗教人士狼狈不堪，皮条客一致首肯，造成了不可忽视的一大社会问题。当时的学界权威立刻对其展开集中研究，最后让人们放了心，权威认证那并非人类骨骼，还说这副化石骨骼的形状很像生活在美国溪谷中的山椒鱼，但美国的山椒鱼并没有如此之大，两者之间的大小差异就像马与兔之差。最后，专家们不知如何是好，便以大山椒鱼这个名称搪塞过去，并大声宣称大山椒鱼已经灭绝，试图让众人接纳，就此平息事态。后来，一个叫西博尔德的人来到日本，机缘巧合之下碰见那东西在野地里漫步，顿时吓得腿都软了。早在几千年前就灭绝了的古代生物，竟活生生地从他眼前走了过去。于是他立刻通告学界，日本还有大山椒鱼的踪影！全世界的学者都惊呆了。有的死板学者并不相信，都说："不会吧？西博尔德这家伙生性爱吹牛，肯定是假的。"然而事实证明，日本的大山椒鱼骨骼与欧洲发现的化石极为相似，于是专家们再也无法坐视不管，纷纷为它建立了重要的研究项目，甚至有人说，但凡对古代动物感兴趣的人，都必须一睹日本大山椒鱼的真容。那阵仗，真是痛快无比，堪称普天同庆。试想一下（又要开始装模作样了），太古的动物保持着太古的姿态，至今仍在日本的溪谷中悠然生息，静静沉思，这难道不是神明，不是万古不易的丰苇原瑞穗国吗？那高志的八岐大蛇、稻羽剥兔皮的鲨鱼，其原型也许都是这山椒鱼啊（离谱，离谱）。当然，有的学者可能会持反对意见，我并不在意这个。左州津山九里深山处有个向汤原村，据说那里的神社奉祀着鲵大明神。这个鲵说的就是山椒鱼，方言里管鲵叫半裂，恐怕是说其生命力之强大，就算被撕成了两半还能存活。听闻那鲵大明神也是位凶残的神明，总是要捉人来吃，这在名叫《作阳志》的书上有所记载。那山椒鱼吃了太多人，一位勇士将它击败，为了不让那山椒鱼的死灵作祟，人们马上把它奉祀成了大明神，这些在《作阳志》中都有详细记载。现在那座神社规模不算很大，但以前可是一座大神社，诸位不觉得这跟八岐大蛇的故事有点相似？这并非我无端联想。根据《作阳志》记载，那半裂足有三丈大小。学者们听了可能要怀疑，但我个人极端厌恶怀疑之人。说是三丈，就当它是三丈不好吗（那也没必要对记录者发脾气）？总而言之，过去到处都能见到山椒鱼，并且我相信其中一些还长得非常大。那种动物身体扁平，随着年岁渐长，头部会越来越大，嘴也随之变大，呈现出现在年轻人称之为怪诞的外貌。因此不难想象，古人看见它们，心中必定会生出无边的敬畏。事实上，据说现在生活在日本溪谷中的二尺或二尺五寸大小的山椒鱼，有时候也会扑上来咬人。它们的牙齿虽不锐利，但可怕在力量强大上，它们轻易就能咬断人的一两根手指，真让人害怕（失言了）。如此这般，我打算始终对山椒鱼保持十足的敬意。这虽然是种相对安静的动物，然而一旦动怒，它们就非常可怕了，我猜测那稻羽的白兔就是被这种动物剥了皮，关于这点还有继续研究的余地。奇怪的是，山椒鱼看似愚钝，进食速度却异常快。在它安静冥想的时候，只要有别的动物靠近它的头部，它就会猛地扭过头去张口就咬，其速度快得惊人，光是想想就让人毛骨悚然。突然扭过头，张嘴就咬，然后继续冥想。日本的山椒鱼以山女鳟为食，让人不禁疑惑，它如何能逮住那种动作异常迅捷的鱼类？原来，是山椒鱼的皮肤颜色起到了很大的作用。山椒鱼安静地潜伏在溪谷岩石之下，就会跟淤泥融为一体，无法分辨。它们就这样把硕大的头部搁在岩洞出口，终日沉沉思索。若是山女鳟碰巧凑近那个岩洞，它就猛地张开大口将其吃掉。山椒鱼身体沉重，绝不会追逐猎物，与之相对地，凡是靠近自己头部的猎物，它绝不会放跑，动作可谓迅雷不及掩耳。白天，山椒鱼基本都躲在岩石底下，到了晚上才出来散步。有时山椒鱼会散步到十分靠近下游的地方，听说渔民在一条大河的入海口架网捕鱼时，还捞起过山椒鱼。关于山椒鱼的主要分布地区，除了西博尔德，荷兰的亨德尔霍曼、德国的莱茵、地理学家博恩都来展开过调查。此外，过去有个叫佐佐木忠次郎的人，以及石川博士等人也都到深山里进行过实地调查。结果显示，岐阜县郡上郡有个叫八幡的地方，那八幡就是山椒鱼栖息地的东部边界，再往东就找不到山椒鱼了。八幡以西，沿中央山脉一直追寻到本州边缘，都有山椒鱼栖息，这就是目前的情况。周防、长门那边发现过，石州一带也发现过，另外就是琵琶湖附近到伊势、伊贺、大和一带的山脉也发现过山椒鱼。四国和九州暂时没有发现。关东地区有一种箱根山椒鱼，但它的构造与山椒鱼全然不同，顶多蝾螈大小，再也长不大了。日本山椒鱼的可贵之处就在于它的体型跟古代化石一样大，是毫无疑问的世界第一。想到这点，我就难以抑制内心的热情，全身充满了力量。最近在日本发现的山椒鱼中，最大的有四尺五寸，也就是足足一米半，暂时还没有发现体型更大的。不过，住在伯耆国淀江村的一名老翁表示，他小时候曾在自家庭院的池塘里养过山椒鱼，六十多年后，它已经长成了一丈有余的大山椒鱼，不时从水里探出头来。那颗头也异常巨大，宽足有三尺，无比气派，身长一丈啊。不过那老翁很狡猾，把池水弄得浑浊不堪，还在上面种满了睡莲，谁也看不见山椒鱼的身影，只凭他一张嘴说自己家的山椒鱼身长一丈、头宽三尺。一名学者在报告中提到了这件事，他专程到伯耆国淀江村拜访那位老翁，表示那山椒鱼若真的有一丈长，自己愿意花大价钱将它买下，并恳求老翁让他看上一眼。那老翁冷冷一笑，竟问他带没带东西来装，真是太气人了。那学者也在报告中说："此老头甚狡猾，不可理喻。"单凭这句话就能想象到学者气得直跺脚的模样，不知那山椒鱼后来如何了。实话说，我也想要一条那么大的山椒鱼，然而真要问我带没带东西去装，我也很为难，毕竟那不是拎个桶就能带走的东西。不过总有一天，我想得到一丈长的山椒鱼，然后日夜与它相伴，沉浸在古代的气息中，接触深山幽谷的芬芳。那一日，我在水族馆看见了二尺左右的山椒鱼，心有所感，便多方调查了关于山椒鱼的文献，我真想在有生之年看一眼日本最大的山椒鱼。所谓日本最大，就是世界第一，那渴望如今正在灼烧着我的内心。那穷书生（嘴好毒）可能要笑话我老来多事，可是上天啊，我只想见见那么大的山椒鱼。想看巨大的事物乃是人类天性，不需要任何理由（接近心声了）！那该是多么壮阔的光景啊！哪怕没有一丈，六尺也行。光是想想，我就感到胸中憋闷。今天先讲到这里吧（无聊透顶）。

那日的演讲便是如此，可谓奇怪至极。虽然黄村先生平素就是个怪人，可他几乎从未展开过如此奇怪的演讲。有时他会谈论严峻的时局，让记录者不由得正襟危坐，有时是发人深省的人生论，有时是令人发笑的怀古，有时又会发表一番讽刺，让人见识到他博学气质的一角。今天这番话却与众不同，我从中得不到任何教训，什么红梅、白梅争奇斗艳，什么如入幻境，忘却俗尘，一派胡言。然后又说起了山椒鱼，峦气如何如何，尊贵的姿态如何如何，又是蠕动，又是落入夜网，又是扭头就咬，最后还用颤抖的声音说什么想看看一丈长的山椒鱼，没有一丈六尺也行，那该是多么壮阔的光景。我真是太失望了，我怀疑先生中了山椒鱼的毒，成了一个废人，于是暗下决心，今后再也不做这种无聊的演讲笔记了。那天我过于气愤，甚至觉得先生的面容透着丝丝诡异，一做完笔记就匆匆告辞了。又过了四五天，我去了一趟甲州，在甲府市外的汤村温泉落脚。那是个普普通通的田园温泉，虽然毗邻东京，却充满乡土气息，而且环境安静，旅馆价格便宜。每当工作堆积如山时，我就爱往那里跑，住在名为天保馆的旧旅馆里埋头做事。然而，那趟旅行是一场彻头彻尾的失败。当时正值二月末，每天刮着大风，木窗咔咔作响，破掉的纸门啪嗒啪嗒，晚上怎么都睡不好，我只能心浮气躁地整日缩在被炉里，毫无干劲，一点工作都完不成。更糟糕的是，旅馆门前的空地上竟搭起了戏棚，咚咚锵锵好不热闹。看来我正在走霉运。每年那个时候，汤村都要举办厄除地藏的庙会，据说那位地藏特别灵验，信浓、身延的人都会慕名前来，没日没夜地喧闹。门口的戏棚凭着咚咚锵锵的嘈杂又吸引了不少远道而来参拜的人。我气得直跺脚，我事先已经知道汤村二月末有厄除地藏的庙会，却没想起来，真是太大意了。我放弃了工作的念头，披上旅馆的袄袍，想着来都来了，干脆看看地藏再回去吧。走出旅馆，不远处就是戏棚。棚子在疾风中猎猎作响，看门的正声嘶力竭地拉客。我不经意间瞥见了门口的彩绘招牌，上面是一群男女老少在很大的池沼里拉网，让我有些好奇。我停下了脚步。

"伯耆国淀江村老百姓太郎左卫门五十八年来精心喂养——"看门的喊道。

伯耆国淀江村？我略加思考，随即愕然，继而感到全身血液倒流。那个！就是那个！

"身长一丈，头宽三尺——"看门人还在叫喊。我的血液开始沸腾，没错了！就是那个！伯耆国淀江村，肯定没错！这块招牌上的池沼，恐怕就是神秘夸张、"不可理喻"的老头家的池塘。如此一来，这里面的正是在那"不可理喻"的老头家中池塘里栖息的东西。身长一丈，头宽三尺，这个说法可能有夸张的成分。总而言之，就是那个大——大山椒鱼！此时此刻，它那尊贵的身躯就横陈在我眼前这座脏兮兮的棚子里。这可是大好的机会啊！让黄村先生苍老的心灵灼热燃烧的，日本第一、世界第一的魔物——不对，不能叫魔物，太冒犯了，应该是灵物。那灵物竟意外地成了在汤村戏棚里展示的东西，这才是真的如入幻境啊。没有人知道那灵物的真正价值。我必须告诉黄村先生，做演讲笔记时，我曾对先生说的内容暗中冷笑，对山椒鱼这种动物毫无兴趣，甚至觉得声音颤抖的先生的面容透着一丝诡异，当时我是何等失礼啊。但是此时此刻，那伯耆国淀江村身长一丈的灵物就在我眼前，让我猛地兴奋起来了。果然如先生所说，人类面对体型巨大的珍奇异兽时，完全顾不上讲道理，根本无法保持冷静。

我支付了十钱门票冲进棚子，由于过度兴奋而刹不住车，我撞破棚子内部的粗草席墙壁，冲进了背后的农田。我又原地掉头，掀开粗草席走进棚子。看见了，棚子中央有个三平方米大小的池子，里面的水浑浊发红，不时波动几下。如此小的池子怎么容得下一丈长的灵物？我心中有些怀疑，但那灵物可能被迫蜷曲着身子，忍受着憋屈的旅途。既然是伯耆国淀江村那条有名的山椒鱼，那么就算不足一丈，再怎么说也得有七八尺长。总而言之，淀江村山椒鱼的大名已经传遍了全球学术界，业内人士无不知晓。它甚至被记录在了文献中。

水面又动了一下，露出了一点暗褐色的湿滑物体。没错了，淀江村的，刚才那一定是三尺宽的头部的一角，我兴奋得几乎要窒息。下一刻，我就冲出棚子，顶着寒风，跌跌撞撞地跑到了汤村郊外的邮局，喘着粗气写起了电报。

山椒鱼来了。天保馆。淀江村的。在汤村。

这电文写得颠三倒四。我撕了草稿，又要来一张，仔细想了想，先明确告知了我的下榻地点，然后只写下大山椒鱼来了，就把电报发了出去。无须叫他速来，先生肯定会飞奔过来。果然，他当天晚上就急匆匆地跑上旅馆台阶，猛地拉开了我的房间门。

"什么山椒鱼？在哪儿？"

他边说边打量房间，也许以为我在自己屋里发现了四处乱爬的山椒鱼，才拍电报告诉他的。先生果然跟我不一样，是个没什么常识的人。

"在戏棚里展出呢。"我详细汇报了情况。

"淀江村！那就没错了。多少？"

"一丈。"

"说什么呢，问你价钱。"

"十钱。"

"这么便宜，骗人的吧。"

"不是，军人和儿童半价。"

"军人和儿童？那不是门票嘛。我要买下那山椒鱼，钱都带来了。"先生从怀里掏出一个大纸袋放在被炉桌面上，咧嘴一笑。我看了他的脸，还是觉得很诡异。

"先生，真的好吗？"

"没问题。算他一尺二十元，六尺便是一百二，七尺一百四，一丈二百元。我在火车上都算好了，麻烦你跑一趟，去叫戏棚老板来吧，再让旅馆的人备些酒。这屋子挺破啊，你竟能在这种地方生活。算了，这次先忍忍。我要跟老板在这儿喝几盅酒，好好聊聊。谈生意离不了宴席，你快去办吧。"

我不情愿地站起来，去楼下的柜台点了酒菜，对掌柜的说：

"那个，你听了可能觉得奇怪，"我实在很难说出口，"能麻烦你把门口戏棚的老板叫到我屋里来吗？是这样的，他那里正在展示的怪鱼（招牌上写着天然自然大怪鱼），我这儿有个人想买下来。他是我的老师，为人可靠，值得信任。总之，能请你把这些话转告那老板，请他过来一趟吗？麻烦你了。老师还说愿意出高价买他的怪鱼，总之就这样，麻烦你了。"托人做如此奇怪的事情，还是有生以来头一遭。说着说着，我就感到自己的脸涨红了起来，真叫人捏一把汗。掌柜一脸的困惑，连个笑脸也没给我，套上木屐就出去了。

我回到房间，一言不发地陪先生喝酒。由于过度紧张，我们俩都很不高兴，恨不得不看对方，所以光喝酒不说话。不一会儿，一个约莫四十岁、看起来挺老实的男人拉开隔扇，点头哈腰地走了进来。他就是在戏棚门口吆喝的人。

"你来啦，请坐，快请坐。"先生站起来，搭着那人的肩膀，硬要他坐进被炉，"来，先喝一杯，别客气，喝吧。"

"嘻，"男人苦笑道，"这副样子过来，实在是对不住。"仔细一看，他还穿着今天揽客时的紧身束裤和外套。

"你方便吗？戏棚那边不妨碍吧？"我有点担心地问。

"刚收摊了。"外面确实没有了咚咚锵锵的鼓乐声，只能隐约听见小贩叫卖的声音和参拜人穿着木屐的脚步声。

"你是老板吧，是戏棚的老板没错吧？"先生摆出百无禁忌的从容态度，给老板斟了酒。

"嘻，也不算，"老板左手举起酒杯，右手小指挠了挠头，"那是别人托给我的。"

"嗯。"先生深深点了一下头。

接着，先生就跟老板做起了奇怪的商谈。我只在一旁提心吊胆地听着。

"能卖给我吧？"

"啊？"

"那是山椒鱼没错吧？"

"实在不敢当。"

"其实我找了它很长时间。伯耆国淀江村，嗯。"

"恕我冒犯，您是什么学校的人吗？"

"不，我不是那儿的人。这书生是个文士，是个还没有名气的文士。我是个失败者，写过小说，画过画，也搞过政治，还爱过女人，可是那些都失败了，所以你就当我是个隐者吧。大隐隐于市。"先生似乎有点醉了。

"嘿嘿，"老板含糊地笑了笑，"嗯，隐居老人。"

"你这嘴巴可不好惹啊。来，喝一杯。"

"不喝了，"老板略施一礼，站了起来，"我先告辞了。"

"等等，等等，"先生极为慌忙地拉住了老板，"怎么回事啊？不是刚开始谈嘛。"

"您的话我都猜到了，所以想告辞。老爷，您这是在干糊涂事啊。"

"果然毒辣。哎，你先坐下吧。"

"我可没那空闲。老爷，您不就是想用山椒鱼下酒嘛，那可不行。"

"你怎么这样说呢？误会了，我知道书上说有人抓山椒鱼烤了吃，可我不是那种人，就算求我吃，我也不会动筷。用山椒鱼下酒？我可不是那种豪杰。我对山椒鱼只有尊敬之情，只想把它请到家中池塘，与它朝夕相伴。"先生拼命解释道。

"那我也看不惯。若是为了医学，或者为了学校教育，我多少还能明白。一个无所事事的隐居老人看腻了锦鲤，又看不上镜鲤，于是盯上了山椒鱼，想与它朝夕相伴。您且喝一杯，您这无稽之谈，我才不想听。我劝您还是别痴心妄想了，我扔下这么重要的生意来见您，没想到您却是个怪胎。简直无聊，气死人了。"

"这要我怎么说呢？你这是在发散对有闲阶级的郁愤啊，这场面该怎么收拾呢？真是飞来横祸。"

"您少糊弄人了，我看得透透的。您以为您装得很平静，被炉里面的膝盖一直在发抖，对不对？"

"岂有此理，你怎能如此粗鄙。很好，那我也不跟你客气了。一尺二十元，如何？"

"一尺二十元？什么意思？"

"若你那个当真是伯耆国淀江村农户家池塘里的山椒鱼，身长该有一丈左右。这事在书上也有记载。一尺二十元，一丈就是二百元。"

"恕我直言，那家伙只有三尺五寸。世上哪有一丈长的山椒鱼，您可真是太天真了。"

"三尺五寸？太小了，太小了，伯耆国淀江村的——"

"得了吧，拿来展出的山椒鱼，是个人都会说来自伯耆国淀江村，老早以前就这么说了。太小？不好意思啊，别看它小，那也是我们父子三人精心养大的，就算出一万我也不撒手。一尺二十？
笑死人了。老爷，您果真够糊涂的。"

"你这人真是不可救药。"

"嘴巴毒是为了您好。人啊，不要突然生出奇怪的欲望来。就
这样，告辞了。"老板严肃地说完，又行了一礼。

"我送送你吧。"

先生摇摇晃晃地站起来，看向我，露出了悲凉的微笑。

"你在本子上记下吧。爱好古代论者，惨遭繁忙市井人斥责。
南方之强与？北方之强与？"

因为醉酒和失望，所以先生的脚步显得虚无缥缈。他送戏棚
老板离开房间，不一会儿就听见叮叮咣咣一阵乱响，原来是先生
一脚踩空滚下台阶，腰部受了很重的伤。第二天，我出发去了信
州的温泉，先生独自留在天保馆，过了三个星期的温泉疗养生活。
他带来的钱财，几乎都花在疗养上了。

以上便是先生的山椒鱼事件始末。如此愚蠢的失败，即使是
先生也少有经历。我单纯将其理解为中了山椒鱼的毒，先生那句
谜语般的"爱好古代论者，惨遭繁忙市井人斥责。南方之强与？北
方之强与？"，我觉得像在《中庸》第十章看到过，并猜测两者之间
并没有很深的关系。总而言之，黄村先生就是那种自己上演了一
场失败的闹剧，也要将那闹剧拿给我们当反面教材的人。

《井伏鳟二选集》后记

第一卷收录:《朽助所在的山谷》《煤矿地区医院》《山椒鱼》《埋忧记》《休憩时间》《时雨岛叙景》《鲤鱼》《想活下去》《迟来的访问》《寒山拾得》《深夜与梅花》《屋顶上的沙万》《谷间》。

今年夏天,我身体略感不适,时常卧病在床,其间,我所读的书籍几乎都是井伏先生的著作。不是因为筑摩书房的古田氏请我编撰井伏先生的选集,而是我出于利己私心,想借此机会重新拜读一遍自己二十五年来敬爱有加的井伏鳟二这位作家的全部作品。对他的顽劣弟子太宰而言,这也许是一剂无上的良药。

二十五年来?莫不是算错数了?太宰今年三十九岁,三十九减去二十五,便是十四。

然而,算术并没有出错,我十四岁那年便爱上了井伏先生的作品。二十五年前,记得应该是发生大地震那年,井伏先生第一次在某个无名的同人杂志上发表作品。当时我在日本北国的青森就读中学一年级,读了他的作品,兴奋得坐立难安,那篇作品便是《山椒鱼》。我并没有把它当作一篇童话,当时我已经暗中自诩为小说鉴赏专家了,读到《山椒鱼》,我心中产生了发现被埋没之天才的兴奋。

骗人的吧?太宰真能吹牛。连东京文学界人士都没能慧眼识珠发现的小品文,一个住在乡下,甚至是本州最北之青森的中学一年级学生竟能欣赏，这怎么可能。那些在井伏先生出版了五六部创作集之后，才总算发现井伏鳟二之名的"有识之士"或许会这样说，但我丝毫没有说谎。

我的三位兄长都酷爱小说，夏天放长假，从各自在东京的学校返乡时，总会带来许多新出的书，并在许多个夏夜展开类似文学论的论争。

久保万、吉井勇、菊池宽、里见、谷崎、芥川，这些都是当时新出道的作家。我虽然只是一介村童，但悄悄读完了兄长们带来的所有文学书，又听了不少兄长们的讨论，虽然没有明言驳斥，但也暗自做了不少思考。就这样，等我上到中学时，已经对自己的文学鉴赏能力持有极大的自信。

记得应该是发生关东大地震那年，我与母亲、姑母、姐姐和表姐们一道前往浅虫温泉消夏，当时我最小却最时髦的兄长从东京过来，在旅馆与我们住了一段时间，真假参半地给我们讲了东京文坛的事情（这位兄长很擅长开玩笑）。他当时就读于上野美术学校的雕刻科，但好像更喜爱文学，还加入了同人杂志《十字街》，为杂志绘制封面，有时也发表作品。我认为兄长的雕刻、绘画和创作都不怎么好。在绘画方面，他只会滥用昂贵的好颜料，除此之外并无令人感叹之处。那年夏天，兄长从东京带来了大约三十种同人杂志，并异常热衷于当时流行的突然增大字号，或是特意让文字上下颠倒的所谓"绘画式表达"，对我们煞有介事地发表了"今后若不能理解这样的作品，就没有资格谈论文学"这种毫无意义的看法。我对那些作品丝毫不感兴趣，甚至认为兴致勃勃的兄长过于浅薄。

那时，我在一本同人杂志的角落里发现了井伏先生的作品，顿时兴奋得坐立难安，将它推荐给兄长道："我觉得这篇很好。"兄长当时很不高兴地嘀咕了几句（我已不记得他具体说了什么），并没有把我当回事。但我擅自做出了判断，那三十多种同人杂志的所有作品中，堪称天才之作的只有井伏先生的《山椒鱼》，还有坪田让治以儿童为主题的短篇小说（标题我也遗忘了）。

无论是过去还是现在，我对自己写小说这件事都毫无信心。但是在鉴赏作品方面，只在这方面，我有着十分清晰的、毫不动摇的自信。

从那时起，我就总在兄长们每年暑假从东京带回来的各种文学杂志中搜寻井伏先生的作品，如饥似渴地阅读，并高喊快哉。

后来，新潮社出版了井伏先生的第一部短篇集《深夜与梅花》。当时我应该已经上了高等学校，暑假期间在故乡读到了那部作品，短篇集卷头刊登了作者近照，我第一次看见井伏先生风雅中带着严肃、让人有些害怕的面容，果然与我一直以来想象的无异，顿时放心了不少。

直到现在我都清楚地记得，自己读完短篇集后，按捺不住内心的感慨，怀揣着书本走到故乡原野的池沼边上郁郁徘徊，默默反刍短篇集中的所有作品，仿佛得到天启，像是用全副肉体接收到了"没问题"的确信。无论是谁今后如何跳梁，这个作家都不会有问题，我感到了万分的安然和满足。

从那时起到现在的二十五年间，我始终对井伏先生的作品充满崇敬。记得是刚考上高等学校那年，我控制不住心中的激情，给井伏先生写了一封信。令人苦笑的是，我通过井伏先生的作品猜测他的生活恐怕不太宽裕，还在信中附上了小额的汇票。后来井伏先生彬彬有礼地给我回复了，我顿时得意忘形，一考上东京的大学就穿上礼服去拜见井伏先生，得到他许多教诲，还承蒙他照顾了我的生活。现在得到筑摩书房的委托，为井伏先生编撰选集，我自是感慨万千。

写了这么多，似乎都在讲自己的事情，其实当一个作家为其他作家的作品写解说，尤其是两名作家还来往甚密，近乎血亲时，必须保持微妙的、像踩着踏脚石穿过庭院，避免碰伤青苔的心境，因此我永远都不打算从正面做所谓的井伏鳟二论，并非不能，而是不愿。

正因如此，我接下来在为选集全卷写解说时，只会写写我自己对每一篇作品的回忆，或是井伏先生在创作那些作品时，我碰巧登门拜访，与井伏先生相处的情景。相比贸然对井伏做出评论，我更希望能保证选集的读者直观地欣赏作品，不受到任何干扰。

选集第一卷收录了井伏先生第一部短篇集《深夜与梅花》中几乎所有的作品，又添加了一篇《谷间》。《谷间》虽没有收录在《深夜与梅花》中，但与其他作品基本创作于同一时期，又因其篇幅合适，便收入了第一卷。

这些作品对我个人而言，都伴随着深刻的回忆，开篇逐一写下目录内容时，我始终带有安放稀世宝石的心情。

朽助推着童车，总爱停下来紧一紧腰带；山椒鱼带着决意喃喃"我也有一点想法"，其实心中一片空白；谷间的老人骑在马上，想发表一番威严的演讲，马却毫不理睬老人的意图，不停步地向前走，他不得不在演讲中像旅行者一般走上了大道，朝着北方一路进发。

我突然想发表一句带有评论色彩的感想，又极度担心过早固化读者的感官，因此决定什么都不说。请各位读者反复仔细品味。好的艺术，就是这样的东西。

昭和二十二年，晚秋

第二卷收录：《丹下氏邸》《损友》《晚春》《女人来访》《丧章心怀》《掏摸的栈三郎》《圣徒安德烈的信》《冷冻人》《青岛印象记》《岩田君的黑猫》《锤子》《"槌子"与"九郎兄"》《汤岛风俗》《中岛的柿子树》。

这部《井伏鳟二选集》基本按照作品发表的年代顺序排列，因此第二卷从第一卷作品之后的时期挑选了十三篇编撰成册。

我最开始的想法是选集的卷数多一些无所谓，尽量收录井伏先生的全部作品，然而井伏先生坚决反对，认为卷数少一些无所谓，必须将拙劣的作品排除出去。后来，我与井伏先生经由筑摩书房的石井君，展开过好几次争论，最后商定第二卷收录这十三篇作品。

我在第一卷后记已经提及，本次虽然会在选集卷末添加一些文字，但为了避免妨碍读者自由鉴赏，我将不做多管闲事的解说，主要记录我本人关于井伏先生这些作品的回忆。在这一卷，我将以《青岛印象记》等作品为中心聊聊往事。

我猜测，井伏先生始终背负着文学者的孤独与小说创作的痛苦，而那种孤独与痛苦，恐怕在创作《青岛印象记》时期最为凄烈。

这是井伏先生年近四十岁时的创作，那个时期巍然耸立的绝壁似乎会让作家不由得呆滞，连我这种蹩脚的作家，也并非没有经历过类似的时期。我记得，井伏先生有一天从银座回来，走进了荻窪的关东煮小铺，在那里喝了几杯，然后静悄悄地出去，突然放声痛哭起来，许久都未能停下。途中，井伏先生甚至摘下了眼镜，任凭泪水流淌。我在年近四十的一天夜里，独自走在路上，也产生了哭泣的冲动。那一刻，我似乎理解了井伏先生当时的痛苦。

然而人在痛苦之时，作品似乎会变得更有张力，这篇《青岛印象记》就体现出了井伏先生少有的不顾一切，或者应该称为雄浑的气息。

正如我在第一卷后记中所说，我与井伏先生的关系过于亲近，交情过于长久，实在不愿一本正经地做什么评论。但是我在酒席上听到过不少井伏先生的同辈人对他的评论。

"井伏的小说跟井伏的将棋一样，拿着香车当步兵使，一格一格往前走。"

"井伏的小说绝不会发起进攻，而是将你裹胁、吸纳，以向心力而非离心力制胜。"

"井伏的小说不会催人泪下。当读者要哭了，他就一刀斩断。"

"井伏的小说逃起来快得惊人。"

还有一个人专程拿了蒙田随笔《论古人的节俭》给我看，说这就是井伏小说的本质。其内容如下：

> 远征非洲的罗马将军阿提利乌斯·列古鲁斯，正当他进攻迦太基节节胜利、声名如日中天的时候，写信给共和国说他总共有七阿庞土地，完全交给一个佃农管理，佃农偷了他的耕具逃之夭夭。将军担心妻儿受苦，要求请假回家照料。元老院委派另一个人管理他的产业，并给他添置了被盗的工具，还下令他的妻儿皆由国家供养。
>
> 老加图从西班牙回国任执政官，卖掉了他役使的那匹马，为了节省把它带回意大利的一笔海运费。在撒丁岛当总督时，出外访客都步行，只带一名官员给他拿袍子和祭祀物品；往常还是自己提箱子。他很自豪自己的袍子价钱

186　　　　　　　　　　　　奇想与微笑　太宰治短篇杰作选

最多不超过十埃居，一天在菜场花费不超过十苏，他在乡下的房子外墙从来不刷涂料石灰。

西庇阿·埃米利埃纳斯打过两场胜仗，出任过两届执政官，赴任总督只带七名仆人。有人说荷马只有一名仆人；柏拉图有三名仆人，斯多葛派首领芝诺一名也没有。

提比略·格拉库斯，作为罗马第一号人物时，因公出差每天也只得到五个半苏。[1]

我认为，单就《青岛印象记》而言，诸位前辈的种种论调虽言之有理，却又相去甚远。

井伏先生创作《青岛印象记》时，我也发表了两三篇不足为道的作品。一天早晨，井伏先生的夫人来到我的下榻处，告诉我井伏先生正因为截稿日而烦恼不已。我立即赶去看望，发现井伏先生头天晚上熬了通宵，那天准备再熬一个通宵。

"我帮您吧。您尽管写，我负责誊抄。"

井伏先生像是恢复了一些气力，一边吃饭团，一边在稿纸背面密密麻麻地用小字书写。我则在新的稿纸上逐字誊抄。

"这里该怎么写啊？"

井伏先生不时停下笔来，径自呢喃。

"哪里？"

我为了让井伏先生快些写完，多管闲事地问道。

"嗯，我正在写喷发的场景。你说，火山喷发什么地方最吓人？"

"应该是石头从天而降吧，万一被石头雨砸到，那可不得了。"

1　译文引用自人民文学出版社《蒙田随笔全集》，译者为马振骋。

"是嘛。"

井伏先生一副难以释怀的表情，即刻动笔密密麻麻地写了一会儿，继而把稿纸交给我。

> 一时间地动山鸣，炎炎烈火从右侧火穴喷出，熊熊燃烧的石块冲上天际，岛屿瞬息之间被火石笼罩。大石如骤雨降临，在虚空中划出咻咻风声，似陨石一般落下，打在众人头顶。小石高高飞舞，浮空三日方才落下。

我逐字逐句誊抄下来，同时为这天才战栗不已。有生以来，我真实感受到日本作家的天赋，仅此一次，再无他例。

"我若努力学习，也许能成为谷崎润一郎，但绝成不了井伏鳟二。"

我记得那一次，自己在阿佐谷的中国饭店匹诺曹喝醉了，对朋友这样说。

《青岛印象记》发表后不久，我又到井伏先生家拜访，照旧与他下将棋。那时，井伏先生突然对我说：

"我跟你说啊。"

他看起来很是高兴。

"您说。"

"我跟你说啊，谷崎润一郎夸了我写的青岛。是佐藤（春夫）先生告诉我的。"

"您高兴吗？"

"嗯。"

我很不高兴。

第三卷收录：《鸡肋集》《川》《集金旅行》。

该卷收录了井伏先生笔致圆熟、从容的三篇作品。

无论哪篇作品，都能让读者乐在其中。

我照例不去品评每篇作品，只讲讲自己的回忆。

读过该卷作品的人都知道，井伏先生与寄宿生活有着很深的因缘。

青春，要说这东西究竟是什么，我也不太明白。若是换成"年轻的时候"，也许会清楚一些。正是井伏先生的寄宿生活，让我意识到一个人在青春时代或者说年轻的时候过什么样的生活，可能决定了那个人接下来的一生。

井伏先生曾说，他不喜欢"早稻田一带"。他还说，他必须从那里的气息中解脱出来。

然而，我从未见过其他人像井伏先生那样，对早稻田的气息怀有忧伤的依恋。学生时代搞过划船运动的人，即使到了五六十岁，见到船还是会产生怀念的心情。而井伏先生的依恋似乎比那种怀念更强烈，也正因如此，他才会不自觉地深深注视着那里。

早稻田一带。

寄宿生活。

井伏先生的青春，似乎都浪费在了二者之上。爱之深，恨之切，井伏先生对寄宿生活的感情，也许与之相似。

我与井伏先生曾去过所谓的早稻田一带（现在已记不清是为了何事），走在寄宿的街区，井伏先生就像一条被从金鱼缸解放到池塘里的金鱼。

当时我还是学生，但与早稻田一带的寄宿生活无甚缘分。可以说，我第一次见到那里的光景。不怕直白地说，那副光景极为异常。

井伏先生走在路上，不知何时身边围了十多个"后辈"。他们并不是来找井伏先生说话的，只是像被磁石吸引的铁钉，成群结队地聚集过来。现在回想起来，那些"铁钉"中，也有不少后来颇为走红的作家。那些人都留着长发，或是穿西装，又或是松松地系着和服，看起来全然不像学生。然而，他们都是早稻田的文科生。

他们跟了好久，真的跟了好久。

后来井伏先生也无可奈何，他走进了一家已经忘却名字的小咖啡厅。当然，身后那群人也一起走了进去。

不怕失礼地说，不仅是现在，井伏先生当时也十分贫穷。而我当然更是贫穷。我们两人身上的钱加起来，实在不足够供那些"后辈"吃喝。

然而，事态已经发展到了那个地步，所有人都想来一杯。他们无意中撞见了早稻田一带的老大哥，好像都觉得应该来一杯。

我看了看井伏先生，他被大家簇拥着坐在藤椅上，啊，脸上的表情是何等不安。我到现在都忘不了他在那一刻的表情。后来怎么样了，我已经记得不太清楚。

可以确定的是，井伏先生没喝醉，我也没喝醉，我们都浅酌一番，平平安安地回去了。

井伏先生与早稻田一带，在我看来，二者合在一起，就像鬼故事。

那天，井伏先生也极为苦恼。他跟我一同乘坐省线回去，在阿佐谷下了车（阿佐谷有一家让井伏先生赊账的酒馆），走出检票口，他突然停下脚步，转过来对我说：

"太好了，刚才我还担心了好一会儿，真是太好了。"

早稻田一带的寄宿街纠缠了井伏先生一辈子，就算他逃到阿佐谷那边，寄宿街也要不依不饶地追上去。

井伏先生与寄宿生活。

不过，多亏了这件事，日本文学界有了重大的收获。

第四卷收录：《打理庭院》《一种风俗》《看山老人的故事》《贡品》《兼职》《谈谈濠》《川井骚动》《陋室》《圆心的言行》《小间物店》《猿》《御神火》《钟供养之日》《隐岐别府村的守吉》《吹越城》《防火水槽》。

该卷同样按照年代顺序，参考作者本人的喜爱程度，收录了上述几篇作品。

全部列出一看，我发现大部分作品都是关于"旅行"的收获。

在第三卷后记中，我提到了井伏先生与早稻田一带的因果关系。在这里，我还想说，井伏先生的文学和"旅行"的关系与他和早稻田一带的关系不分上下，甚至堪称"宿命"。

人的生命是一场旅行，有这样想法的人无论待在妻子身边、与孩子玩耍、同恋人走在路上，都无法得到自己所谓"尘埃落定"的安宁。在旅行这件事上，同样有擅长与不擅长之人。

不擅长旅行的人在第一天就享尽了旅行的滋味，第二天发现盘缠所剩无几，变得无心观赏风景，反倒开始俗气地担心钱财，落得个筋疲力尽的下场，只把旅行当成了地狱，狼狈不堪地爬回到妻子身边，还要被妻子痛骂一顿。

换成擅长旅行的人，情况就会完全相反。

在这里，我想具体介绍一下井伏先生的旅行方式。

首先，井伏先生会背着钓具旅行。井伏先生是否真心爱好钓鱼，其实我也有些疑问。但我认为，背着钓具出门旅行，与其说是钓鱼大师，更应该称之为旅行大师。

旅行本就闲来无事（人的生活其实也一样），能够坐在温泉旅馆露台的藤椅上，从早到晚眺望山上红叶的人，恐怕都是蠢蛋。

总得做点事情。

钓鱼。

下棋。

井伏先生是否全身心投入到这些活动中，我也不太清楚。只不过，我认为这是最完美的旅行姿态，这样不仅不浪费钱，也不会浪费热情。井伏先生的文学十年如一日，始终保持着活力，而他的秘诀，也许就在这里。

擅长旅行的人，在生活中也绝不会失败。换言之，他们深谙花牌应该何时"退出"。

不擅长旅行的人，在旅途中最不能忍受的就是乘车去往目的地的时间。那几个小时中，人要暂时"退出"生活。然而不擅长旅行的人无法忍耐那种状态，要在车上喝威士忌，最后还是忍无可忍，干脆中途下车，靠自己的力量前去。

擅长旅行的人能够享受那段乘车时间，即使不算享受，至少也能放弃。

懂得放弃是一种了不起的能力，甚至可以用"可怕"来形容。有很多人都过于迟钝，不懂得敬畏这种能力。

行动，记者们钟爱这个词，纷纷给予好评。不动，保持不动的努力，人们对它堪称盲目，甚至怀疑那是感官的退化。

重复一遍，井伏先生是旅行的大师，他酷爱低调的旅行，会在旅途中穿着简陋的服装。

有一次，井伏先生背着钓具，走进南伊豆的某家旅馆。旅馆的老板娘对他说：

"这里只有一间空房，刚才有人打电话来，说一位东京的井伏先生要过来住店，叫我留着房间，所以不能给你。"

从东京到南伊豆的温泉需要耗费五个小时，但井伏先生听了老板娘的话，只说了一句：

"哦。"

然后他就背着钓具，径直返回了东京荻窪的住处。

这可不是常人敢做的事情。换成我，恐怕一辈子都无法做到，无论经历过什么样的"修行"。

不败，那不败的因素，或许就潜藏在井伏先生的这种态度中。

井伏先生与旅行，这个主题过于诱人，我还想多写一些。

许多记忆涌上心头。井伏先生经常这样说：

"结伴旅行时，最能窥见旅伴的本性。"

旅行看似乏味，但也许是人类一决高下的场合。

各位读者在阅读本卷收录的井伏先生旅行见闻，徜徉在他悠然的文字中时，若能记着我上面提到的话，便是万分的荣幸。

我与井伏先生一同旅行的回忆，也许有机会在接下来的后记中讲述。

猿面冠者

奇想与微笑 太宰治短篇杰作选

有这么一个人，无论你给他看什么小说，他只要飞快地扫上开始的两三行，就露出一副早已看透小说的傲慢表情，嗤笑着将书合上。有位俄国诗人曾说："他是什么呢？是依样画葫芦的仿造？是一篇讲解异邦奇谈的说明文？还是一个不值一顾的幻影？是莫斯科人穿了哈罗德的外套？是一部堆满时髦语句的辞典？……他未必就是粗劣的赝品一件？"[1]也许大抵如此。这人径自悔恨，觉得自己读了太多的诗和小说。据说这人在暗自思索时，也要挑剔辞藻。他在心中称自己为"他"，哪怕在喝醉了酒，几乎忘却了自我时，若是被谁殴打，他仍会冷静地喃喃："你啊，莫要留下悔恨。"那是梅什金公爵的台词。失恋的时候，该说些什么？那种时候绝不开口，只在胸中回响着话语："若是不吭声，便要唤你，若是走过去，便要逃离。"这不是梅里美的述怀吗？夜晚钻进被窝里，他要一直幻想自己尚未写出的杰作，直到进入梦乡。在那一刻，他要低声叫喊："放开我！"这啊，是艺术家的忏悔。那么，若一个人无所事事发呆之时又如何？脱口而出的是一句独白："Nevermore（不再）。"

　　1　译文引用自人民文学出版社《叶甫盖尼·奥涅金》，译者为王智量。——编者注

这种仿佛从文字的粪便中生出的人，若是去写小说，究竟会写出什么？首先可以想到，那个人一定写不出小说。写了一行，又要划掉，甚至连一行都写不出来。他有个坏习惯，在提笔之前，就要对小说做完最后的打磨。晚上钻进被窝后，他总会眨眨眼睛，咧嘴微笑，咳嗽几声，嘀咕些不明不白的话，在快要天亮时构思好一个短篇，他觉得那是杰作。接着，他又要将开场白置换成别的文字，反复推敲结尾的话语，慢悠悠地爱抚那心中的杰作。若到这里能睡下还好，然而根据以往的经验，这样的好事从未发生过。接下来，他就要尝试评判那个短篇。某某人会用这样的话语夸奖它；某某人压根看不懂，却要揪着这个地方大肆评判，夸耀自己的慧智。如果换成我，便要这样说——他开始构思也许是最贴合自身作品的评论，待到他开始在心里总结"作品唯一的污点"，那篇杰作已经消失得无影无踪了。于是他又眨巴着眼睛，眺望木窗漏进来的光线，露出一副呆滞的表情，不一会儿就昏昏欲睡。

然而，这样并没有正确回答问题。问题是，假如他写小说，若只是拍拍胸脯说，小说都在这里，那么说话的人也许神气活现，听话的人只会把它当成无聊的笑话。更何况，这人还是扁平胸，生来就是一副被压扁的丑陋模样，就算他得意扬扬地夸耀杰作在我胸中，在旁人看来也不过是苍白的话语。如此轻易就能看出，这个人就是一行都写不出来。现在假设，他真的写了，为了让问题更容易思考，可以简单创造一个让他必须写小说的具体环境。譬如这个人连续几次课业不及格，已经被故乡的人暗骂废物，若不能在今年之内毕业，家里为了不在亲戚面前丢脸，恐怕要停止每月给他生活费了。再假设这个人不仅今年之内毕不了业，甚至一开始就没打算毕业，那又如何？为了让问题进一步容易思考，假设这个人并不是单身汉，他四五年前就已经娶了妻子。他的妻子还是贫贱人家出身，他因为这场婚姻被所有血亲断绝关系，只有一个姑母还和他保持着联系。有了这般看似浪漫的背景，他面对即将到来的必须自立的生活，无论如何都得动笔写小说了。然是，这依旧显得唐突，甚至粗暴。如果是为了生活，并没有规定必须写小说，他大可以去送牛奶。不过这个说法轻易就能被反驳，只消一句"骑虎难下"便可。

当今日本正在高喊文艺复兴这种莫名其妙的口号，用一张五十钱的稿费招募新作家。这个人为了不错失机会，同样提笔面向稿纸。可是在那一刻，他写不出来了。啊，若是再早三日多好。那么他也许还能怀着令人振奋的热情，在梦中一口气写上十张二十张。每一天每一晚，杰作的幻影都会在他那扁平的胸中骚动不止，可是一旦提笔，那些幻影便消失得无影无踪了。若是不吭声，便要唤你，若是走过去，便要逃离。梅里美只记得猫和女人，却忘了另一个名词——杰作的幻影，这举足轻重的名词！

他下了奇怪的决心，他开始翻找屋里的壁橱，壁橱一角堆积着他十年来带着狂热的欢喜写下的千张稿纸。他从头到尾翻看了一遍，不时羞得面颊发热。他花了两天时间读完那些，又发了整整一天的呆。那一摞稿纸中，题为《通信》的短篇留在了他的印象中，那是一个二十六页稿纸的短篇小说，讲述了主人公每次遇到困难，总能收到匿名人士的来信，解救他脱离困苦的故事。他之所以被这个短篇吸引，恐怕是因为自己正处在希望收到那种来信的境遇之中。他下了决心，要把这个短篇修改一下，当成新作投稿。

首先要改写的是主人公的职业。他要把主人公改成新晋的作家。主人公梦想成为文豪，但是遭遇挫折，这时收到了第一封来信；接着他又梦想成为革命家，同样惨遭败北，他又收到了第二封来信；现在他成了普通职员，过着安稳的家庭生活，却难以抹去心中的怀疑和困惑，此时又收到了第三封来信，这样便定下了大致的结构。要尽量使主人公远离书卷气，在他立志成为革命家后，更不能让他言及文学。我处在同样的境遇中时曾经渴望过的书信、明信片或电报，我都要让主人公收到。如果写作时不乐在其中，那就太亏了。无须为内心的天真感到羞耻，装作若无其事地写吧。他突然想到了《赫尔曼和多罗特亚》的故事。他用力甩头，抛开那些不断袭来的妄念，慌忙看向稿纸。他想，如果稿纸再小上一些，那该多好啊！如果能写得又小又密，连自己都分辨不清，那该多好啊！他想好了题目，就叫《风中之笺》。他还新加了一段开场白。这样写道：

——诸位是否厌恶音信？诸位是否厌恶站在人生分歧点哭泣时，不知从何处随风而来、轻轻落在书桌上、为前途投下一缕光明的音信？他是个幸福的人，他曾经三次得到过令人心胸激荡的风中之笺。第一次是在十九岁的元旦，第二次是在二十五岁的早春，第三次就在去年的冬天。啊，你可知道在讲述他人的幸福时，心中夹杂着嫉妒与欣慰的感觉有多么不可思议？让我先从他十九岁那年的元旦讲起。

写到这里，他暂时放下了笔，似乎比较满意。没错，照这样写下去就好了。小说这种东西，光用脑子想果然没有用，必须动笔写下来。他在心中暗自感慨，同时喜不自胜。大发现，大发现，小说就应该任意妄为地写，这跟考试的答案不一样。好，待我哼着小曲一点点完成这小说吧。今天先写到这里，他把写好的内容重读一遍，接着将稿纸收进了壁橱，随后穿起大学的制服。这段时间，他已经不再去学校了，但每周还是有一两天会穿上制服，胆战心惊地外出。他们夫妻俩租下了一个职员家二楼的两间房，他穿着制服外出就是为了向房东一家假装自己还在上学。可见，他其实也有好面子的一面。他不仅在房东一家面前，还在自己的妻子面前撑场面，证据就是他的妻子真的相信他是上学去了。正如此前假设的那般，他的妻子出身低贱，由此可以推测她没有什么学识。可以认为，他利用了妻子的无知，暗中做了许多不诚实的事情。尽管如此，他还是属于爱妻子的那类人。因为他为了让妻子放心，有时会说些谎言，描绘光辉灿烂的未来。

　　那一天他出门去，拜访了住在附近的朋友。他朋友是个单身的西洋画家，是他的中学同学。那人家里有钱，整日游手好闲，跟人说话时总喜欢眉飞色舞，还引以为傲，可以想象那是个常见的男人。他今天拜访的就是那个朋友，他其实不怎么喜欢这个朋友。真要说的话，他也不怎么喜欢另外的两三个朋友，只是这个朋友深谙让对方陷入烦躁的特殊伎俩，所以他尤其不喜欢这个人。他今天之所以拜访这个朋友，一是因为住得近，再就是因为他想找个人分享自己的喜悦。他此刻正沉浸在热乎乎的幸福的预感中。人在这样的时刻，似乎会变得格外宽宏大量。西洋画家在家里，他与画家相对而坐，开口就说起了自己的小说。他介绍了自己的大致计划，还说如果顺利，说不定能畅销。开头是这样写的——接着，他就红着脸说出了自己刚才写下的五六行文字。据说，他向来对自己的文章倒背如流，西洋画家照旧舞动着眉毛，磕磕巴巴地说写得真好。其实说到这里已经足够了，可西洋画家又滔滔不绝地说了许多不知所谓的话，什么对虚无主义者之神的揶揄，什么对小人英雄的反抗，接着还说起了他听不太懂的观念的几何式结构。对他来说，只需听见朋友说"写得真好，我也想收到那样的信件"，就十分满足了，他原本就是为了忘却评判，才特意选择了《风中之笺》这样罗曼蒂克的题材。而这个没有心的西洋画家竟说

猿面冠者

起了什么观念的几何式结构，给出酷似报纸科普词句的评判，让他顿时感到了危机。若是一不小心，自己也陷进了画家的评判游戏，《风中之笺》就再也写不下去了。危险，他悄悄地辞别了朋友。

刚出来不久，他不好马上回家，于是转而走向了旧书店。顺带一提，他正在思考：一定要想个绝妙的音信，第一次通信就定为明信片吧，少女寄给主人公的明信片，我希望用简短的文字表达少女对主人公的无限关爱和同情。第一句就写："我没有干什么值得隐瞒的坏事，所以故意写了明信片。"主人公在元旦那天收到明信片，所以最后还要加上一句："差点忘了，祝你新年快乐。"这样会不会太做作了？

他像梦游一般走在大街上，两次险些被车撞到。

第二封信就让主人公在参加盛极一时的革命运动，被抓进牢房后收到吧。最开始要说明："自从他进了大学，就再也没关心过小说。"主人公在第一次收到来信时，已经体验了未能成为文豪的切肤之痛。他开始在心中书写那段文字："对现在的他来说，成为一代高名的文豪已是幻梦。写了小说，就算被世人捧为杰作，得到的不过是转瞬而逝的欢喜。他并不觉得自己的作品是杰作，为了转瞬即逝的欢喜而忍辱负重五年十年，实在是划不来。"这么写稍有些演讲的语气了，他自顾自地微笑起来。"他只想要发泄满腔热情的最直接的出口。比起思考，比起歌唱，默默做事才最真实。不要歌德，要拿破仑。不要高尔基，而要列宁。"这样写还是有点书卷气，这段文字必须与文学毫无关系。算了，船到桥头自然直，万一想太多，又会写不出来了。总而言之，主人公想成为一尊铜像，只要写的时候不偏离这个重点，就不会失败。另外，这是主人公在牢里接到的信件，必须写得很长很长。我有主意了，就算跌落到绝望的底端，只要读了那封信，就能够重新振作。而且，信必须是女人的笔迹。"啊，他对'先生'这两个字的笨拙笔画有印象，这让他想起了五年前的明信片。"

第三次通信可以这样：这次既不是明信片也不是书信，要换成截然不同的方式。前文已经展示了我创作书信的技巧，这里要进一步让人耳目一新。主人公未能成为铜像，后来走进了平凡的婚姻，成了一名职员，这里就借鉴房东的生活吧。主人公渐渐对家庭生活产生了倦怠，一个冬季的星期天午后，主人公坐在外廊上抽烟。这时，一封书信随着风飘到了他身旁。"他注意到那封信，是妻子告诉他在家乡的父亲已经收到苹果的信件。这种信不应随便乱放，还是早点寄出去为好。主人公嘀咕着，突然注意到一个细节。啊，'先生'这两个字的笨拙笔画是那么眼熟。"要将这种空想的故事写得自然，似乎须有熊熊燃烧的热情。作者自身必须坚信这般奇遇的可能性，虽不知能否成功，但姑且一试吧。就这样，他意气风发地走进了旧书店。

这旧书店里应该有《契诃夫书信集》和《叶甫盖尼·奥涅金》才对，因为那就是他拿去卖掉的。现在，他想重读那两本书，所以走进了旧书店，《叶甫盖尼·奥涅金》里有一篇塔提亚娜写的情书很不错。那两本书都没卖掉，他先从书架上拿出《契诃夫书信集》，翻看了几页，没什么意思，里面充斥着剧场和疾病的讲述，这本书成不了《风中之笺》的参考文献。这个傲慢的人接着又拿出了《叶甫盖尼·奥涅金》，翻找那篇情书，他很快就找到了，因为这本就是他的书。"我在给您写信——难道还不够？我还能再说一些什么话？"原来如此，这样就好了，简单明了。塔提亚娜接着又毫不胆怯地罗列了上帝的心、梦、面影、呢喃、忧愁、幻想、天使、孤独等词语，并在结尾处写道："写完了！我真怕重读一遍……我在发呆，感到羞惭和惧怕……而您高贵的品格是我的靠山，我大胆地把自己托付给它……"这就是他想要的信，他梦醒过来，连忙合上了书。危险，要受影响了，现在若是读了这个，不会有好处。唉，这下又要写不出来了，他慌忙回到了家中。

到家以后，他匆匆展开稿纸。就用安逸的心情写吧，不要在意天真和通俗，轻快地写吧。而且他的旧稿《通信》，正如上文所说，还是一篇新作家出道的故事，接到第一次通信前的描写，大可以照抄旧稿。他连续吸了两三根香烟，自信十足地拿起笔，咧嘴笑了起来，这是他格外为难时的表情。他悟到了一个难题，关于文章的难题，旧稿的文章是他在异常亢奋的状态下写成的，无论如何都要重写，若不做修改，读者和他自己都不会满意。再说，这样的文章也太丢人了，虽然很麻烦，但还是改写吧。这虚荣心旺盛的人如此想着，不情不愿地改写起来。

年轻时，无论何人都经历过这样的时刻。那天傍晚，他走到街头徘徊，突然发现了一个惊人的事实——他在街上见到的每一个人，都是相识的熟人。临近十二月的镇上积着雪，人来人往，异常热闹。他不得不对每一个脚步匆匆的行人点头致意。在某个深巷的拐角意外碰见一群女学生时，他还险些要摘下帽子了。

那时，他在北方某座旧城寨脚下的城市就读高等学校，学习英语和德语。他很擅长写英语的自由作文，入学不到一个月，他写的自由作文就让全班同学吃了一惊。他们刚入学时，班上的英国教师布鲁尔先生就让他们以"What Is Real Happiness?（什么是真正的快乐？）"为题写下自己的想法。那堂课上，布鲁尔先生首先讲了个题为"My Fairyland（我的仙乡）"的奇怪故事，过了一周，他又花了整整一个小时阐述"The Real Cause of War（战争的真正起因）"，让老实的学生们瑟瑟发抖，略为进步的学生则狂喜不已。文部省竟招聘了这样的老师，着实是一桩功劳。布鲁尔先生有点像契诃夫，他戴着眼镜，蓄着文雅的短胡须，总是挂着灿烂的笑容。有人说他是英国的将校；也有人说他是高明的诗人；有人说别看他看着有点老，其实才二十多岁；甚至有人说他是军事密探。这种神秘的氛围让布鲁尔先生显得更有魅力了，每一个新生都暗暗祈祷能够得到这位俊美外国人的青睐。到了第三周，布鲁尔先生一言不发地在黑板上写下了"What Is Real Happiness（真正的快乐是什么）？"。班上的人都是家乡的骄傲，是被选中的人才，面对着初试身手的大好机会，自然下足了力气。他也并非例外，他静静地吹开稿纸的灰尘，郑重地拿起了笔。Shakespeare said（莎士比亚说）——这样似乎有点夸张了。他涨红了脸，缓缓擦去那些字迹。他的前后左右都传来轻微的走笔之声，他支着下巴陷入了沉思。他是一个讲究开头的人，他坚信，无论什么大作，开篇的第一行就决定了作品的全部命运。写好了漂亮的第一行，他就摆出了呆滞的表情，仿佛已经写完了全篇。他将笔尖浸在墨瓶里，又思索片刻，继而一口气写了起来。Zenzo Kasai, one of the most unfortunate Japanese novelists at present, said（葛西善藏——目前日本最不幸的小说家之一说）——那时，葛西善藏还在人世，但不像现在这般出名。一周过去，又到了布鲁尔先生的课。彼此尚未彻底成为朋友的新生们各自坐在教室里等待布鲁尔先生，隐藏在香烟背后的眸子暗藏敌意，打量着周围。布鲁尔先生缩着脖子走进了教室，接着露出略带苦涩的微笑，用怪异的音调喃喃了一个日本姓名，是他的名字。"Most Excellent!（最优秀的！）"布鲁尔先生低着头在讲台上来回踱步，径自说了下去，"Is this essay absolutely original?（这篇文章绝对是原创的吗？）"他扬起眉毛作答："Of course.（当然。)"班上的学生猛地发出奇怪的叫声。布鲁尔先生苍白宽阔的额头微微涨红，抬眼看向他。很快，他又伏下目光，右手轻推一下眼镜，一字一顿、清晰明了地说："If it is, then it shows great promise and not only this, but shows some brain behind it.（如果是，那它展现的不仅是作者远大的前途，更彰显了其背后的智慧。)"他在文章中写道，真正的幸福并不能从外部获得，把自己当成英雄或是受难者，这种心境才是接近幸福的关键。他在开篇编造了故乡的前辈葛西善藏的述怀，并在此基础上写下了后面的文章。他从未见过葛西善藏，也不知道葛西善藏是否真的发表过那样的感想，但他认为，即使是谎言，只要写得足够好，葛西善藏也一定会原谅他。因为这件事，他成了班上的宠儿。年轻人对英雄的出现异常敏感。布鲁尔先生后来又让学生尝试了各种有意义的课题：Fact and Truth（事实和真相）；The Ainu（阿伊努人）；A Walk in the Hills in Spring（在春天的山间漫步）；Are We of Today Really Civilised?（今天的我们真的文明吗？)。他尽情发挥了自己的实力，并且每次都有丰厚的回报。年轻人的虚荣心无限膨胀。那年暑假，他带着将来有望的骄傲大摇大摆地回了乡。他的故乡在本州北部的山间，家里是当地知名的大地主。他的父亲极为善良，却喜欢装出毒辣的性格，对他这个独子也会故意使坏。无论他经历了多大的失败，父亲都会冷笑着原谅他，然后转头说："人啊，总得机灵一点。"说完，就像个滴水不漏的人那样提出全无关系的话题。他从小就不喜欢这个父亲，觉得性格不合，同时因为他从小干的都是些不够机灵的事情。母亲对他宠爱有加，甚至有些毫无原则，母亲坚信他将来必定能成为大人物。他升上高等学校后第一次返乡时，母亲见他变得如此冷漠，着实吓了一跳，但后来又将其归结于高等学校的教育了。

他回到故乡后并没有怠惰，而是从仓库里翻出父亲那本老旧的名人词典，查看世界文豪的简介。拜伦十八岁那年出版了处女诗集，席勒也是十八岁开始写《强盗》的，但丁九岁就有了《新生》的腹稿。再看他，从小学开始，文章就备受夸奖，现在又有博学多才的外国人认为他多少有些头脑。于是，他搬了桌椅放在前庭的大栗树下，埋头写起了长篇小说，他这样的行为纯属自然，诸位想必也心中有数。他将小说命名为《鹤》，讲述了天才从诞生到末路的悲剧长篇故事，他很喜欢用笔下的作品预言自己的命运。他为第一行伤透了脑筋，然后这样写道：有一个人，他四岁那年，心中住下了野鹤，野鹤狂热而高傲……暑假结束，到了十月中旬，一个玉英纷飞的夜晚，小说终于完稿了。他马上带着原稿去了印刷厂，父亲按照他的要求，一句话也不说地汇来了二百元。他收到汇票时，又一次痛恨父亲的坏心眼。若要责骂，便责骂吧，为何要假装大度，毫无怨言地汇钱过来？十二月末，《鹤》被做成了菊半开本，一百余页的美丽小书，高高堆积在他的桌上。封面印满了形似鹰鸶、展翅翱翔的奇怪鸟。他先给县内各大报社署名寄出了一册书，梦想着一夜醒来自己就成了知名的文豪。为此，每一刻的等待都像千百年般漫长。接着，他又抱着书到城中的书店，这里寄放五本，那里寄放十本，还贴上了传单。五寸见方的传单上印满了"快去读《鹤》"的激烈语句，年轻的天才双手抱着糨糊桶和传单，在城中四处奔走。

第二天，他就结识了全城的人，这个结果一点都不奇怪。

他依旧在街上徘徊，跟每一个人用目光打招呼。若是运气不好，对方没注意到他的问候，或是看到他昨晚辛苦贴上的传单被残忍地撕掉，他就会格外不满地皱起眉头。很快，他就走进了城中最大的书店，问店员《鹤》是否卖出去了。店员冷冷地告诉他，一本都没卖出去，那店员似乎并不知道他就是作者。他没有气馁，若无其事地留下一句很快就要畅销的预言，走出了书店。那一夜，他重复着多少让人有些厌烦的点头致意，回到了学校宿舍。

本该是光辉灿烂的人生开场，但是在第一晚，《鹤》就遭遇了挫折。

他去宿舍食堂吃晚饭，刚踏进去一步，就听见住宿生们发出了异样的叫唤，他们一定是在餐桌上热烈讨论《鹤》。他低调地伏着目光，走到食堂角落坐下，接着轻咳一声，吃起了炸肉排。坐在右侧的住宿生向他递来了一份晚报，那好像是经由五六个学生轮流翻看过传下来的。他一边细嚼慢咽，一边瞥向晚报，"鹤"一字猛然跃入眼帘。啊，他将要第一次听到别人对自己的处女作的评判了。振奋让他胸口刺痛，但他还是没有马上拿起晚报。他冷静地用刀叉切开炸肉排，心不在焉地瞥着刊登在报纸左下角的小篇评论。

——这部小说是彻头彻尾的臆想产物。登场人物没有一个得到了有血有肉的描写，全是隔着有雾玻璃看见的歪曲幻影，尤其是主人公那种奇怪的言行，就像错漏百出的百科全书。小说主人公一会儿把自己当成歌德，一会儿又以克莱斯特为唯一的导师，似乎凝聚了全世界文豪的精华。他万分爱慕少年时代只见过一眼的少女，到了青年时代与之重逢时，却生出了令人作呕的厌恶感，这种情节想必是对拜伦的戏仿，且是幼稚的直译。进一步讲，作者对歌德和克莱斯特的理解，都只停留在类型的概念之上。作者也许从未读过《浮士德》，也从未看过《彭忒西勒亚》。恕我失礼了，这部小说末尾还描写了被拔掉羽毛的鹤拍打翅膀的声音，作者也许想通过这段描写给读者留下完美的印象，令其沉浸在杰作的迷

　　　　　　　　奇想与微笑　太宰治短篇杰作选

眩之中。但我们只想扭开脸，不去看那畸形丑陋的鹤。

他将炸肉排切得粉碎。要镇定，要镇定，他越是提醒自己，就越控制不住手中的动作。完美的印象，杰作的迷眩，这太刺痛人了。要不要放声大笑？啊，在那低垂着头的十分钟里，他似乎苍老了十年。

直到现在他都不明白，究竟是什么人写了如此冷酷的忠告。自从遭受了这次屈辱，他就开始遇到种种不幸。别的报社也没有夸奖《鹤》，朋友们都按照世间的评论对待他，给他起了"鹤"的绰号。年轻人对英雄的失足也异常敏感。书只卖出去寥寥几本，少得让他不好意思报出数字。路上的行人原本就是全无关系的陌生人，他每晚都静静地出门，撕掉满城的传单。

长篇小说《鹤》迎来了与故事一样的悲剧性结局，但住在他心中的野鹤依旧伸展着羽翼，哀叹艺术的不可解，不满生活的倦怠，在荒凉的现实中懊恼呻吟。

又过不久，便到了寒假，他闷闷不乐地回了乡。眉间的皱纹似乎也与他有了几分相称。母亲依旧坚信那是高等教育的结果，还是那么宠溺地看着他。父亲用毒辣的态度迎接他的归来，善人总是对同样的善人心怀憎恨，他在父亲无声的冷笑背后看到了那份报纸的读者。父亲一定也读了那篇文章，短短十行二十行的评判，竟能流毒到如此偏僻的乡间，他恨不得将此身化作岩石或是牝牛。

若他在那时收到了下面这样的书笺，又会如何？他在故乡送走了十八岁，迎来十九岁的元旦。清晨睁开眼，他发现枕边放了十几张贺年卡。其中有一张并未写明寄信人，内容如下：

——我没有干什么值得隐瞒的坏事，所以故意写了明信片。我想，你现在一定很低落，你总是遇到一点小事就意气消沉，我

猿面冠者

不喜欢你那个样子。骄傲的男人失落了，是世上最肮脏的东西。可是，请你千万不要苛责自己。你的内心潜藏了对抗坏人的勇猛，以及对温情世界的憧憬。即使你不说，远方的某个人也一定知晓。你只不过是有些软弱罢了。我认为，软弱而直率的人，需要得到大家的呵护。你岌岌无名，也没有头衔。我前天看了大约二十篇希腊神话，发现一个美好的故事。上古时代，大地尚未凝固，大海还未流淌，空气并不透明，世间万物还是一片混沌。尽管如此，太阳还是每天早晨升起。一天早晨，朱诺的侍女彩虹女神爱丽丝嘲笑他："太阳啊太阳，你每天早晨多辛苦啊。下界还没有瞻仰你、崇拜你的草木源泉呀。"太阳回答："然而我是太阳，太阳就应该升起。能看的人，就来看吧。"我并非学者，光是写这些话，就思考了许久，打了许多遍草稿。尽管如此，我还是为了让你知道我在祈祷，用尽全身力气写了这封信。我祈祷你能看到吉祥的新年初梦，又瞻仰到光辉万丈的第一次日出，并对生活抱有更大的信心。我知道，毫无前兆地给一个男人写这种信，是不知检点的坏行为。可是，我并没有写什么见不得光的东西，我故意没有留下自己的姓名。不久之后，你定会将我遗忘，就算你遗忘了我，那也没关系。哎呀，差点忘了，祝你新年快乐，元旦快乐。

（风中之笺并没有结束。）

你欺骗了我。你明明答应了，会让我写第二、第三封风中之笺，却只让我留下了写满两张贺卡的文字，任凭我死去。你是否又开始了那深远的吟颂？我从一开始就知道，事情会变成这样。但为了你，也为了我自己，我一直在祈祷某种灵感突然降临，让我能够活到最后。但是不行，是因为你还太年轻吗？不，请你什么都别说，听说败军之将从不说话。别人说，《赫尔曼和多罗特亚》《野鸭》《暴风雨》都是作者步入晚年后写下的作品。看来，让人得到宽慰、给人以光明的作品，需要的并不只是才能。如果你能坚持以炬火的身份，在这令人憎恨的世界上活过接下来的十年二十年，并且不忘记我，重新呼唤我出来，我将无比欣喜。我一定，一定会前来。答应我吧，再见了。哎呀，你要撕掉这些稿纸吗？快住手吧。像你这样被文学荼毒，可以说是名言警句之诗的人，若是写起小说，大可以像这样若无其事地添上一笔。如此一来，世间之人说不定会看好你杀死我的模样，还为之送上喝彩。你那摇摆的身姿，必定会大受欢迎。而我从指尖到脚底，支撑不过三秒，就要变得无比冰冷。其实我没有生气，因为这并不是你的错，应该说，我没有理由生气。我就是喜欢，啊啊啊，幸福不能从外部获得？永别了，小少爷，请继续堕落吧！

他低头看着写到一半的原稿，细细思索一番，定下了《猿面冠者》的标题。他觉得，那是吻合得天衣无缝的墓碑。

女人的决斗

女の決闘

奇想与微笑 太宰治短篇杰作选

第一回

　　我决定做一个六期的连载，每期写上十五张稿纸，不知道这样如何？假设这里有一套鸥外的全集，当然，是从别处借来的。我向来没有什么藏书，我蔑视世上所谓的学问，它们都不过如此。尤其可笑的是，偏偏那些不学无术的文盲最憧憬世上的学问，总能见到他们噘着嘴谄媚地说："鸥外老师这样说过……"也不知他何时被鸥外收作了弟子，满口老师如同连珠炮，煞有介事地垂下目光宣称："我正在虚心学习。"深信这样便完全装出了高尚的形象，一副扬扬自得的模样，何等浅薄，鸥外听了反倒要窘迫脸红。"我正在虚心学习"，这是商人使用的话语。商人说出这句话，全是便宜卖给你的意思。现在，艺人也开始说这种话了。曾我乃家五郎之类，或是某电影女演员之流，就总说这句话。虽不知他们究竟做的是什么，总之就是要煞有介事地说："我正在虚心学习。"他们也许以为这样就够了，一切都是生活的窍门，不应该责难。可是，好歹是当作家的人，只因为读过鸥外，就突然装出一本正经的样子，说什么"我正在虚心学习"。我认为，他们大可不必那么装腔作势。若真是这样，那他们此前读的那些书，又是什么呢？说起来真叫人不安。这里有一套鸥外的全集，是我从别处借来的。

从现在起，我们一起来阅读。诸位一定会交口称赞："有趣，真有趣。"鸥外一点都不难，他写的文字，总是那么直白通俗。反倒是漱石很没意思，将鸥外归为不好理解的、深远晦涩的作家，贴上俗众不可恣意触碰的标签，其实是那些"正在虚心学习"的女士，或者是毕业十年后依旧妥善保存着大学笔记的研究科学生们，他们只要有机会就会呢喃："嗯，美不是丑，丑非为美。"说完这些无聊的话，又罗列一大堆外国人的姓名，撰写冗长的论文，装出一副悠然自得、扬扬得意的面孔，并宣称无学问不进步。那样的人，归根结底，必然是些浅薄的无学之辈。然而世间将他们视为"有智慧的人"，对其敬畏有加，真是令人费解。

鸥外也在嘲讽那种人。他去看戏，舞台中央端坐着一名皮肤白皙的武士，武士一本正经地说："我且拜读一番书籍吧。"他后来笑着写道：自己对此也万分震惊、哑口无言。

诸位现在与我一同阅读鸥外全集，但完全不需要紧张。我本就是远比诸位低劣的无学之辈，是个从未拜读过什么书籍的人。我总是随意躺倒，漫不经心地浏览，态度极其恶劣。所以诸位也不要起身，与我一起阅读吧。若是有谁端坐起来，我可就不知如何是好了。

这里有一套鸥外的全集，之前已经说过，它是我从外面借来的东西，所以要小心对待，就算心有所感，也不能在文字底下画红线，毕竟是借来的书，需要好生保护。我们翻开翻译篇第十六卷吧，里面有许多不错的短篇小说，先来看看目录。

《怀璧其罪》Hoffmann（霍夫曼）

《坏因缘》Kleist（克莱斯特）

《地震》Kleist

后面还有四十篇左右，都是标题看起来很有趣的短篇小说。

翻开卷末的解说，便知这一卷收录了德国、澳大利亚、匈牙利的作品。许多原作者的姓名，一次都没听说过呢，但我并不在意，埋头读下去，发现这些作品都有各自的趣味。这些小说的开场白都写得很好。巧妙的开场白，是作者的"好心"。只选择如此好心的作者翻译其作品，又是鸥外的好心。鸥外自己的小说，也有巧妙的开场白，读起来无比流畅。我认为，他是个对读者格外亲切、格外疼爱的人。让我从第十六卷中摘抄两三段巧妙的开场白吧。因为所有开场白都很巧妙，所以我实在难以抉择，甚至想把四十多篇全部罗列下来。只不过，诸位购买鸥外全集，或是像我这样从别处借来细细研读，更能理解它们的好，因此我要忍住冲动，只摘抄七条，不，八条。

《埋木》Ossip Schubin（奥西菩·舒宾）

"阿尔方斯·德·斯特尼将于十一月莅临布鲁塞尔，亲自指挥新作《恶魔合奏曲》。"比利时《独立报》登出这则消息时，民众为之瞩目。

《父亲》Wilhelm Schaefer（威廉·谢弗）

这件事除我以外无人知晓。另一个知道此事的人便是当事者，而他已在去年秋天死去了。

《黄金杯》Jacob Wassermann（雅各布·瓦塞尔曼）

一七三二年末，英国处在乔治二世的统治之下。一天晚上，巡夜人在伦敦的大街小巷里巡视，走到坦普尔栅门附近，发现一个年轻的姑娘倒在路上。

《领袖之死》Schnitzler（施尼茨勒）

我敲了敲门，只是轻轻地。

《何日君再来》Anna Croissant-Rust（安娜·克鲁瓦桑-鲁斯特）

一群海鸥振翅而飞，发出尖锐贪婪的鸣叫，匆匆掠过湖面，左右摇晃着飞走了。

《怀璧其罪》Amadeus Hoffmann（阿马迪厄斯·霍夫曼）

曼特农夫人集路易十四的宠爱于一身，令世人瞠目结舌之时，宫中有一位年老的女学士，名叫玛德琳·思居代里。

《劳动》Karl Schoenherr（卡尔·舍恩赫尔）

这两个人都年轻力壮。男的叫卡斯帕尔，女的叫蕾蒂，他们彼此相爱着。

以上，我并未按照顺序，而是随手翻开书本，将小说的第一行记录下来。如何？是不是都很巧妙？想不想马上找来读一读？若要创作故事，至少要写得出这样的开场白呀，最后再列举一个杰作中的杰作。

《地震》Kleist

一六四七年，智利王国的首府圣地亚哥发生了大地震。一名少年倚靠于囹圄之柱，他名叫泽罗妮姆·鲁泽拉。他，就要在绝望中死去了。

这势如裂帛的气魄怎么样？克莱斯特真是个大天才。从他写下的第一行，就能窥见作者冲天的热情之火，我等凡夫俗子只能望洋兴叹。译者鸥外在这里也放开了手脚，其译文宛如弓弦，蓄势待发。译文末尾还带有译者解说，所谓："《地震》乃方寸之间凝聚无限烟波之千古杰作也。"

然而，我另有想要讲述的东西。光是第十六卷，就有上文提到的种种杰作，宛如一个宝箱。尚未读过的人，可以即刻赶去书店求购。已经读过的人，可以再读一遍。读过两遍的人，就去读第三遍。若是不想买，也可以去借。接下来，我要重点讲讲第十六卷中篇幅仅占十三页的短篇小说《女人的决斗》。

这篇作品着实不可思议。作者名叫 Herbert Eulenberg（赫伯特·奥伊伦堡），我这种不学无术之徒自然不识其人，卷末解说也并未提及这位作者。解说者是小岛政二郎，乃是我们的小说家前辈，我早在中学时代就极爱捧读他的短篇集《新居》。他在编辑鸥外全集上面似乎下了很大功夫，只不过他好像并不擅长德语，在这一方面，恕我直言，小岛先生恐怕与我是"五十步笑百步"的关系。因此，他在解说中没有提及任何有意义的信息。显然，这也体现了小岛先生谦逊的态度，与那些"且拜读一番书籍"的学者态度绝不相同，倒也是编辑者的优点之一。话虽如此，小岛先生哪怕翻阅一下字典，写下一些原作者的信息，对我这种无学之徒，也是莫大的方便。总而言之，该作家应该没有什么名气，十九世纪的德国作家——只需记住这个就足够了。我有个朋友是德国文学教授，但他也不知道这个人，并问是不是 Albert Eulenberg（艾伯特·奥伊伦堡）或是 Albrecht Eulenberg（阿尔布雷希特·奥伊伦堡）的讹误。我对他说：不，的确是赫伯特，这人似乎并非知名作家，你替我查查名人词典吧。后来朋友回信告诉我：鄙人孤陋寡闻，确实不知赫伯特·奥伊伦堡为何许人也，实在羞愧。此人未被收录于《迈耶百科词典》中，看来不是知名作家。后来在文学词典中查到以下事项——下文附上了此人的著作年表，看过之后确实无甚亮点，全是些从未听闻过的作品。综合其所有信息便是这样：《女人的决斗》作者赫伯特·奥伊伦堡为十九世纪后半叶的德国作家，并不知名，日本的德国文学教授都需要在词典上查找他的姓名。森鸥外曾经赏识他奇异的才能，翻译了他的短篇小说《塔顶的鸡》及《女人的决斗》。

关于作者的信息，写到这里便已足够，就算多写一些，若是看完就忘，也没有意义。这篇作品由鸥外翻译，其后不知在何处发表，只在题为《蛙》的单行本中突然出现。鸥外全集的编辑者似乎也多方查问过，最后只得在卷末注明："查问无果，若得垂教，则为幸甚。"我若是知道便好了，但自是无从得知。你一定也不知道，所以不可取笑。

神奇的并不在于这里，而在于作品之中。接下来这六次连载，我将围绕这篇短短十三页的小说进行种种尝试。若换成霍夫曼或克莱斯特那样的大家，其作品想必容不得任何人注释。因为日本也有许多读者钟爱那些大家，若我擅自摆弄其作品，恐怕即刻就要被按在地上教训一番。不说别的，若换成作者赫伯特，看见我发现他的才能反能得到褒奖，他恐怕也心有不甘。这位作家当时在自己国内定然也是红极一时的人物，而我只是不学无术之徒，不知晓他的名气罢了。

事实上，他作品中的描写之精确、心理之微妙、对上帝的强烈凝视，全都堪称一流中的一流。唯独在结构上略有遗憾，使他未能成为第二个莎士比亚。废话不多说，请诸位与我一道读下去吧。

女人的决斗

这件从未有过前例的特殊之事，是这样发生的。

一天晚上，俄罗斯医科大学的女学生听完不知哪个学科的高深讲座，回到住处一看，书桌上多了一封信件。上面没有寄信人的名字。

"我通过一个偶然的机会，得知你与一名男性有染。其经过不值一提，此处便不赘述。我在这一刻之前，一直认为自己是那名男性的妻子。根据你的人品，我做出了这样的推断：无论事情如何发展，你都绝不是那种不负责任之人。同时，你也不会在侮辱了从未与你有过仇怨的他人之后，故意推卸责任。我曾数次目睹你用手枪射击，而我从未拿起过武器，因此虽不知你的枪法如何，两相比较之下，定是你比我优秀。

"所以，我在此向你提出要求。明日上午十点，请携带手枪前往下记车站。对于这项要求，我并不具备优势。我不会带任何见证人前往，也请你不要与任何人一同前来。顺带一提，此事不需要事先告知那名男性。我已骗他去了远处，今明两日将不会出现。"

书信下方明确写了约定的场所，署名为康斯坦西，下方姓氏留有擦去的痕迹，但尚能辨识。

第二

上回写到"下方姓氏留有擦去的痕迹，但尚能辨识"。我不想冗谈这句话所暗示的微妙心理，读者们大可以各自品味，这是一处妙笔。此外，开篇的书信全文散发出女人"赤裸裸"的憎恶，与其说原作者的艺术手法令人佩服，倒不如说他写出了直接施加于读者身上的现实而血腥的压力。这般手法究竟是艺术的正道抑或是邪门，自然应当有种种讨论，但现在且不去触及。先让我们再看看这篇不可思议的作品吧。开篇处，原作者似是以一种记者的冷静记录了这件事，但到后来，他的态度渐渐发生了改变。

写信的女人寄出信件后，立刻到城里找到武器商店，在谈笑中买下了一把轻便好用的手枪。随后她与店主的谈话渐渐深入，以谎言叠加谎言，告诉他自己与人打了赌，请求店主教她如何使用手枪。接着，她与店主走到店后阴森的庭院。女人始终努力保持着轻松的谈笑，力求与拿着手枪跟在后面的店主无异。

　　院子里有个印刷作坊，空气中弥漫着铅字的气味。这一带家家户户的窗子都脏成了褐色，里面看不见什么人影，但女人总感觉每一扇窗后都躲藏着好奇又幸灾乐祸的脸庞。她回过神来，看见庭院深处还连着一座长了老树的园子，那里竖着一块宛如巨大黑眼睛的靶子。看到那东西，女人脸上顿时红一阵白一阵。店主像对孩子说话那样，耐心地教了她哪里是扳机，哪里是装填子弹的地方，哪里是枪管，哪里是准星，如何射击。每开一枪，填弹的地方就会像玩具一样转动。接着，店主又把手枪交给女人，让她亲身一试。

　　女人遵照店主的教导，试图扣动扳机，却没有动静。虽然店主叫她一根手指扣动扳机，但她还是用上了两根手指，用尽全力才扣下去。那个瞬间，她听见震耳欲聋的轰鸣。子弹击中了离她三步远的地面，又弹起来打中了一扇窗。窗户被打得细碎，女人却没听见玻璃破碎的声音。藏在屋顶上的鸽子被枪声惊起，本就昏暗的庭院被鸽群遮挡得更黑了。

　　女人仿佛成了聋子，她用两根手指扣动扳机，面不改色地练习了一个小时。每开一枪，枪口都会冒出散发着恶臭的烟雾，但她忍住了恶心，反倒像着迷似的将它用力吸

　　　　　　奇想与微笑　太宰治短篇杰作选

入。女人实在过于认真，店主也被激发了热情。女人打完六发子弹，店主就立刻给她填上新的。

就这么练到了傍晚，练到了入夜，靶子的黑白轮廓渐渐化作整片的灰色，女人总算停止了练习。与她素不相识的店主，此时倒像是她的老朋友了。

"练了这么久，应该能出去杀人了吧。"女人心想，若她故作调侃地说出这句话，不知是否合适。但她担心自己的声音比手更控制不住颤抖，便什么都没说。最后，她付了钱，道过谢，离开了武器店。

自从想到那个主意，她还没有闭过眼。她觉得自己总算能放心睡上一觉，便抱着装了六发子弹的手枪躺下了。

读到这里，我们再休息片刻吧。诸位觉得如何？只要是惯读小说的人，一定已经发现这篇小说的描写存在某种异样之处。一言以蔽之，就是"冷淡"。那是种可谓失礼的"淡漠"，若问对什么失礼，便是对"眼前的事实"。对眼前事实过于精确的描写，反而会让读者感到不适。有时发生杀人案，或是更惨不忍睹的犯罪案件，报纸上登出行凶现场的平面图，并在房间中央添加一个小人代表被害的人。这样的报道，想必诸位都见过吧？那东西看起来着实令人不适，真希望报纸以后不要再登这样的平面图。这篇小说里也有那种让人感觉到露骨血腥的描写，其精确程度令人咂舌。不信，请你重读一遍。院子里有个印刷作坊，凭我一介穷酸作家的直觉，这印刷作坊是真实存在的，并非原作者凭空捏造。那一带的民居窗户，必定也是脏兮兮的褐色，那是不折不扣的现实。一群鸽子被惊起，让本就昏暗的庭院愈加昏暗，这必定也是真实的事情。原作者就站在女人身后，亲眼看见了那一切，实在是让人毛骨悚然。当小说的描写过于直截了当，人会在惊叹的同时，产生某种不快的疑惑。这也太精确、太过分、太亵渎了，用多少话语形容那种疑惑都不为过。针对描写的疑惑，最终将会转向描写过于精确的作者本人的人格之上。从这里开始，就该变成我（太宰）的小说了，请读者务必用心。

　　我将这短短十余页的《女人的决斗》读到这里，目睹了鲜活血腥、不折不扣的描写，在大为震惊的同时，又产生了难以忍受的不快。针对描写的不快，不久就变成了针对原作者的不快。我有个颇为失礼的疑惑，猜测小说的原作者在创作时，定然处在格外糟糕的心境。对于那种格外糟糕的心境，我又有两种假说：一是原作者在创作时可能极为疲劳。人在肉体感到疲劳时，对人生或是对现实生活会变得极端不满和冷漠。这篇《女人的决斗》究竟是如何开场的呢？我不会在这里重复，如果是上一次连载的读者，想必很快就能想起来。说白了，那是一种痛殴式口吻，犹如双手揣在怀中，傲慢地将那件事告知读者的手法。进一步讲，作者甚至没有写明这件事发生的时间，即所谓年份（私以为，外国作家无论写什么小事，都要记一笔年份），以及事情发生的地点，只交代了一句"一天晚上，俄罗斯医科大学的女学生听完不知哪个学科的……"，丝毫没有服务读者的意识。再翻开任何一页，都找不到关于地理的任何记述，着实生硬粗鲁。作者在感到肉体疲劳时，必定会呈现出斥责式描写，有时甚至接近怒吼，与此同时，还会不经意间表露出辛辣和冷酷的态度。或许，人类的本性原本就是辛辣冷酷的。当肉体疲惫，意志松懈，人往往不堪一击，抛下一切修辞，朝着对方举刀就砍。实在是令人悲伤。《女人的决斗》中的描写，总有着让人瞠目的，甚至堪称恶狠狠的感觉。慧眼的读者想必早已注意到了。作者身陷疲惫，对人生及现实的营生流露了粗暴的感情，此乃事实，并非我言过其实。

另有一点甚为罗曼蒂克的假说。作者在该小说的描写中体现出的堪称异常的憎恨（精确来说其实是憎恨的一种变形），也许发自他对女主人公毫不遮掩的感情。换言之，可以这样推理：这篇小说完完全全讲述了真实发生的事件，而且原作者在这桩绯闻中绝不是一个毫无关系的旁人。若要再明确一些，可以说这篇小说里也许埋藏着一个可怕的秘密，即原作者赫伯特·奥伊伦堡先生本人，就是文中那位康斯坦西女士的丈夫。如此一来，文中的描写（尤其是对女主人公战栗的描写）为何如此冷酷又如此精确，作者为何对其怀有某种嫌恶，就都可以得到充分解释了。

当然，这都是谎言。赫伯特·奥伊伦堡绝不是那种激发愚蠢家庭闹剧的人，这篇小说精确到不可思议的描写，恐怕全因第一种假说。尽管已经确凿无误，但我还是列出了第二种假说。这么做并非为了做什么假模假式的名作鉴赏，还请赫伯特先生饶恕我的失礼，让我以《女人的决斗》为基础，尝试一个全然不同的故事。我深知这种态度对赫伯特先生而言万分无礼，但世间自古便有"正因尊敬而明知失礼亦为之"的做法，因此恳请他谅解。

那么，这次先让我们多看一些原作，再由我对不充分之处做一些补足。这样做看似傲慢，实则的确傲慢，但我只是想据此写出一个略有趣味的浪漫故事。只要再往下读一些，诸位就会发现，原作始终将焦点聚集在康斯坦西夫人身上，只对她进行描写。对于其丈夫，以及与那个丈夫私通的俄罗斯医科大学的女学生，则几乎未有提及。我且不顾矛盾，将那个丈夫（无比粗暴地）认定为小说的原作者，挺身而出成为康斯坦西夫人唯一的伙伴，为报复原作者对康斯坦西夫人如此冷酷的描写，不惜以我不成熟的文笔，从下一回连载开始极尽所能，用充满恶意的描写回敬他。这次先引用一页原作者的文章，接着便请看我对丈夫及那个女学生的描写吧。康斯坦西夫人在决斗前夜捧着冰冷的手枪入睡，第二天早晨就要迎来前所未有的女人的决斗。对于这件事，原作者奥伊伦堡依旧用了冷酷无情得令人愤恨的文笔进行描述。请读者略读几句，下一回将是本人的愚蠢空想。夫人抱着六连发的手枪躺下了。翌日早晨，原作是这样描述的：

　　翌日早晨，在约定的车站，除了两个女人，只有两个农民。车站修建在平原上，周围人烟稀少，宛如直尺描绘的几条铁轨反射着晨光，一直延伸到远处，在遥远的地平线上融为一体。左侧是淡黄色的农田，另一边有村落。车站就以那个村落的名称命名。右侧是一片生着野草的荒原，慵懒地蔓延至彼方。

　　两个农民应该是进城卖货归来，坐在车站附带的餐馆里举杯庆贺。

　　两个女人默不作声地并肩走了出去。由夫人领路，二人越过铁轨，朝着荒原前进。那条路上长满了深绿色的野草，几乎看不见裸露的土地。草地上留有两道货车的车辙，便算是一条道路了。

　　那是个微凉的夏日清晨，天空阴沉沉的。路旁有两三棵树，长得粗大而不修边幅，矗立在阴森的荒原之上，仿佛从森林里出来巡逻，却忘了回去。随处可见低矮残缺的灌木，病恹恹地伏在那里。

　　两个女人默不作声地并肩走着，就像语言不通的外国人。夫人总是先迈出一步，也许因为这样，学生似是强忍着心中的话语。

远处有一片泛着白光的白桦林，渐渐变得近了。那片树林无人打理，银鼠色的纤细枝条恣意弯曲生长着，树冠宛如蓬乱的头发，纠结成一团。小小的叶片迎风摇摆，窃窃私语。

第三

女学生很想说一句话。她很想说："我不爱那个人。你真的爱他吗？"她气愤极了。昨夜她筋疲力尽地回到学校，一心想着要喝一杯早上冰镇起来的牛奶，怎知她刚脱下汗湿的上衣放在桌上，就瞥见那里有张洁白的信纸，便是那封愚蠢的信。这人一定是私闯了我的房间。啊，这位夫人已经疯了。我读完信，忍不住笑了出来。我决定完全无视，将信纸撕作两片、四片、八片，任凭它飘飘摇摇地落进了废纸篓。就在那时，他突然走了进来，面色异常苍白。

"怎么了？"

"她发现了，她注意到了。"他强装笑容，右脸却阵阵抽动，最后只挤出了富有特征的犬齿。

我不屑地说："看来你的夫人比你更有血性，她已经提出要与我决斗了。"

"是吗，果然是这样吗？"他听了我的话，开始在屋里不住地踱步，"那家伙是想做这种丢人的事损我名声，她打从心底里要报复我。昨晚我就觉得奇怪，那人竟前所未有的温柔对我说：'你这个月做了这么多工作，不如去乡间玩几天，休息休息吧。这个月也有不少盈余，我看见你疲惫的脸就感到心痛。近来，我渐渐明白了艺术家的辛苦。'我顿时觉得她肯定有所察觉，就若无其事地答应了她，今天假装出门旅行，然后偷偷折回来，躲在院子里监视着她。到了傍晚，那家伙出门去了，也不知从哪儿打听到了你的住处，径直来到这里，跟房东太太说了几句话，不久便走了出来，又去了城里，站在一家商店的橱窗前一动不动。那橱窗里装饰着野鸭的标本、鹿角、黄鼠狼的皮毛，中间是十几把沉甸甸的黑色猎枪，还有手枪。我都认得。平时怎么都想不到自己的人生会跟那黝黑的枪管发生什么联系，可是那一刻，我心中涌出了莫大的绝望。枪身反射的黑色光芒就像生命最后的诗句，砰——店里传出了枪声，接着又是一发，我险些落下泪来。我轻轻打开店门向内窥视，可里面空无一人。我走了进去，顺着接连不断的枪声探向深处，发现了一个昏暗的院子。我老婆和店主人站在那里，她似乎得了店主人的教导，正要自己开第一枪呢。她的手枪喷出了火焰，子弹打在三步远的地面上，弹起来击中了窗户。玻璃应声而碎，不知躲在哪个屋顶上的鸽子群惊得飞了起来，把本就昏暗的院子遮蔽得更昏暗了，我又一次几乎要落下泪来。那眼泪究竟是什么？是憎恨，还是恐惧？不对，不对，也许是对老婆的怜悯。总而言之，这下我明白了。她就是那样的女人，平时冷漠隐忍，一旦下了决心就绝不顾虑别人的目光。唉，我以前还觉得那是何等可靠的性格！她做的煮芋头真是太好吃了。现在不行，你有生命危险，我生平头一个恋人要被别人杀害了。我认定了生命中只此一人的女人，我无比宝贝的人，却被那个人盯上了。我看到那里便不再往下看，赶来找你了。你——"

"那可真是辛苦你了。什么生平头一个恋人，什么唯一的宝贝，你在说什么呢？不过是你这个艺术家的一厢情愿、自娱自乐罢了。

装模作样，快得了吧，我不爱你，因为你根本不美。假设我对你有这么一丝的兴趣，那也是对你那特殊的职业的。嘲讽市民，贩卖艺术，却与市民过同样的生活。我觉得你这样的人很不可思议，想要研究你一番。真要说的话，这便是我的理由。然而说到底，这样没有一点意义，什么都没有，唯有一团乱麻。我是一名科学家，自然会被不可理解的事物吸引。若不弄明白那些事物，我简直生不如死，所以我才被你吸引了。我不懂艺术，也不懂艺术家，所以猜测你一定有什么特殊之处，我并没有爱上你。现在我知道艺术家是什么了，艺术家不过是软弱的、一无是处的大龄低能儿，仅此而已。说白了就是智商发育不完善的人，无论多大都无法完成发育的残废。所谓纯粹，是谓白痴吗？所谓无瑕，是谓爱哭鬼吗？啊啊啊，你怎么又面无血色地看着我？真讨厌，请回吧。现在我明白了，你是个靠不住的人。你受到惊吓只会惊慌失态、不知所措。这就是艺术家的纯粹吗？真是令人佩服。"

我大骂了一通连自己都觉得不合逻辑的话，将那人轰出门去，用力关上房门，落了锁。

锁了门去准备简单的晚饭，我越想越觉得没意思，男人那副吊儿郎当的表情令我由衷地厌恶。究竟是什么意思？我偶尔会接受他给的金钱，也让他给我买了冬天的手套，甚至买过更私密的东西。但这又如何？我是个贫穷的医学生，找一个金主资助我的学习研究有什么不对？我无父无母，但有着贵族的血统，等到姑姑去世，就能拿到遗产。我有我的骄傲，我不爱那个人。爱是不一样的，是带有母性的，是唤醒血脉相连之情的特殊感情啊。我不爱他，我一直在独自钻研科学的道路上，为何一会儿收到这种失礼的决斗书，一会儿又有四十多岁的大男人哭着跑到我屋里来，仿佛我才是那个罪大恶极之人，我不明白。

我独自吃了简陋的晚餐，喝了两杯葡萄酒。餐后的倦怠容易使人陷入"任凭他去"的自暴自弃心理。我慢慢觉得，决斗不过是餐后运动那样的简单行为，不如就应了吧。我不可能被杀死。听他的话，对方今天才开始练习射击。我在学生俱乐部总是射击比赛的冠军呀，就算骑在马上，也是十拿九稳。不如杀了她吧，是她先侮辱了我。我听说在这个地方，只要是正当的决斗，就不会受到很重的刑罚，也不会有损名誉。譬如走在路上，若是遇见了烦人的毛虫，抄起手杖将它除去，这不是理所当然的吗？我年轻又美丽。不，虽然谈不上美丽，但决心独自闯荡的年轻女性跟迷恋那种无聊艺术家、陷入半狂乱状态，甚至要与我决斗的女人相比，肯定是更美丽的。没错，那是眼神的问题。哈哈，真是让人得意，不如去公园散散步吧。我的住处旁边有一座小小的公园，里面有个形似乌龟的怪兽朝天喷出高高的水柱。喷泉周围的池子里养了许多东方的金鱼。彼得一世为庆祝安娜公主大婚，下令在全国各个城市修建了这样的小公园，这些东方金鱼，都是安娜公主昂贵的玩具。我很喜欢这个小公园。一只硕大的蛾子停在瓦斯灯罩上，仿佛被钢针戳在了那里。抬眼一看，那人坐在长椅上，他知道我喜欢散步，肯定是专门在这里等我出现的。我若无其事地走过去对他说："刚才对不起了，大白痴。"我对他从不用笨蛋这种昵称，"明天的决斗，你也去看吧，我会替你杀了你夫人。若你不想看，就老老实实待在家里，等你夫人回去吧。你不来看，我就让你的夫人平安回去。"我说出这句话时，你知道那人如何回答吗？他先是挤出满脸谄媚的笑容，然后猛地收起了表情，冷冷地说："什么？你真是不知所谓。"如此说完，他就起身离开了。我很清楚，他希望我替他杀了他妻子。然而他抵死都不想说出来，也不想听我提起，因为这样才能保住他的名誉。他只想坐山观虎斗，在自己毫不知情的状态下让老婆被人杀死，情妇活下来。啊，这个结果肯定能大大地满足他艺术家的愚蠢虚荣。待硝烟散去，他就会向活下来的我、戴罪的我伸出怜悯痛惜的援手。我早就看透了，这种没出息的懒汉，只会拿这种丑闻作为炫耀的资本。他要眉头深锁，痛苦地扯着头发，在朋友面前悲伤倾诉："啊，我好痛苦。"我目送他瘦削的背影消失在夜幕中，耷耷肩，转身回到了住处。我有种莫名的悲伤，原来女性走到了某个极端，就会想与女性同胞相拥而泣吗？我并不认为自己可怜，然而，我突然可怜起他的妻子了。他们不应该是相互扶持的关系吗？与那个尚未谋面之人的共鸣、对她的怜悯和同情像大鸟张开的羽翼一般，不断拍打我的内心。我敞开窗户眺望星空，连饮了五六杯葡萄酒。头晕目眩，啊，星星仿佛要落下来了。没错，他一定会来看我们决斗，他一定会悄悄跟过来。我刚才说，若是他来了，就替他杀死妻子。他一定会躲在大树后面窥视，说不定还会轻咳几声，告诉我他来了。不如我掉转枪口对准藏在树后的男人开枪吧，愚蠢的男人就该去死，就这么决定了。我重重地倒在床上，晚安，康斯坦西（康斯坦西是他夫人的名字）。

翌日，两个女人在阴郁灰暗的天空下并肩而行，沉默不语。女学生一直很想提问：你爱那个人吗？你真的爱他吗？可是，另一个女人就像野性十足的牝马，鼻孔喷张，吐着急促的气息大步向前走。她埋头走得那么急，仿佛要把苦苦追赶的女学生甩在身后。女学生盯着她裙裾下瘦骨嶙峋的腿，心中渐渐生出了嫌恶。失去理性的女人多么丑陋啊。她为何像头充满野性的动物一样？肮脏，下贱，虫豸，没救了。打死那个男人之前，还是先把我的愤恨发泄在这女人身上吧。不知道那个人来了没有，好像看不见他的踪影。怎么都好，现在最大的问题是眼前这头丑陋的、失态的、下贱的母兽。两个女人一言不发地快步向前走，无论女学生如何紧赶慢赶，夫人总是快她一步。远处的白桦林渐渐接近了，那座森林便是约定的地点。（以上为太宰所作）

紧接原作内容：

> 走到林子后面，夫人突然停了下来。她那副模样，就像刚才一直被人追杀，此时总算狠下决心，转过来面对追杀之人了。
>
> "我们各开六枪吧，你先来。"
>
> "可以。"
>
> 二人的对话，仅此而已。
>
> 女学生高声计数，走出十二步。接着像夫人那样，站在林子边缘的白桦树旁，面朝对手。
>
> 周围的草原静悄悄，车站传来了叮叮当当的铃声，好似时钟读秒。然而，这两个人已然顾不上铃声或时间。女学生的右侧有一片浅水洼，水面映出了灰白的天空，就像倾洒在草原上的牛奶。白桦树摩肩接踵，伸长了脖子，一动不动地矗立着，像是在看这边的热闹。

然而，看热闹的并不只有白桦树。不知不觉间，那个下流的艺术家像影子一般跟了过来，躲藏在树干背后。

到这里先稍事休息吧。最后一行内容，是我附加上去的。

我怀着强烈的羞耻，用笨拙的文笔写了女学生和男人的情节。内容极其概念化，想法过于天真，我自知玷污了原作者奥伊伦堡细致的写实。然而原作在上一回的结尾处即刻转向了"走到林子后面，夫人突然停了下来"。虽然只能称之为画蛇添足，但若插入了我写的内容，这篇《女人的决斗》或许又能呈现出截然不同的、二十世纪的生动冷酷。于是我大胆采用简明通俗的语言，续写了这么一段。所谓二十世纪的写实，也许在于概念的实体化，不能一概排斥平易而夸张的形容词。人既会因为俗世的债务自杀，也会因为概念的无形恐怖自杀。决斗的过程，将在下一回叙述。

第四

在揭晓决斗的胜负之前，我想先思考那位下流的艺术家躲在白桦树背后，窥视两个女人举枪对峙的美丽、可怕又怪异的光景时，究竟怀着什么样的心境。现在且称那个人为下流艺术家，这样称呼他并非因为此人下流，而是艺术家大体都很下流，此人又因为有了一些著述，被迫加入了下流的行列。这个人在众多艺术家中，或许算是高洁的。首先，他是一名绅士，他穿着正确的服装，言行举止符合常理，略显软弱的微笑很有魅力。对于理发，他从不懈怠，也习得了故作虚无的闲散漫步姿态，显得很有学问。最关键的是，他喝酒从不烂醉。单这一点就决定了此人属于上流绅士的行列。然而可惜哉，此人又有著述，因此光看他外表上流，还是不能掉以轻心。因为艺术家无一例外地有可悲的劣根性——好色之念。此人已年届不惑，名声略高，擅长写一些天真漂亮的恋爱故事，让市井妇女为之陶醉，看似有着清廉高洁的性格，内心却绝非如此。不知诸位是否思考过即将迈入老龄的男人会有多么炽热的好色之念。他们有了一定的地位，甚至有了名声，这一切到手之后，却显得如此苍白无趣。他们也有了不愁吃穿的财产，渐渐明白了自身力量的极限。差不多就得了吧？再勉强自己努力，也争取不到多少，不如就这样慢慢老去吧。等到回过神来，哪个人不会渴望再去冒一次险呢？浮士德就在书房中颤抖着自白了其间的细腻感情。若是放在艺术家头上，那更是黑烟滚滚、让人恨不得捶胸顿足的焦躁。艺术家这种人，无一例外是天生的好色之徒，所以我猜测，他们的那种渴望或许也极为强烈。这绝非玩笑，尤其此人还是个红毛男性。红毛人的"I love you（我爱你）"饱含着日本人全然无法想象的某种直白感情。"我爱你"在日本被认为是纯洁的、精神性的感情，但对红毛人而言，则是更迫切的激情，是奔放且炽热的冲动。一个举止成熟的中年男子，其内心也许沉浸在中学生一样的天真咏叹中，被那女学生的傲慢任性所吸引，全然不顾家庭和地位，展现出了狂乱的丑态。这在日本和西欧都一样，在这个红毛人身上尤其如此。因着这可悲的，却能引起人共鸣的弱点，此时此刻，这个男人尾随两个女人来到了此地，藏在白桦树后，屏息静气地看着她们决斗。此人身上还有另一点艺术家的通病，那就是好奇心。换句话说，就是知他人所不知的虚荣心，以及描写稀罕事物的功名心。我认为，正是这些心理促使他来到了决斗的现场。这里有一条虫子，它就是迟迟不肯死去——他自己深陷爱欲的狂乱，却挣扎着要将那种狂乱描写出来，这就是艺术家的宿命，也是本能。诸位可知晓藤十郎的恋情？坂田藤十郎为了磨炼技艺，假意向有夫之妇示好，与之结下不伦的关系。但我认为，归根结底，那一切是不是个彻头彻尾的谎言，实在是不好断言。大可以这样解释：在呢喃真正的爱语时，他内心的艺术家的虫子开始冒头，最后竟是那虫子的喜悦不断增大，让他幻想到了满场的喝彩，于是爱欲反倒冷却了。艺术家始终烦恼于对表达的贪婪和虚荣，以及对喝彩的渴望，是一种无比可怜的生物。现在，这个躲在白桦树后，像捕猎麻雀的黑猫那般全身紧绷的男人的心境，说白了不过就是人到中年却割舍不下的天真"恋情"与艺术家内心的"虚荣"纠结而成的产物。

啊，快别决斗了，扔掉手枪，二人一起欢笑吧。只要现在放弃，就不是什么大事，只会留下微不足道的冲突的记忆，不会有任何人知道。你们两个我都爱呀，都一样爱呀，那么可爱的人，受了伤可不好，快住手吧。他心里虽然这样想，却没有勇气跳出来挡在二人中间。他还想再看看情况，他继续思索起来。

就算开枪了，也不一定有人会死。别说死，双方说不定会毫发无损，事情总是会变成这样。轻易不会有人死去，我为何总爱考虑最糟糕的情况呢？啊，今早的妻子也很美丽，她多可怜啊。她过于信任我了。我也不好，我骗她太多了，我只能骗她，家庭的幸福必须建立在彼此的谎言之上。一直以来，我都坚信这点。老婆这种东西，无非是一件家具。如若事事吐露真情，这日子要怎么过？所以我一直都在欺骗她。正因为这样，老婆一直钟爱我。我确信，真相是家庭的大敌，谎言才是家庭幸福的源泉。这种确信肯定没错，可我总觉得自己漏掉了什么。我活到这个年纪，好像漏掉了一个万分严肃的事实——老婆固然是"家具"，可是对老婆来说，我可能也是一件"家具"。她待在我身边，也许一直在忍辱负重。老婆没有骗我，是我不好，但是，那也仅此而已。我该对老婆做何反应？我不爱她，但我假装不明白这点，决心一辈子都不离开她。我有信心，我俩能平静地生活在一起。可是，现在也许不行了。决斗？多么愚蠢的行径啊！快住手！男人从树后踏出一步，险些要喊出声来，却看见两个女人已经徐徐抬起持枪的手蓄势待发，于是他连忙将喊声咽了回去。这人本就不是普通人，而是当时走红的作家。换言之，就是个才气逼人的男人，他不会像普通人那样动摇失态，乱了阵脚。你们要斗，那就斗吧，他恶狠狠地想着，又回到树后面，凝视着事态的发展。

　　要斗就斗，我才不管。事已至此，谁死了都一样，若是都死了更好。啊，那姑娘要被杀了，我那可爱的、不可思议的"小生灵"，我爱你胜过老婆千倍。求求你，杀了我老婆！她太碍事了！她是个贤惠的夫人，就应该带着贤惠的名誉死去。啊，算了，我不管了，你们尽管斗个痛快吧。他如今已经跨越了一切道义，贪婪地注视着眼前那令人战栗的异样光景。谁也未曾目睹的事情，正在我眼前展开。这是何等荣耀！我将有幸描写这个场景，这是何等幸福！啊，这个人的欢喜已经超过了恐惧，他正沉浸在五体为之麻木的强烈欢喜之中，对上帝都无所畏惧的傲慢、痴狂、偏执和轻蔑之中。所谓艺术，莫非就需要那种近乎疯狂的冷酷吗？男人此刻已是一名冷静的摄影师。艺术家果然不是人，他们心中栖息着一条怪异的、恶臭的虫子，人们称那条虫子为"撒旦"。

　　女人们开枪了。那一刻，唯有那浅薄的艺术家的双眼在碌碌转动，那双眼睛始终紧盯着决斗的场面。后来，他又怀着至高的骄傲，准确无误地写下了自己的所见所闻。以下便是他的原文。不愧为震古烁今的描写。请诸位仔细阅读，务必不要忘了背后那双贪婪观察的眼睛。

　　　女学生先开了一枪。她沉着冷静，对自己的技术很有信心。子弹擦过夫人身边的白桦树的树干，无力地落在地上，被杂草埋没，看不见了。

　　接下来是夫人开枪，也没打中。

　　后来，两个人轮番对射，枪声在旷野上阵阵回响。女学生先松懈下来，子弹总是飞向高处。

　　夫人也渐渐松懈下来，感觉自己已经开了上百枪。她远远看见了女学生白色的衣领，便把它当成了昨天的靶子。除了那白色的衣领，她什么都看不见，就像天地间的一切都消失了，连自己脚下的土地，她都业已遗忘。

她并不知道自己是否开了枪，眼前那白色的衣领却突然掉落在地。同时，她听见一句外国话。

刹那间，一切的现实向她涌来。灰色凝滞的天空、昏暗的草原、白色的水洼，还有细长的白桦树。树叶像是知道发生了什么，正在风中窃窃私语。

夫人如梦初醒，扔下坚硬的手枪，不顾裙裾翻飞，逃离了现场。

她在无人的草原上狂奔，一心只想远离被她杀死的女学生。她身后就像涌出了红色的泉水，泉眼便是女学生横陈的身体。

夫人跑啊跑啊，最后筋疲力尽地倒在了草原边缘。由于奔跑过度，她全身的脉搏都在激烈搏动，耳中充斥着异样的细语，仿佛在对她说："她要流尽鲜血死掉了。"

想着想着，夫人渐渐恢复了冷静。与此同时，她在草原上恣意狂奔时感觉到的复仇的甜美滋味渐渐冷却了。正如血液从女学生的伤口流失，充斥她内心的喜悦也一点点溜走了。就在刚才，她还带着"讨伐了敌人"的欢喜，像走投无路的困兽一般疯狂地驰骋在草原上。现在那欢喜不知消失到了何处，取而代之的只有拂过头顶的前所未有的寒风。从她意识到女学生正在死去那一刻起，就有一股冰冷的气息袭来，像是要将她冻结。在草原上摇摇晃晃飞舞的野蜂一旦停留下来，就好像翅膀被燃烧殆尽了似的，就像刚刚还熊熊燃烧的妻子的颧颥，此刻已变得像大理石般冰冷。刚做完一桩大事，兴奋得滚烫的小手，此时也失去了血气。

"复仇的滋味竟如此苦涩吗？"夫人倒在地上，默默思考着。她的嘴唇无意识地蠕动，双颊不由自主地收缩，像是尝到了苦涩的东西。然而，她无论如何都不想起来去查看那倒下的女学生，或是去为她疗伤。夫人被这件事束缚了身体，手脚动弹不得，只能怀着冷淡的心情静候时间流逝。再过一段时间，那女学生体内的血，可能就要流尽了。

到了傍晚，夫人才爬起来。她感到全身关节僵硬，骨头之间无法契合，疲惫的脑中不断回响着枪声。那场决斗正在她脑海里反复上演，周围低矮的杂草和高大的树木仿佛都被染成了黑色。她呆呆地看着，突然看见前方有个女人，仿佛自己的影子脱离身体走在了前面。她穿着黑色的衣服，留着褐色的头发，面容散发着洁白的光泽。夫人看到自己的身影，就像可怜他人那般可怜起了自己的影子，终于放声痛哭起来。

她曾经的生涯已经被完全切断，成了与她毫无关系的、漂流在水上的浮木。她既不能攀附上去，也无法将其拾起。她试着想想今后要如何活下去，却发现她所想象的生活与以往的生活截然不同，让她感到万分恐惧。那种感觉就像移民乘船离开故乡的港口时，突然对他乡充满恐惧，像是被未知的新环境所劫持，反倒甘愿投身眼前那沉默的大海。

就这样，夫人决心赴死。她站起来，掉转方向，走向最近的村落。

她径直走进村中议事厅，开口说道："请把我抓起来吧。我刚才参与决斗，杀死了一个人。"

第五

　　上回已经讲完了决斗的详情，但故事并没有到此结束。就算火灾一夜烧尽了所有，现场的骚动也不会一夜而终。人与人之间的猜疑、怒骂、奔走和交涉，都会长久地纠结下去，人心也会扭曲变形，一辈子都难以复原。这场前所未有的女人的决斗算是结束了。让人意外的是，夫人获得了胜利，女学生被杀死了，那个狡猾而阴险的艺术家目睹了这一切，并且做了精确的描写，成功获得赞誉，成了人们口中的写实妙手。那么，后来如何呢？先让我们看看原文吧。原文的故事发展到这里也已经松懈下来，没有了描写决斗场面时的张力。这是自然，毕竟那位流行作家一直像头饥饿的野狼似的跟在夫人后面，她跑，他也跑，她停，他也停，将夫人的姿态、脸色、心灵的动摇尽收眼底，他的描写自然就拥有让人内心惊颤的真实感。然而现在决斗已了，夫人径直走进了村庄的议事厅，他无法继续观察。若是在议事厅周围徘徊，让人看见了，事情恐怕会很糟糕。这个艺术家并不畏惧上帝的审判，反倒更害怕人的审判，所以丝毫没有跟随夫人一同走进议事厅，表白内心一切的勇气。相比正义，他更爱自己的名声。当然那也无可厚非，兴许是没有办法的事情。人类本就是如此无趣的生物。这心思伶俐的艺术家看见夫人走进议事厅，自己停下了脚步，随后产生了理所当然的想法——他不想做蠢事。于是他转过身，顺着原路返回，乘上火车，若无其事地回到家中，躺倒在沙发上。接着，他从各种人口中听闻了夫人后来的经历。这些都不是艺术家亲眼所见，而是综合了不同人口中的信息，再加入自己的想象巧妙串联而成的，因此下面这一段仅仅是说明的文字，并非描写的文字。总而言之，夫人走进议事厅，就杀人一事自首了。

议事厅的两名书记听了这件事，由于前所未闻，竟对着夫人露出了微笑。他们内心多少有些慌张，知道这看似属于上流阶级的贵妇人说了句奇怪的话。接着，他们又猜测，这恐怕是从哪里逃出来的女疯子。

　　夫人坚持要接受逮捕，并详细描述了她杀人的地点。

　　后来，议事厅派人前去调查，发现果然有个女学生在大约一小时前因颈部枪伤失血过多而死。接着，他们又在两棵白桦树下找到了两把手枪。那两把枪的子弹都已经打空。由此看来，应该是夫人的最后一发子弹碰巧击中了对手，导致了这个下场。

　　夫人又坚称自己应该被就地逮捕。议事厅的人告诉她，若那是一场堂堂正正的决斗，夫人只不过要经受一些牢狱之苦，并不会有损名誉。尽管如此，她还是坚持自己的要求。

　　夫人似乎并不打算保全自己的名誉。就在片刻之前，她还为自己的名誉赌上了性命，可是现在，那有名誉的生活似乎成了她无可企及、令她无法呼吸，也没有一丝色彩的空间，被她抛到了脑后。正如死去的人不再需要生活，夫人也忘却了以往的一切，只留下自己辛苦学到的语言。

　　夫人被送往市政厅接受了初审。被送进看守所后，夫人对监狱长、法官、法医和神父反复恳求，切勿让她的丈夫来见她。不仅如此，她还恳求他们，就算那个人主动来了，也莫让二人相见。随后，她又提供了一些看似秘密的口供，加上她之前与之矛盾的口供，使初审拖了两三个星期之久。后来人们才知道，她的口供乃是刻意的谎言。

　　一天傍晚，夫人死在了牢房的地上。女狱卒发现她倒地，将她抱上了床。这时女狱卒才发现，夫人已经轻得只剩身上衣物的重量了。夫人就像小鸟带着羽翼而死那样，穿着身上的衣物死去了。后来经过调查和问询，证实夫人自从被送进牢房就开始绝食，并因此丧命。为了不让人察觉自己绝食，以免被强迫进食，她都是当着送饭人的面吃下食物，随后再吐出来。正如那个女学生颈部失血而死，她也通过绝食让自己的生命渐渐流逝。

夫人死了。她从一开始就带着必死的决心提出了决斗，这样的夫人何等令人怜悯。微妙的心理将放在下回讲述，此次先来讲讲这位夫人的丈夫，也就是写下《女人的决斗》的卑鄙艺术家后来的遭遇。女学生高喊一句外语，就这么死去了。夫人也等同于自杀而亡，离开了人世。可是，这三人中罪孽最深的艺术家没有死，反倒握起笔，以冷静的视线将自己妻子的惨死形容得极尽凄美，甚至让人觉得他带着一片慈悲之心，用文字为她的棺椁献上了一束鲜花，这着实不可思议。艺术家竟能够如此冷漠，彻头彻尾化作一台照相机，没有任何感情吗？我很想否定，但现在姑且与诸位一道，再仔细想想这个难题吧。这坏心肠的艺术家在夫人接受调查时，当然也被传唤到了法院，接受了预审检察官极尽讽刺的问讯。

——您好，这次真是飞来横祸啊！（检察官请艺术家落座）尊夫人所说的话，实在是逻辑不通，我们也十分为难。不知您是否知道，她因何而发起了这场决斗？

——我不知道。

——也许是我的说法不太好理解，真是失礼了。请问您有什么头绪吗？

——头绪？

——请问您认识那个女学生吗？

——哪个？

——我是说尊夫人的对象。恕我失礼，是尊夫人的决斗对象。毕竟你我都是绅士啊。

——我认识。

——啊？认识什么？您要来根香烟吗？您似乎对香烟很有讲究啊，毕竟您说过香烟是思索的羽翼。我家妻女都抢着读您的作品呢，就是《神父的婚姻》那本小说，我也正打算拜读一番。有天赋的人真是令人羡慕啊。屋子有点热，对不对？我啊，太讨厌这间屋子了，不如开窗吧，您一定也很不舒服。

——我该告诉你什么呢？

——没什么，不是那个意思。我啊，丝毫没有那种有失礼数的怀疑。您也知道，到了这个年纪，整个世界都显得很没意思。管他的呢，我们都是弱者嘛，太没意思了。我啊，过着法院和自己家两点一线的生活，不知不觉，就在那林荫路上走了二十年。谁不想来一次冒险呢？不，我可不是暗示您什么。每个人都有自己的苦衷嘛。哎，您能听见吗？那是关押的犯人在唱歌呢。锡安的女儿……

——快说吧！

——吾之爱人，吾已忘却那赞美歌。不，我可不是要跟您猜谜语，我不想问您什么，请您别误会。我啊，今天有点厌倦了，还是算了吧。

——若你愿意这么做……

——唉，这世上没有法律能够惩罚您，我有点厌倦了。您还是回去吧。

——谢谢你。

——啊，等等，我就问一个问题。若是尊夫人死了，女学生获胜，您会如何？

——不会如何，她只会用剩下的子弹把我也杀死。

——原来您知道啊。那么说来，尊夫人就是您的救命恩人啦。

——内人是个不解风情的女子，她自愿当了牺牲品，这是她的自大。

——我冒昧再问一个问题。您希望哪一方死去呢？您一直躲在旁边看，对不对？所谓的出去旅行，其实是谎言吧？决斗的前一夜，您还去过女学生的住处对吧？请问您希望哪一方死去？想必是夫人吧。

——不，我（艺术家换上了威严的声音）希望她们都活下来。

——没错，这样就够了，我只相信您说的这句话。（检察官第一次龇起洁白的牙齿笑了，还拍了拍艺术家的肩膀）若您不说这句话，我就要将您送进看守所了，杀人帮凶可是不折不扣的犯罪啊！

这便是艺术家与老奸巨猾的检察官之间的对话。然而仅有这些对话，诸位与我都不甚满意。检察官信了他那句"不，我希望她们都活下来"，将这个男人无罪释放，但住在我们心中的小小检察官却疑虑颇深，绝不能轻易放过他。此人会不会骗了预审的检察官？"我希望她们都活下来"是不是谎言？此人躲在白桦树后窥看决斗时，是否曾经全身冒着油汗默念"你们两个都给我死！""谁也别活下来！""不，老婆该死！杀了她！"？确实有过这样的瞬间。此人难道忘了吗？或者他分明记得，却凭着成熟社会人独有的厚颜无耻，也就是所谓圆滑的处世之道，装作忘了个干净，面不改色地撒谎，而问讯的检察官也明知真相，却认为过度追究难免不够成熟，认为只要话语的逻辑能够通顺，不妨碍做成报告提交，那就万事大吉了，为了求得职业的安稳，罔顾正义与真实？艺术家和检察官都凭借深谙世事的圆滑，达成了不成文的共识，所以才有了"我希望她们都活下来""我只相信您"的默契？然而，这个疑惑是错的。虽然略显僭越，但我还是要告诉诸位这个事实。那一刻，他的回答是正确的。而相信他的话，将他无罪释放的检察官，其态度也是正确的。这并非二人的相互妥协。在决斗发生的时刻，他心中的确期望过妻子被杀死，但与此同时，他也险些高喊"快别决斗了，扔掉手枪，二人一起欢笑吧"。我们切不可将瞬息万变的人心全部视作真相。有许多心性软弱之人，将不属于自己的卑鄙念想误认为是自己的本性，因此郁郁不可终日。无论是谁，心中都不可避免地会产生卑鄙的愿望。每一时每一刻，人心都流转着美丑不一的念想，人便是在这样的浮沉变幻中生活。若只把丑恶的东西当作真实，而忘却了人类也心怀美好的愿望，那便是错了。纵使瞬息万变的心意全为"事实"，将其认作"真相"也是错误的举动。真相始终只有一个，其他不必尽信，大可以忘却。那艺术家在众多流转浮沉的事实之中，拾起了唯一的真相，秉承着权威做了回答。检察官相信了他的话，那二人其实都是钟爱真相并熟知真相的堂堂正正之人。

那可怜卑贱的男人就这样通过种种思考，一点点寻回了人类的立场。世上没有任何快乐能比过眼看着做恶的人渐渐变得善良。既然已在为他辩护，不如也来想想这个男人心中的"艺术家"式冷漠吧。不仅是他，凡是能称作艺术家的人，心中都住着一条永远死不去的虫子，令其以至用冷酷的目光平静地观察最大的悲剧。在上一回和上上回，我已经严厉批判了这种冷漠。只不过，现在我又想要取消那些批判了。不为别的，只为助人。也许，慈善正是我的本性。D 老师如是教导："若只把丑恶的东西当作真实，而忘却了人类也心怀美好的愿望，那便是错了。"看来，任何事情都要将自己往好的方向解释才对。此前我设下了假说，认为艺术家有着非人的部分，艺术家的本性是撒旦。现在，我要提出一个相反的假说。诸位且看：

> 卢西恩啊，我认识一位声乐家。其未婚妻临终时，他陪在一旁送她，耳中充满了未婚妻的妹妹伤泣哽咽的声音，心中更是充满了对未婚妻的不舍和悲伤。尽管如此，他还是发现了未婚妻之妹的涕泣中存在着发声缺陷，认为她需要进行适当的训练，方能让涕泣的迫力更上一层楼。那位声乐家因未婚妻之死悲伤过度，不久之后也去世了。一度伤心哭泣的未婚妻之妹，却在遵照习俗服丧完毕后，了无眷顾地脱下了丧服。

这并非我的文字，而是辰野隆老师翻译的法国作家利尔·亚当的小说。现在请诸位再回顾一遍这短短的故事，仔细品读。薄情者反倒多为世间易感易泣之人。艺术家虽然鲜少落泪，但他们都会暗自神伤。他们面对人类的悲剧，虽然双眼、两耳和双手都是冰冷的，胸中的热血却会强烈沸腾，但是再也回不到过去。艺术家绝不是撒旦，如此想来，那位夫人的卑鄙丈夫也不应该受到批判了。他的目光冷峻，始终凝视着妻子杀人的现场。他的双手若无其事地描写了那一刻的光景。可是，他肝肠寸断。下一回，我将细细道来。

女人的决斗

第六

　　总算迎来了最后一回。这半年来，我进行了六次连载，每次都写上十五六张稿纸，总觉得写了不少无聊之事。于我而言，此作品充满了各种回忆，我自己也将不少体验和感怀偷偷藏在了故事的深处，不想叫读者察觉。因此在我个人眼中，这在将来也许会成为我最珍视的作品之一。读者也许觉得故事并不有趣，但我在其中做了一些新的尝试，写完这回就要与相伴数月的读者道别，实在是有些不舍。这也许只是作者愚蠢的感伤，但是被枪杀的女学生的亡灵，因绝食而衰弱死去的夫人的面孔，独自留在世间的卑鄙丈夫的懊恼，这两三日都像阴影般对我纠缠不休，执拗而无声地跟随着我。

　　这次让我们先读完全文，过后再做说明。

　　后来检查了她的遗物，里面并未发现书籍。此外，既没有向丈夫道别的文字，也没有与孩子诀别的话语，唯有一封短信，是写给一度进过监牢探望她的牧师的。牧师究竟是为了挽救夫人的灵魂而来，还是单纯来看热闹的，此事无人知晓。总而言之，他就是来过了。这封信的开头提出希望牧师不要再来，也就是逃避了牧师的帮助。字里行间隐隐透露出了女人烦闷的心绪。

　　"前些日子蒙您探望，小妇见您信仰虔诚，便以您提起的耶稣基督之名恳求您，不要再来看我了，请您相信我说的话。我想，那耶稣若尚在人世，恐怕也会阻止您来看我。正如曾经守在天堂门前的天使那般，耶稣定会手持熊熊燃烧的圣剑，拦下想要走进我这监牢的人。我只想待在这监牢中，不想回到此前逃离的天堂。哪怕天使用蔷薇编制的网将我裹挟，我也不愿回去。若问为何，因为我在那里流的血，正如我在决斗中杀害的那个女学生流的血，再也回不到原处。我已然既非人妇，亦非人母。我再也回不到那些身份，永远如此。这永远二字饱含涕泪，还望您能够理解并尊重。

"我走进那昏暗的庭院，有生以来头一次用了枪。那一刻，我已经做好了死亡的准备。与此同时，我意识到自己瞄准的目标，便是自身的心脏。每打出一发子弹，我都体会到了撕裂自己的愉悦。这颗心原本在丈夫与孩子身边，像秒针一样有规律地跳动，度过了平静的时光。现在，它却被无数的子弹击穿了。变成这样的心脏，又该如何复原？哪怕是您的天主，也无法让我变回原来的样子。我想，上帝自不会让鸟变为虫豸。就算鸟的性命将要断送了，他也无法说出那种话。同理，上帝也不能让我活着回到原本的道路上。那么，就算您是一位德高望重的牧师，单凭区区凡人的话语，又怎能做到呢？

"我深知自己沿着您的宗教所禁止通行的道路，凭自身的意志前进到了现在，从未有所回顾。然而纵使是您，也无法说出'您的爱错了，要换成不一样的爱'这种话来。您的心脏，又怎能嵌入我的胸膛？我的心脏，同样无法在您的胸腔里跳动。您可能会说我不够谦逊，私欲过强，但我也有权说您是一位心胸狭隘、卑微的人。您用您的尺度来衡量我，说我有不足，说我走上了歧途。您与我之间，并没有对等的决斗，我们手持的武器并不相同。所以请您不要再来了，请听从我的恳求。

"在我看来，恋爱正如包裹身体的皮肤。年轻时，若是皮肤上有半点瑕疵、一丝污浊，我都忍不住要将它治愈、洗净。我因那样的恋爱受到了巨大的伤害，却始终左右为难，难以死心，最后眼看着它渐渐腐朽，便希望自己能笔直地站立着迎来死亡。我想借那女学生之手杀死自己，让我的爱情公然且干脆地被对方夺走。

　　"但是结果出乎我的意料，我赢了。那一刻，我发现我只挽救了自己的名誉，却没能挽救爱情。正如一切的不治之症，爱情的创伤也只能通过死亡治愈。无论什么样的爱情，一旦遭到伤害，就等同于侮辱了爱神，就需要用生命去献祭。决斗的结果虽然与我的预期不符，但总而言之，我并没有卑躬屈膝、恋恋不舍地交出自己的爱情，而是试图以至高的名誉，怀着骄傲拱手让给对方。

　　"请您像尊崇圣徒的神光那般，尊重我头上胜利的桂冠。

　　"请您体谅我的心。让我像您信仰的上帝那般，勇敢且伟大地死去。我将独自携着自己的罪状去面对上帝，我将带着为人妇的名誉前去。我就像被钉在十字架之上，被钉在了自己的爱情之上，数不清的伤口正在流淌鲜血。等我走进第三段生活，或许就会明白这样的爱情对世界、对世间的妻子而言是否正确。我已经体验过出生之前与出生之后的世界，在这两段生活中，我都没能得到答案。"

　　写到这里，那罪孽深重的艺术家扔下了笔。他在书写妻子的遗书，写下那炽烈的一字一句时，竟感到了异样的恐惧，宛如惊雷劈在脊梁之上。他过于清楚地认识到了真实人生的暴虐的严肃。

一直以来，他都轻蔑地认为妻子不过是一介女子。他万万没想到，这女子心中竟燃烧着令人惊恐的灼热祈愿。对女性而言，现实的爱情竟会如此焦灼、致命，实在是难以置信。她不需要性命，不需要上帝，一心祈祷对一个男人的爱情能够完整，活在半狂乱的心境中。直到此时此刻，他才看到了女人的真实面孔。他原本对女性很轻蔑，自以为熟知女性的浅薄。女性活着就是为了得到男性的宠爱，为了众人的称赞，为了一己私欲；淫荡、无知、虚荣，至死都要沉醉在怪异的空想之中；贪婪，欠考量，任性；无意识地冷酷，厚颜无耻，吝啬和算计，不分对象地献媚，愚蠢地自恋。他本以为自己知晓了女性的一切缺陷。唯有女人方能理解的心情？那种东西绝不存在，简直是无稽之谈，女人绝不神秘，他已经看透了。女人啊，就是猫。这个艺术家内心极其笃定，表面则装作一无所知，对妻子和别的女性都施以不痛不痒的殷勤。此外，这个艺术家甚至不愿承认女性艺术家的存在。当时一些态度轻浮的评论家针对两三部女作家的著作，惊叹其女性特有的感性，唯独女性方能写就的表达，男性万万不能理解此中心理。他对此一律暗自嘲讽。不都是模仿男人的东西吗？她们看了男作家凭空想象的女性，误以为那就是自己真实的模样，还要沉醉其中，将自己生硬地嵌入那虚假的女性造型中。可悲啊，怎奈自己身长腿短，赘肉过多。然而，她们并不能发现这个问题，全都顶着滑稽怪异的造型，故作风流地漫步。男作家创造的女性，不过是作家本人的女装姿态，并非真正的女人。那样的女性心中，总存在着男人的"精神"。可是，现实中的女人对那种姿态沉醉不已，偏要去模仿那毛腿的女人，这是何等滑稽。她们本来就是女人，却要舍弃自己的姿态和声音，特意模仿男人的粗暴，"学习"那粗哑的嗓音和文字，继而模仿男人的"女声"，故意哑着嗓子说："我是女人。"这是何等浅薄，何等烦琐，何等令人迷惑。一个女人竟唇上生须，还要捻着胡须大谈什么"所谓女人"，何其复杂，何其肮脏，何等不堪入耳。所谓女人独有的感性，实则空无一物。所谓唯有女性方能写就的表达，也是一派胡言。男人万万不能理解的心理，更不可能存在，因为那原本就是在模仿男人。女人就是不行。这便是这个中年艺术家绝不动摇的信念。可是现在，他在逐字逐句抄写妻子的遗书时，亲眼看见了这个愚蠢的女人炽热如火的爱情。他此前全不知晓的女人心理，或者应该说女人生理，那血腥而可怜的一缕情丝，化作赤裸裸不加修饰的模样，站在了他面前。他从不知道，女人活在世上，竟带着如此迫切的祈愿。这种祈愿固然愚蠢，但那狂热的、一心一意的虔诚，又哪里容得半分嘲笑？多么可怕啊！女人原来不只是玩具、芦笋、花园这种轻巧的东西。她们那执拗的强悍，几乎与上帝同列。她们具备着非人的神性。为此，他感到万分惊诧。他扔下笔，倒在沙发上，有一茬没一茬地回忆着他与妻子的生活，以及决斗的经过。啊，啊，全都对上号了，我把妻子当成家具，但在妻子眼中，我却并非家具，我是她生活的全部。那一刻，他仿佛明白了妻子的一切姿态、所有无声的行动。女人是很愚蠢，可是，女人也拼上了性命。她们是如此不顾一切，甚至已经不能称之为浪漫。女人的真相，绝对写不成小说，也不能写成小说，那是对神的侮辱。原来如此，难怪女艺术家要先装作男人，再装成女人，模仿女人的举动。她们之所以采取如此烦琐的手段，原因就在这里。若毫不遮掩地暴露女人的真相，那就不是艺术，而是愚蠢又不顾一切的虫豸。人们只会吓得屏息静气地凝视。那里没有爱，没有欢愉，唯有冷漠的清醒。我试图在这个短篇小说中准确无误地描写女人的真相，但是，现在应该放弃了。我已经彻底失败，女人的真相写不成小说，不能写成小说。不，它令人不堪下笔。还是算了吧。这篇小说失败了。我从不知道，女人竟是如此愚蠢、盲目、半疯癫的可怜生物。我完全看错了，女人全都——不，我不会说出来。啊，真相多么令人扫兴，他突然想死了算了。他平淡地站了起来，"面对书桌，写了两三行诗歌一样的文字，回忆曾经看过的苏格兰风景，又漫不经心地读了几页新书，喃喃着'心里好乱'，从抽屉里拿出手枪，悠然落座在旁边的沙发上，枪口对着胸前，扣动了扳机"。假设这便是那个坏丈夫最后的命运，那么它与利尔·亚当的知名短篇便有了几分相似，多少散发出了罗曼蒂克的气息。然而现实绝不会如此巧妙。艺术家目睹了令他无比扫兴的强悍的真相，昏昏沉沉地走出去，漫无目的地游荡了一会儿，最后回到家中，把自己关进房间，躺在沙发上，呆呆地凝视着角落里的菖蒲花，然后徐徐站起，给花浇了点水，就这样若无其事地过了一天又一天，至少表面上始终维持着平静。他那篇《女人的决斗》虽然成了失败之作，但是没过多久，他也佯装无事，将其发表在了报纸上。评论家都指出了作品结构上的缺陷，但也不忘赞赏其逼真的描写，看来，那勉强算是一篇佳作了。然而艺术家毫不关心那些评论，终日昏蒙呆滞。后来，他竟开始写极其无趣的通俗小说了。这艺术家一度看见了令他万分恐惧的真相，他对人生的理解也更加深入，他的作品也理应更添几分深度。但现实并不一定会这样。他反而失去了所有的愤怒、憧憬和欢愉，选择了自暴自弃的白痴活法。从那以后，艺术家就只写浅薄无力的通俗小说，曾被评论家认为是惊为天人的精确描写，后来也再未出现。他的财产渐渐增多，体重也几乎达到了以前的双倍，且集全城人的敬重于一身，整日与总督、政治家、将军为伍，六十八岁寿终正寝。他的葬礼奢华无比，让全城的人整整议论了五年。可是，他一直都未再娶。

女人的决斗   251

这便是我的小说全貌。这本是对赫伯特·奥伊伦堡原作的天大亵渎，原作者奥伊伦堡绝不是我所描述的阴险艺术家，在此之前，我已经再三强调了这一点。我相信，他定是一位好人家的好丈夫，也是一位好父亲，过着良好市民的生活，将一生献给了严苛的艺术之路。此前也曾讲到，这是一名日本无名的贫穷作家"正因尊敬而明知失礼亦为之"的举动，尽管这个借口极其任性，还是希望他能够谅解。就算是玩笑，以别人的作品为跳台，甚至捏造出有损作者名誉的丑闻，这绝非轻罪。然而，正因为对方是一八七六年出生的、上一个时代的外国大作家，我才会明知故犯。若换作现代的日本作家，则这种事决不可原谅。何况正如我在第二次连载中详细阐述的，原作者也许因为肉体上的疲劳，在创作中存在许多敷衍之处，给人感觉只是在不断扔出素材，与我所想的"小说"相去甚远。不过，最近日本似乎也甚为流行将不经加工的素材称为"小说"。我偶尔读到那样的作品，都会深感惋惜。不怕夸口，若将那些素材拿给我用，定能写出好的小说。素材本身不能称作小说，素材只是支撑空想的材料。我连续六次红着脸发表了这些拙劣的文字，就是为了在读者面前验证自己愚钝的想法。我这样做，是否错了呢？

这是一篇极为错综复杂的小说，也是我刻意为之的结果。为此，我还做了大量铺垫，若读者有闲心，大可以慢慢去发掘。我甚至想让读者分不清真正的作者究竟在何处，然而一时兴起施展浅薄的才能，也许会遭遇巨大的挫折。换言之，这是要遭天谴的。对此，我自认保守了一定的矜持。总而言之，若诸位读了我的《女人的决斗》，能与夫人、女学生、丈夫这三个人物产生更逼真、更贴近的共鸣，便算是成功。至于我究竟是否成功，还要请读者各自定夺。

我认识一位四十岁的牧师。他天性善良，对《圣经》的研究也很深入。他不会轻易提起上帝的名号，也愿意与我这样的俗恶之人交往，即使眼看着我酩酊大醉，也不会多加谴责。我虽不喜欢教堂，但总会去听那位牧师宣讲。前些天，牧师拿了许多草莓的幼苗过来，亲自种在了我家狭小的院子里。后来，我请牧师读了那位妻子的遗书，询问其感想。

"换作你，会如何回答这位夫人？文中的牧师似乎受尽了轻蔑和侮辱，你说这样真的可以吗？你如何看待这封遗书？"

牧师红着脸笑起来，继而收起笑容，用清澈的目光凝视着我。

"女人一旦爱上了，便是一条不归路，我们只能在一旁目送。"

话音落下，我们都尴尬地笑了笑。

穷人骨气

选自《新释诸国话》

貧の意地　新釈諸国噺より

奇想与微笑 太宰治短篇杰作选

过去，江户品川藤茶屋附近一座简陋的草庵中，住着一个名叫原田内助的人。他胡髭浓密、身材高大，双眼总是布满血丝。容貌可怕的人往往自卑于自身的威仪，反倒会养成怯懦的性子，这原田内助虽是一副浓眉大眼、气势汹汹的模样，实则很没出息。他每次练剑都要紧紧闭着双眼，发出奇怪的吼叫，朝大错特错的方向猛冲，最后一头撞上墙壁，可怜兮兮地败下阵来，得了个破墙高手的名声。一次，他听信了卖花蚬的少年谎报的凄惨身世，感动得放声大哭，把他的花蚬全都买了下来，拿回家中被老婆训斥一顿，吃了三天三夜的花蚬，最后得了胃痉挛，痛得满地打滚。只要翻开《论语》，刚读完《学而第一》，他就要遭睡魔侵袭。他还极度讨厌毛虫，见到毛虫就要放声尖叫，十指怒张向后仰倒。他还很容易被人煽动，像着了魔一样跑去典当财物请人吃饭，到了月底则在大清早开始喝酒，还作势要切腹，吓跑来讨债的人。此人住在草庵里并非出于风雅之心，只是人生堕落至此，是不折不扣的懒惰贫穷，他是叫亲戚朋友都嫌弃的浪人。好在，他还有两三个富庶的亲戚，真正走投无路的时候总能得到一些救济，再将一大半拿去喝了酒，春不知赏樱，秋不知赏叶，就这样过着碌碌无为、捉襟见肘的生活。不赏樱不赏叶尚对生活没什么影响，只是要忽略一年一度的大年夜，着实有些困难。随着大年夜一天天逼近，原田内助眼神都变了，他开始扮演疯子，无事也摆弄长刀，嘿嘿怪笑着吓唬别人。分明再过两天便是正月，他连天花板的霉灰都不扫一扫，胡子也不刮一刮，成天睡着不知多久没晒过的被褥，像呓语似的软绵绵地嘀咕着要来就来吧，继而又嘿嘿怪笑。虽说每年都如此，他老婆还是受不了这人间地狱般的煎熬，终于从后厨的小门跑了出去，来到住在神田明神横街、从医为生的兄长半井清庵家中哭诉心中的无奈，并乞求他出手相助。清庵早已是烦不胜烦，却也性子大方，笑着说："有这么个蠢笨的亲戚，倒也是人间一种滋味。"随即拿出十块小判金币，用纸包好，上书"贫病妙药，金用丸，万事大吉"，交给了可怜的妹妹。

原田内助接过了老婆带回来的贫病妙药，本应是兴高采烈，没想到竟板着个脸，沙哑地说："这钱我不能用。"他老婆觉得丈夫当真是发了疯，顿时愣在原地。其实他并没有发疯，只是这没出息的男人，连遇到好事都不知如何自处。他被这突如其来的幸运惊得手足无措，又甚为羞涩，反倒编了一堆强词夺理的话语，佯装愤怒，恨不得将那幸运赶出家门去。

"我若用了这钱，就是白享了不应得的福气，怕是要没命的。"原田内助一本正经地说。"你要害死我吗？"他先用布满血丝的眼睛睥睨老婆，随后咧嘴一笑，"你应该不是那样的夜叉婆娘。喝酒吧，不喝酒就得死了。啊，下雪了，好想跟爱好风流的朋友畅谈一番啊。不如你出去一趟，把附近的朋友叫来如何？山崎、熊井、宇津木、大竹、矶、月村，你把这六个人叫来。不，再叫上短庆和尚，一共七人。快去吧，回来时到酒铺买点酒，小菜嘛，就用家里的凑合吧。其实没什么，就是心里高兴，感觉轻飘飘的，突然想喝酒了。"

山崎、熊井、宇津木、大竹、矶、月村、短庆，这些都是住在附近的长屋，整日为贫病烦恼的浪人。他们接到原田内助饮酒赏雪的邀请，好不容易能从大年夜的窘迫中逃离一夜，个个都像在地狱里遇见了佛祖，连忙抚平了纸衣[1]的皱褶，把头伸进橱子里翻找纸伞和足袋。有人拖出了一堆乱糟糟的物件，最后在夏天的浴衣上披了阵羽织出门；有人叠穿五层单衣，脖子上缠一块旧棉布，号称有点感冒；有人将老婆的小袖和服里外一翻套在身上，袖着手掩饰衣袖的不同；有人上面穿半身里衣，下面套着骑马袴裤，披着一件缝纹的夏季羽织；有人将棉袄漏棉的下摆往里一卷，露着毛腿就来了。总之没有一个人穿的是正经服装。然而不愧是武士之间的交情，一行人聚集在原田家中，竟没有一个嘲笑彼此的衣物，而是一本正经地交换了问候。各自坐定之后，穿浴衣套阵羽织的山崎老人郑重出列，代表客人向东道主原田内助致以隆重的谢词。原田内助一边小心遮掩纸衣的破袖口，一边答道：

"感谢诸位拨冗前来。今日不为年夜之事，单为品酒赏雪，久违地尽一番雅兴，特邀请诸位前来。大家都愿意给在下这分薄面，实在感激不尽。还请慢慢享用。"说完，便提供了不算太丰盛的下酒菜。

客人里有人拿起酒杯，竟忍不住瑟瑟发抖，问他怎么了，他抹着眼泪说：

"唉，请别在意。在下因为贫困，已经许久未能品到美酒，说来惭愧，早已忘了饮酒的方法。"说完，那人便寂寥地笑了。

"在下也一样，"半身里衣配骑马袴裤的人膝行而前说道，"在下方才连喝了两三杯，此刻感觉万分奇怪，像是忘了醉酒的方法，不知接下来该如何是好。"

1　柔韧和纸制成的衣物。轻便保暖，耐水洗。

众人见彼此都有同样的想法，顿时感慨万千，客客气气地推杯换盏，不一会儿便都记起了醉酒的方法，笑声也响亮了起来，席上越来越欢快。就在那时，主人原田内助掏出了包着十两小判的纸包。

"今日我有一样稀罕的物件，要给各位看看。各位在囊中羞涩之时，都爽快地断了酒肴，甘于贫困的生活，纵使大年夜心有苦衷，却也不会像我原田这般难过。我这个人，越是金钱受困，就越想喝酒，因此积攒了不少债务，每到年底都像来到了八大地狱门前。最后终于舍弃了武士的矜持，向亲戚哭诉求助，今年也得亲戚资助了这十两小判，总算能像个正常人那般过个年。然而，若只我一人得了这样的幸福，恐怕要折损寿命，所以今日请来诸位，开怀畅饮。"

他高兴地说完，在座的客人纷纷发出了叹息。

"唉，若你一开始就这么说，我也不会客气了。害我一直担心过后会不会被要求出钱，都不能痛快喝酒。"

"既然你这样说，我也能敞开喝酒，痛快一番了。过后回到家，说不定能收到意外的钱款呢。"

"有好亲戚的人就是幸福啊。在下的亲戚个个都盯着在下的钱包，无趣得很。"

这下子，客人们的心情愈加畅快了。原田内助甚是高兴，抹掉胡髭上的酒水说道：

"好久没有见过整整十两小判，拿在手上掂量掂量，竟还挺坠手呢。如何，诸位也轮流掂掂看吧？若把它当成钱，就显得市侩了。但这不是钱，纸包上面写得清清楚楚呢——贫病妙药，金用丸，万事大吉。我那个亲戚啊，心思还挺细。来，诸位轮流看看吧。"

说完，他就把那小判的纸包塞给了客人。客人们都为小判的重量感到吃惊，又赞叹封口文字的妙处。轮番把玩时，有人被激发了诗句的灵感，借来笔砚在纸包的空白处写下了"雪光盈盈送贫药"。就这样，酒宴的气氛更是欢快了许多，待到小判转完一圈回到主人手边时，最年长的山崎正襟危坐，一脸严肃地说道：

"托您的福，在下都忘了这把年纪，沉溺在这酒宴之中了。"接着，他便解开了缠在脖子上的旧棉布，敞开胸膛唱起《千秋乐》，主客一同为他击腿打拍子。一曲唱罢，也不做逗留，众人按照武士的规矩，各自收拾起身边的热酒小锅、食盒、盐瓶，拿到后厨交给夫人，又见那些小判散落在主人身旁，也劝他赶紧收拾起来。原田内助把钱币一拢，脸色突然变了，竟是少了一枚。然而这原田内助虽然嗜酒，却是个胆小的男人，虽说长相凶煞，实则害怕得罪别人，事事都为他人考虑。他虽然吃了一惊，却佯装不知，便要将那钱币收起。就在那时，最年长的山崎又开口了。

"哎，"他抬起手来，不做多想地说，"小判少了一枚呀。"

"哦，哎呀，这可是……"原田内助宛如做坏事被人发现，一时间手足无措，"这……这是诸位到达之前，我去酒铺先花了一两。方才拿给你们看的便是九两，没有任何问题。"

然而山崎摇了摇头，秉着老而顽固的心性说："不对不对，在下方才拿在手上的，的确是十枚小判。虽说灯光昏暗，我山崎的双眼可不昏花。"他如此断言之后，另外六名客人也纷纷表示自己看到的就是十枚。于是众人全都起身，掌着灯满屋子寻找，就是找不到那枚丢失的小判。

"事已至此，在下愿褪去一身衣物，证明自己的清白。"山崎老而顽固，穷人也有穷人的骨气，再怎么干瘦也是堂堂武士，若是惹上了任何嫌疑，都要视之为莫大的耻辱。于是他愤然脱下阵羽织，继而褪去了陈旧松垮的浴衣，全身只剩一条兜裆布，像渔夫抛网似的使劲甩了甩浴衣。

"诸位请看。"他铁青着脸说道。其他宾客见此情景，自然不甘落后，只见那大竹先脱下缝纹的夏羽织甩了几下，又脱下半身里衣甩了几下，继而脱掉骑马裤裤，暴露了没穿兜裆布的事实。然而他已顾不上这许多，依旧倒提着裤裤甩了几下。屋里的气氛一时间严肃起来。接着，折起棉袄下摆、露着毛腿的短庆和尚也站起来，像是突然闹了肚子一般紧皱着眉头，闷哼一声。

"虽说时机不宜，在下还是想出一道俳句'雪光盈盈送贫药'。诸位，在下怀中确有一枚小判，如今无须脱衣检查，我自承认便是。这乃是意想不到的劫难，若要辩解，又显得不够干脆了。在下当场了结这条性命便是。"话音未落，他便敞开上衣，作势要抽出短刀。其余主客连忙围了过去，按住他的手。

"没有人怀疑阁下。不仅是你，我们这些人虽然日子过得贫穷，但怀中偶尔揣着一两金币倒也不奇怪。彼此都是贫困之人，我能理解阁下以死表明清白的心情，但这里无人怀疑阁下，又何必做那冲动之事？"

众人一番好劝，却难解短庆悲叹命运弄人的不甘。他长叹一声，咬牙切齿地说：

"诸位的话，在下感激不尽，愿将这份情意作为冥土的伴手礼。在这丢失了一两的关键时刻，在下竟不巧带有一两在身。就算诸位不怀疑，这样的失态也难以消弭。一时的大意，落得了一世的笑柄，在下着实没有颜面苟活。实话说，在下怀中这一两小判，乃是将家中所藏的德乘小刀柄卖与坂下的洋货店老板十左卫门所得的一两二分银钱。如今若要辩解，倒成了武士的耻辱，在下便不再多说，让在下去吧，若有人怜悯在下命运悲惨，请于事后前往坂下的洋货店问明详情，为我雪洗名声！"说完，他又拿起了短刀。

"哎？"就在那时，主人原田内助大喊一声，"在那里。"

众人一看，那行灯之下赫然是一枚小判。

"怎么，原来落在了那种地方。"

"真是烛台灯下黑啊！"

"丢失之物总在意想不到的地方出现，只需以平常心对待就好。"山崎说道。

"唉，这小判真叫人白忙活一场。这不，连酒都醒了。来，诸位继续喝吧。"主人原田内助说道。

主宾各自欢笑之时，却听得后厨传来了声音。

"哎呀！"夫人惊叫一声，不一会儿又传来了啪嗒啪嗒跑动的脚步声，"小判在这儿呢。"她拿出来一个食盒的盖子，上面正是一枚小判。见此情景，众人不由得面面相觑。夫人涨红着脸，撩起鬓边的碎发，不好意思地笑着做了解释。原来她方才在食盒里摆了煮山芋端上来，丈夫胡乱将盖子码放在地上，她便拿起来垫在了食盒底下。想必是当时盖子背面的水汽粘住了地上的小判。而她一时粗心，就没能发现，清洗盖子的时候，才发现了那枚小判。夫人上气不接下气地说完，主客听了都莫名其妙，还是面面相觑。这下子，小判不就有十一两了？

"哎，这可真稀奇了，"最年长的山崎叹了口气，说起了莫名其妙的话，"十两小判有时也能变成十一两，这是件好事。总之啊，先收下吧。"看来，他确实有些老糊涂了。

别的宾客虽觉得山崎说话颠三倒四，但也觉得原田内助此时不再计较最为稳妥，便纷纷劝道：

"这样甚好，也许您亲戚一开始就包了十一两。"

"是呀，我看他也是个有趣之人，也许假装包了十两，实际放了十一两，要逗你玩呢。"

"原来如此，果真是个有趣之人。总而言之，就这样算了吧。"

他们个个都想劝原田内助算了，可偏偏在这一刻，嗜酒、软弱、万事不行的男人原田内助突然展示出了也许这辈子只有一次的强硬。

"你们劝我认了这笔糊涂账，那可不行，请别小瞧了我。恕我直言，诸位都在忍受贫寒，独我一人得了这十两的幸运，我对天、对诸位都心怀歉意、愧疚万分，以至于坐立难安，若不喝点酒便惶惶不可终日。今晚邀请诸位前来，就是为了分享我这本不应得的福分，没想到又有这奇怪的灾难降临。我连十两都不敢尽受，你们却非要多塞一两给我，诸位实在是坏心眼。我原田内助虽然贫穷，但好歹也是个堂堂武士，什么荣华富贵，我都不屑追求。不止这一两，我本连那十两也不想要，请你们将它分了，各自带走吧。"他这脾气发得着实奇怪。性子软弱的男人，只要自己得了半点好处，就会极度恐慌、汗流浃背、无所适从。若是自己吃了亏，就像变了个人似的胡乱摆谱，甚至自己去找亏吃，听不得别人半句劝阻，一个劲地坚持自己的歪理。物极必反，说白了，这就是自尊心的倒错。原田内助此刻就拼命摇着头，道出了越来越离谱的说辞。

"请别小看我了。十两金币变作十一两，这可是天大的恶作剧啊，一定是什么人方才偷偷拿出来放在了那里，不会有错。定是有人不忍看短庆阁下的遭遇，为了挽回场面，才将自己带的一两金币悄悄放了出来。何等无聊的小把戏啊！我的小判粘在了食盒盖子上，落在行灯边上的钱，必定是哪个人好心放下的一两。现在你们要将那一两推给我，这算什么道理呢？我看起来像是这么贪钱的人吗？穷人也有穷人的骨气。别嫌我说话啰唆，我拿着十两，已经是内心苦闷，轻生厌世，现在非要再塞给我一两，看来老天已经抛弃了我，我的武运已是走到了尽头，非得切腹雪耻才能罢休了。我虽是个嗜酒的蠢汉，但没有糊涂到听信你们的谎言，觉得金子真的能生金子。好了，拿出这一两的人，请您赶快收回去吧。"原田内助本就是个外表凶煞的人，这会儿又正襟危坐，义正词严，那气势就更不得了。在座的人个个缩着脖子，一言不发。

"好了，快站出来吧。阁下是个有情有义的人，我愿一生为您当牛做马。在这一文钱也甚为宝贵的大年夜，您竟放了一两在行灯之下，解救了短庆阁下的危难。阁下体谅同为贫穷之人的心情，不忍心看短庆阁下遭此劫难，心甘情愿舍弃了自己宝贵的一两，这人格可歌可泣，我原田内助万分佩服。在座七位客人中，就有这样一个舍己为人的好人，请阁下站出来，堂堂正正报上名号吧。"

被他说到这个份儿上，那隐秘的善人反倒更难开口了。由此也能看出，原田内助真是个没用的人。七位宾客无不连连叹息，坐立难安，然而此事迟迟没有了结。好不容易得来的微醺已然清醒，众人全都扫了兴，唯独原田内助一个人怒目圆睁，一个劲地叫那善人报上名来。不多时，外面已有公鸡打鸣，原田内助终于是忍无可忍了。

"我深知让诸位在此逗留甚久有失礼数，若实在无人站出来，那也没办法了。这一两小判，我将放在食盒盖上，置于玄关角落，请诸位逐个离开，并请小判的主人不动声色地将其领走。不知这样处置如何？"

七名宾客纷纷抬起头来，露出如释重负的表情，一致认为如此甚好。原田内助本来愚钝，能想到这样的主意已是很了不得。

可见软弱的男人在自己不占便宜的事上，偶尔也会想到出人意料的妙招。

原田内助略显得意，当着众人的面将一枚小判放在食盒盖上，拿到了玄关。

"小判放在了踏脚台右侧最黑暗的地方，若不是小判的主人，那么请阁下就此离开，莫要去看小判的有无。若是小判的主人，请阁下摸索着拿走小判，不动声色地回去。那么，山崎老人先请吧。哎，等等，请您走的时候拉上隔扇。等山崎老人走出玄关，听不见脚步声了，下一位再走。"

七个客人照他的安排，依次安静地离开了。后来夫人掌灯出去一看，小判已然不在。她感到莫名地害怕，对丈夫说：

"究竟是哪一位呢？"

原田内助顶着困顿的脸回答：

"不知道。还有酒吗？"

不愧是武士，就算落魄了，也如此堂堂正正。夫人还是有些紧张，忧心忡忡地到后厨热酒去了。

（《西鹤诸国物语》 卷一之三 大年夜对不上账）

破产　选自《新释诸国话》

过去，美作国有个名叫藏合的大富翁。他家里有座阔气的宅邸，周围还盖了九座大仓库，里面装满了金银财宝。他每晚点数金银的响声传遍四邻，毫无掩盖。美作国的人自己没有钱，却以藏合的财富为傲，总是坐在灯光昏暗的居酒屋里捧着一小杯浊酒，喝醉了就唱：

　　纵使不如藏合富，倒也想成万事屋。

　　唱完这卑微的小曲，众人就略显悲凉地彼此笑笑。这首歌里唱的万事屋，就是美作国继藏合之后的第二大富翁。家主第一代积攒下的财富，就不知有几千几万两，不过他不像藏合那般大建城堡似的豪宅，而是住在陈旧低矮的房子里，混迹于糊墙工、烧炭工、漉纸店之中。不仅如此，这家主还每天清早起来打扫门前的道路，收集到的马粪、绳索、木片全都不舍得丢弃；从来不穿什么染什么缟的名贵衣物，就是一身没有花纹的手织棉和服，连元旦那天都年复一年地穿着当初成婚时做的麻袴四处拜年，五十年从未换过别的；夏天，甚至脱得只剩一条兜裆布，将浴衣小心翼翼地搭在脖子上，去邻居家蹭洗澡水。第一茬茄子上市时，郊外的农民挑着担子进城来卖，一个两文钱，两个三文钱，大家都说吃了新茄子，长寿七十五天，愿意出三文钱买两个吃，而这个家主不愧是极其精打细算之人，只出两文钱买一个新茄子，吃了它祈愿长寿七十五天，剩下的一文钱则留着等茄子大量上市，一次能买许多。就这样，家主的钱财是越积越多，真可谓"暗夜里来了鬼"，是数也数不清楚。家主平日最恨酒色，顺带痛恨那些写下"口称不胜实千杯""不好色者不得情"的和尚，若是他们活在当下，他恨不得将其告上衙门，叫他们不能安生。于是，他没收了十三岁的儿子正在读的《徒然草》并撕得粉碎，却又舍不得丢弃，抚平了碎纸的皱褶切成细长条，用灵巧的动作飞快地搓成了五十对羽织扣收藏在抽屉里，这便是一家人今后十年用的日常羽织扣了。他的儿子名叫吉太郎，这家主早就看不惯儿子白皙、孱弱的模样。吉太郎十四岁那年，被家主看见了他怀里揣着柔软的卫生纸，当即被斥责将来无望，赶出了家门，恰好播州有位生性节俭的大财主叫那波屋，家主便恶狠狠地叫儿子去人家那边学点做人的道理，继而将吉太郎赶到了住在亳州网干的奶妈家。后来，家主又要来了妹妹的一个儿子，将他当成下人一直使唤到二十五六岁。他经过暗中观察，发现这孩子将来非常有望，因为他会攒着穿坏的草鞋，拆成稻草，托人寄给家乡的父母，好拿到地里当肥料。家主对其大为赏识，决定正式收他为养子，叫他继承家业。家主问他喜欢什么样的媳妇，那养子说："我并非木石，现在娶了媳妇，等到三四十岁，也许会出去偷腥。您别说，人心啊，还真是难测。若那时候妻子镇不住丈夫，丈夫就收不住心。为了防止那种情况发生，我想娶个嫉妒心特别强的媳妇，最好是发现丈夫偷腥，就抄起菜刀发狂的那种女人，我这辈子也就能安安稳稳，守住咱们万事屋的钱财了。"家主听了猛拍大腿，眯着眼睛直乐，立刻四处探听，终于找到了一个见到父亲对九十岁的老祖母多说两句话，也要吊起眼角凶神恶煞地骂他不守道德的十六岁姑娘。他为养子迎娶了这个媳妇，自己则跟夫人隐退，高枕无忧地将家中金银全都传给了养子。这养子虽然出身贫寒，却得到了惊人的财富，心中自然得意忘形。别说等到四十，不到三十就借口应酬到处去喝酒，整日精心打扮，讲究起了足袋草鞋。他那老婆立刻凶神恶煞，用足以穿透左邻右舍两三家纸门的嗓门尖声骂道：

"哎哟哎哟，瞧你这贱模样。一个大男人，整天往草窝似的头上抹油，对着镜子照来照去，一会儿抿起嘴，一会儿偷偷笑，一会儿假装发脾气，演得一出好戏，这是要到哪儿去现眼啊？我说你是不是失心疯了？以为我看不出来吗？真是下贱。我乡下的父亲说，男人就该穿着干活的衣服，手脚的指甲缝里都是泥巴，顶着满眼的眼屎，挑着粪桶去喝酒。不这样的男人，那都不是去喝酒，而是去勾搭妓女的。你现在抹着油光锃亮的头，定是要去给那些个艺伎当小白脸呗。别以为我看不出来。你这么个小气的人，肯定不愿意花钱，而是去倒贴人家艺伎当小白脸，说不定还能混到点零花钱。哼，我心里明白得很，你要是不愿承认，就挑着粪桶去呀，你敢吗？整天对着镜子演的什么表情啊，脏死了。你有空练那个，怎么不剪剪鼻毛啊？都冒出来了。你别跟我摆谱，有本事就挑着粪桶去。"虽说他娶这个老婆就是为了在这种时候派上用场，可现在闹成这个样子，他心里也不好受。当初是为了讨养父母的欢心，他才提出要娶善妒的女人，现在可好，搬起石头砸了自己的脚。他暗自悔恨不已，恨不得将老婆按住揍一顿，然而隐居在偏房的老夫妻见到这儿媳妇发起疯来似乎乐不可支，两个人都来到了正房，笑眯眯地假意劝阻，劝不上两句就痴痴地看着儿媳傻乐。这下他动不了手，又拉不下脸挑着粪桶去喝酒，干脆愤愤地去了澡堂，泡他个天昏地暗，最后摇摇晃晃地走出来，安慰自己道："世上还有什么娱乐能比泡澡堂子更便宜？今夜若是出去喝花酒，怎么也得花上一两，反正醉澡跟醉酒到头来都一样。"

回到家中，他故意不看老婆的脸，喝了一合酒权当晚酌，心里觉得没意思，就大吃了一顿，然后就地躺倒，叫来为他打理庭院的太吉老爷子，听他讲美作国的七大不可思议。那故事他已经听了不下五十遍，其实他在抱着胳膊、盯着天花板想别的事情。中间一时兴起，就叫来下人给他揉脚，一看到老婆又火气往上冒，便粗声粗气地叫她倒茶过来。老婆帮他捧着茶杯，他也不起身，不去拿杯子，就支起脑袋咕咚咕咚喝了几口，抱怨了几句茶水太烫。不过抱怨归抱怨，只要主人不出去夜游，家里就风平浪静。隐退的老人乐呵呵，晚上能睡个好觉，下人见主人在家，也都绷紧了神经，哪个打杂的小童都不会偷偷跑回自己家去偷懒，更没有女用人在屋后的井边不停转悠，像是要等什么人。掌柜的坐在账房一脸严肃，使劲地翻着账簿，就算不忙也硬打算盘，虽然刚开始只是随便应付，可看着看着倒也能发现一些问题，最后认认真真地重新做起了账。长松坐在一旁忍着哈欠抚平废纸，将其装订成草稿本，实在困得不行了就翻开书本，故意用里屋也能听见的声音大读"德不孤必有邻……"。男仆九助拆了破草席子搓成线绳。女仆阿竹不情不愿地站起身来，走进地窖里拿青菜，说趁现在空闲把明早的味噌汤做了。做针线的小六在昏黄的灯下弓着腰背，一心一意地拆线。连猫都瞪大了双眼四处巡视，只要厨房传出一点响动，就"喵"地扑过去。这下子整个家都安稳下来，只等着财富不断增长，然而年轻的家主却郁寡欢，只因老婆每晚的枕边细语都是味噌腌菜如何如何，咸鲑鱼的鱼骨如何如何，叫人万分扫兴。难得有了这么一大笔财产，却因为娶了个善妒的妻子，只能每天在澡堂子泡得头晕眼花，回家还得听什么味噌腌菜和咸鲑鱼。他郁闷得甚至盘算起了等俩老人死后该怎么快活，表面还若无其事地继续工作，内心早已在等待时机。不久之后，隐退的老夫妻寿命已尽，老父亲先留下遗言，说撕了《徒然草》搓的羽织扣还剩下六对，就这么去了。老母亲去抽屉里找，发现羽织扣只有四对，心里一急，不久之后也过世了。这样一来，家里就再没有让他忌惮的人，成了名副其实的年轻家主的天下。他先带着善妒的老婆去伊势拜神，顺便转了转京都、大阪，让她见识京城的高雅风俗，又带她看了丈夫因为受不了不解风情的妻子，愤然将其杀害，最后锒铛入狱的戏剧，暗示老婆收起那善妒的性子，最后他又给老婆买了一堆京城最华丽的和服和腰带。女人的心就是浅薄，他们回去之后，老婆学会了每日盛装打扮，学学茶道插花，知道在枕边谈论味噌是不解风情，也知道了从没有人挑着粪桶去喝花酒，更是为善妒的性子深感羞耻。

"我虽知道吃醋不好，无奈公公婆婆乐见其成，就忍不住大吵大闹了。"老婆连语气都放软了不少，"毕竟，有哪个男人不花心呢。"

"那是当然，那是当然。"他忙不迭地答应着，继而煞有介事地说道，"这段时间，养父母相继去世，我心中备感伤痛，连身体都出问题了，都说三十岁是男人的一道坎啊……"其实并不存在那样的一道坎，"所以我想上京城去慢慢疗养一段时间。"胡说八道，"你看……"

"去吧，去吧，"老婆春风满面地说，"你去好好疗养，住上个一两年也无所谓。毕竟还年轻呀，若是现在就抠抠搜搜地过日子，那可怎么长寿？男人五十岁开始吝啬就差不多了，三十岁太早了，见不得人的。那种人啊，在戏里都是恶人，年轻的时候就该放开手玩。我也打算玩上一玩，你没意见吧？"她这是越说越离谱了。

丈夫听了得意忘形。

"那又何妨，那又何妨。任凭我们怎么玩，也用不着担心钱的问题。仓库那些金银财宝也该见见太阳了，不然多可怜啊。既然如此，我就听你的话，在京都、大阪那边疗养一年。我不在家的时候，你尽管睡懒觉，吃好吃的。我在那边会给你寄好多和服和腰带。"他异常体贴地留下这句话，就怀着期待的心情上京去了。

老婆留下来看家，每天中午才起，跟周围的太太们聚在一起大笑大闹，请她们吃堆得像山一样的美食，沉醉在太太们虚情假意的奉承中，每天都要从里到外换一套新衣服，搔首弄姿地博得满座称赞。掌柜的借此机会往自己家里私挪了不少金银财宝。长松一天到晚泡在厨房里偷吃东西。九助没事就跑进杂物间闷头喝浊酒，嘴里还念念有词，嘀咕些个念经一般的曲子。阿竹对着镜子脱下了和服的两肩，活像相扑力士或者打狐狸拳的，往自己身上涂满白粉，整得宛如妖魔鬼怪，最后看不下去自己的脸，嘤嘤地哭起来。做针线的小六往自己的箱子里塞满了夫人的旧衣服，眼睛滴溜溜地四下打量，拿出烟管猛吸一口，半跪着喷出两道浓烟，继而揣着手从后门出去，直到深夜都没有回来。连家里的猫都不愿逮老鼠，整日躺在火塘边上拉屎，家里变得到处都是蛛网，院子里野草疯长，再也没了从前的秩序。至于丈夫那边，一开始在京城像个乡下人，缩着脖子走进茶屋，吝啬地喝点花酒，后来被茶屋那些生来就为了说奉承话的人哄得团团转，一会儿说咱们最爱陪老爷这样的人喝酒，一会儿说老爷你年轻稳重、仪表堂堂，又生性温柔、善解人意、优雅大度、不苟言笑、威风凛凛，一看就身手了得，穿得还特别讲究，什么事情都能让您一眼看穿，看着特别有才干，不仅如此，哦呵呵呵呵，还有钱又大方，总之是将他夸得天上有地下无。这他哪里招架得住，自然是得意忘形，自以为是天下第一大富豪，玩得是越来越大胆，认定了钱就是用来花的，不花不是真男人，于是挥金如土，又叫人从家里送来大量金银财宝。这下玩起来就再也不是疗养，有了不能输给京中雅客的攀比之心，整个眼神都不对了，形销骨立、面无血色，整日着了魔似的花钱，不到一年就把数不清的财产花了个一干二净。派往家乡的跑腿回来在他耳边低语，说家里只剩下这点了。他顿时万分惊愕，自认为只花了不到百分之一，随即感叹原来小判都长了翅膀会飞，一个个跑得飞快，心想：这下轮到我施展自己的能耐了，毕竟总仰仗着养父留下的财产也算不得英雄，真男人还是得白手起家才对，庞大的家财花了个干净，反倒是一桩爽快的事情。他说完这些不服输的话，又发出了空虚的笑声，异常兴奋地说今晚最后再喝一场，然而花街的人哪里讲什么人情，一个个不言不语，没一会儿就走了个干净，还有人吹了宴厅的蜡烛，周围突然陷入黑暗。他心里有点慌，不停拍手叫人拿酒，可谁也不来搭理他，最后老鸨站在走廊上，也不施礼，像对陌生人一样生硬地说今日官差巡视，请保持安静。那人听了万分惊讶，心说这里不愧是京城，一个个都那么薄情，反倒令他忍不住叫好。干得漂亮！他夸奖着老鸨站起来，内心暗道：我能让那万事屋的大老爷相中，本就不是平庸之人，不就是钱嘛，只要有心思，就能赚回来，我这就回家乡去埋头苦干，再赚一笔像以前那样多的财富，到时候重回京城，定要叫你好看。"你可别死了，等着我啊。"说完，他便匆匆离开了光顾已久的茶屋。

他回到家中，先叫来掌柜，对掌柜说：你说家里已经没钱了，绝对是假话，不可能这样。万事屋的财产号称暗夜里来了鬼，一年两年轻易花不完，你什么都不懂。从今日起，我要亲自坐镇账房，等着瞧吧。于是他将家里的万事屋改成换汇店，自己一手经营，没日没夜地奔走。仗着万事屋以前的信用，现在纵使一文不名，人们也愿意把金银托付给他。他将客人寄存的钱财左右挪用，四处打点，倒也没有暴露真相，渐渐把生意越做越大了。三年后，至少在表面上，他已经恢复了曾经的万事屋那般的豪气，一心想着明年就上京去羞辱那帮不通人情的女人。那一年末，他做完了所有出纳的事情，虽然一文钱都没有剩下，但这正体现了商人的智慧。商人最讲究对外的信用，就算家里和库房空空荡荡，只要能把账算平，年尾能不露出马脚，成功蒙混过去，明年就算不去招呼，也会有人竞相前来存放金银。他在老婆和掌柜面前沾沾自喜地掰扯，夸口这才是真正的豪商风范。小商小贩挑着正月的装饰物过来，用三文钱一个的价钱兜售，他借口"这种廉价的东西该去小店兜售，你定是走错门了"，大笑着将其赶走，实则莫说三文，家中是一文钱都没有，他心中慌得很，巴不得那除夕的钟声赶快敲响。不久之后，隆隆的钟声响起，当家的一时没忍住，露出了满脸笑容，高高兴兴地说这下平安无事了，老婆，明年我把你也带去京城享受享受。这两三年你受了不少苦，不过见我像个大男人一样干活，是不是对我另眼相看啦？都说不会喝酒的人盖不起大仓库，今天咱们就喝一杯，庆祝庆祝吧。

这当家的在除夕钟声里吩咐老婆备酒，刚松了一口气，就听见门外有人道了一声"打扰"。

只见一个目光锐利、面容消瘦的浪人大步走进来，对当家的说：

"方才从你店里拿的钱里有一枚假银子，给我换了吧。"

说完，他就扔过来一粒碎银。

"哎——"当家的霎时间站了起来，然而家里莫说一粒银子，连一文钱都摸不出来，"真是不好意思，今天已经关店了，不如您明年再来？"他装作若无其事，满脸笑意。

"不行，等不了。现在除夕的钟声还没敲完，在下也需要这银子过年。讨债的都等在门外呢。"

"那可为难了。现在店铺已经关了门，金钱全收到库房里啦。"

"胡扯八道！"浪人大吼一声，"又不是百两千两，你这家这么大，手头连区区一粒碎银都没有吗？哎，你这脸色是怎么回事？没有吗？真的没有吗？一点都没有吗？"这浪人的声音响彻了左邻右舍，门外那些债主个个面露疑色，住在两旁的糊墙工和烧炭工都竖起了耳朵。所谓坏事传千里，这事情转眼间就传了出去。真可谓世事难料。当家的就在除夕钟声中露了马脚，三年的苦心经营打了水漂，现在是巧妇难为无米之炊，区区一粒碎银就叫万事屋的富豪破了产。

（《日本永代藏》 卷五之五 三匁五分晓之钟）

风流人物

选自《新释诸国话》

粹人　新釈諸国噺より

"忍一时风平浪静，这句话需要切记。就算有些痛苦，也要坚持忍耐。黑夜过去了，清晨就会到来。熬过了冬天，就能等到春天。这就是世间之理，阴与阳、幸与不幸是接踵而至的。特别不行的时候，熬过去了便是东山再起的大吉，你可千万不能忘了这个道理。明年肯定能等到大吉之时，到时候啊，每逢演戏转场，你都能坐着轿子出去，我允许你有这样的奢侈。你别客气，尽管享受。"此人匆匆吃了早饭，一本正经地吹嘘着，又匆匆披上羽织，抓起佩刀。今日乃是大年夜，他只想早点离开这债台高筑的家。在这紧巴巴的日子里，他还是从箱底摸出了两三枚一步金，抓起三十颗碎银，包起来塞进了怀里。"我还留了些钱，你扣去正月的零花，剩下的都分给债主，若是分完了，就睡吧。别看债主的脸，对着墙睡能轻松一些。忍一时风平浪静，你姑且忍耐一天吧。你就对着墙装死得了。世间之理，阴阳轮转。"说完，他便一路小跑着出门去了。

　　走到门外，此人摆出一副严肃的模样，抚平了衣衫的皱褶，大摇大摆地迈开步子，宛如大富豪出来体察民情，观看时势。其实，他的内心早就连连念叨天神大人，观音菩萨，南无八幡大菩萨，不动明王摩利支天，弁天大黑，仁王老爷，正可谓病急乱投医，情急乱拜神，请他们保佑自己顺利度过今天。这么念着念着，他只觉眼前一抹黑，全身汗毛直竖，冷汗唰地冒出来，偌大的世界没有他分毫立足之地。像他这样的欠债之人，最终会去的只有一个地方，那便是花街。只不过此人在好几间茶屋都有赊账，只要走过其中一间，他就得斜着身子像螃蟹一样走过去，最后找了一间从未去过的破落茶屋，从后厨溜了进去。

"老鸨在吗?!"他大大咧咧地喊道。这人长得仪表堂堂，然而越是长相方正的人，欠的债就越多。只见他大摇大摆地进了屋："哎，你这儿都除夕了还没结完账啊? 我瞧瞧，有这么多账单呢。合起来总共有三四十两吧。真是世事难料，有的人到了除夕还有三四十两付不上，我家光是给衣服店的钱就有近百两。我这人向来不在乎金钱，只是夫人这贪图打扮的陋习，在众多下人面前不成体统，下次得叫她注意点了。为了教训教训她，我也曾想过将她送回娘家，只是她不巧怀了身孕，在这除夕最繁忙的时候又将要分娩，家里一大早就乱成了一锅粥。孩子尚未落地就叫来了奶妈，还拉来了三四个接生婆，简直可笑。我最开始就不该娶大富翁家的女儿，现在家里来了一堆她的娘家人，我这边又是叫法师又是叫祈祷僧，还叫了三四个接生婆，他们还觉得不够，又请了医生在隔壁候着，熬起了快快生产的药。一会儿又要顺产的保佑，派人四处去寻摸什么子安贝、海马、石上松茸，乱七八糟的，这有钱人的闹腾啊，我是看不下去了。这不，恰好有人说这种时候老爷不应待在家，我就趁机逃出来了。这样一看，简直跟被催债的一样。今日恰好是除夕，外面应该有不少这样的人吧。真可怜，也不知他们心里怎么想，恐怕喝再多的酒也醉不了吧。嗐，人比人，气死人啊! 哈哈哈哈! "他发出了无力的笑声，"对了，别怪我不解风情，不如在孩子生下来之前，让我玩上一天吧? 这大过年的，当然是给现金，偶尔在这种小地方偷偷摸摸地玩也不赖。

哎，你们家买了正月的鲷鱼啊，这么小，别因为房子小，就买小鱼啊。凡事都要讲个好兆头嘛。不如再买条大的。"他说完这些轻浮的话，将一枚一步金扔到了老鸨膝头。

老鸨一直笑眯眯地听他说话，不时应和几声，心里却在骂这个蠢男人非要撒那样的弥天大谎，若是真把客人嘴里的话当了真，咱们还怎么做生意。倒不是没见过无事找事的大老爷从后厨摸进来吓唬我们取乐，可人家眼神不一样啊。方才他从后厨探头进来时的眼神啊，就跟逃犯似的，不用想都知道他肯定在逃债。每年到了今天，店里总有两三位这样的客人。世上没有新鲜事嘛，玉虫色的羽织、白柄佩刀，外行看了可能觉得此人了得，但是到了我眼里，不过是无用的小把戏，想来是为了一点嫁妆娶了比自己大十五岁的老婆，没多久就把钱花得精光，只剩下那个身材肥硕、满头白发的女人撒开腿坐在旁边，顶着一鼻头的油汗为他斟酒，出嫁时穿来的华服早就上不了身，全都卖给了典当铺，还让老母亲磨黑米，打发弟弟出门卖煮豆子，一家人就吃卖剩下的已经发酸的豆子当小菜，都这样了，但凡老母亲多吃两口，就要两夫妻一块儿盯着她骂。亏他能想出分娩的闹剧，什么请了三四个接生婆，还让医生在隔壁候着熬药，吹得真好。咱们可不都想过那样的生活吗？大白痴。不过我看这人身上倒是有几个钱，若是肯付现金，我们接客做生意的哪能挑剔呢？总而言之，这枚一步金我就收下了，看着也不像假钱。

"哎呀，承蒙老爷厚爱了。"老鸨极尽娇媚地说着，收下了一步金，"我也不去买什么鲷鱼了，还是把这钱藏起来，给自己买腰带吧。哦呵呵呵，今年本以为要被那穷神缠上，没想到现在来了这么一位大财神，这下子咱们明年一整年都有望啦。真是谢谢老爷了。哎呀，您快请进，可别坐在脏兮兮的厨房里了。您啊，真是不讲究，吓得我都冒冷汗了。这万事都得讲场面不是？大户人家的大老爷偏偏爱走后厨，真叫人为难。咱们这穷酸小店的后厨，您恐怕没见识过吧。嘻，爱好风流也得适可而止。请您快到屋里坐吧。"世上最可怕的，恐怕就是茶屋老鸨的奉承话了。

大老爷故作羞怯地挠挠头，口称老鸨你别太客气，软绵绵地走进了包间。

他装模作样地说："我这人对吃的可讲究，你啊，务必上点心。"老鸨内心暗骂：瞧你那模样就不像讲究吃喝的人。明明长着一副债台高筑、面无血色，连吹火都没力气的模样，还说什么讲究吃的，笑死人了。给你半碗稀饭，你都不一定喝得下去，做好饭好菜完全是浪费时间，她干脆往水壶里放了两个鸡蛋，做成最不费事的白水煮蛋，配了些盐巴，跟酒一块儿端了上去。那男人摆出奇怪的表情，问道：

"这是鸡蛋吗？"

"是呀，不知是否合您口味呢？"老鸨泰然自若地说。

他实在是下不去嘴，便抱着手腕，黑着脸说：

"这附近是鸡蛋的产地，还是有什么故事吗？"

老鸨强忍住了嗤笑的冲动。

"不是，鸡蛋哪有什么故事。给您做鸡蛋，这不是为了讨个吉利，祈祷母子平安嘛。到咱们这儿来的大老爷，平时都吃腻了山珍海味，反倒更喜欢煮鸡蛋呢，哦呵呵。"

"这下我明白了。嗯，很不错。鸡蛋的形状啊，无论怎么看都如此完美。干脆在上面安一副眼睛鼻子吧。"这人说了句极其蹩脚的漂亮话。老鸨猜到他的意思，叫来了最不卖座的艺伎，小声提醒道："里面那个大蠢货不是什么好东西，倒是身上还有几个钱，也能让咱在这除夕多少赚点，你进去了好好奉承奉承。"说完，老鸨便将那丑陋的艺伎推进了包间。男人浑然不知，只是高兴地说：

"哎哟，鸡蛋上真的安了眼睛鼻子。"接着，他就剥了盘里的煮鸡蛋吃下去，嘴角挂着蛋黄，早已忘却家中的紧迫，做起了今日也许能快活的美梦。再后来，他喝了两壶酒，突然觉得这艺伎有点眼熟。此人虽是个笨蛋，但也擅长记女人。至于这个艺伎，她心里虽然惦记着除夕的各项账目，表面却依旧春风拂面，不停地假笑，劝客人喝酒。

"唉，好讨厌，又要老一岁了。今年正月，客人都笑话我到了十九岁的春天。本来大过年的，打打板球，快快乐乐，正觉得这日子过得挺好，谁知道再过一夜，便是二十了。二十岁，真的好讨厌呀。真正快乐的时候，只在十几岁。到了明年，就再也穿不了这样鲜艳的振袖啦。哎，真的好讨厌。"说到这里，她拍了拍腰带，故作娇羞地扭了扭身子。

"我想起来了。看到你拍腰带的样子，我想起来了。"男人发挥出了惊人的记忆力，"二十年前，在花屋的宴会上，你正好对着我坐，还说了同样的话，用同样的动作拍了腰带，当时你也说自己十九了。现在过了二十年，你已经三十九了，什么十几岁，你明年就四十了，振袖穿到了四十岁，你还有什么舍不得的？你长得娇小，看起来显年轻，但也不能骗我说今年才十九岁啊。"这风流人物丝毫不顾别人的面子，高声谴责起来。女人一句话也不说，垂着目光朝他合起了掌。

"我又不是死人，拜我干什么，多不吉利。太扫兴了，还是喝酒吧。"他拍手叫来老鸨，那老鸨马上察觉到包间的气氛有异，便挂上比平时更爽朗的笑容，匆匆走了进去。

"哎哟，大老爷，真是恭喜你了，是个公子。"

"什么？"客人一脸困惑。

"您可真够悠闲的，忘了家里夫人在生孩子啦？"

"哦，对啊。生了吗？"事情变得有点莫名其妙了。

"那我可不知道。不过我刚算了算，三次结果都一样，全是生的公子。我算命可准了，大老爷，恭喜啊！"说完，老鸨向他郑重地行了个礼。

客人像是看到了刺眼的东西，眯着眼睛回道：

"哎，你也不必如此多礼，那多不好意思啊。来，收下吧。"

他从钱包里掏出一枚一步金，扔到老鸨面前，内心很是不情愿。

老鸨收下了金币，说道：

"哎，真是受宠若惊。没想到年底了还能遇到这么好的事情。对了，今天早晨我确实梦见了千羽仙鹤飞过空中，海龟分水而来呢。"她如痴如醉地说着，顺手将金币塞进了腰带里，献上了一篇甚为夸张的奉承话，"这可是真的啊，大老爷。醒来之后，我正想着这梦是好兆头，结果您就从后厨进来了，要在这儿坐到夫人分娩。那梦果然是正梦，这定是我平日虔诚礼佛的福报啊，哦呵呵。"

她这奉承话说得越夸张、越虚伪，客人听了就越难以自持，苦着脸说："行了行了，同喜同喜。你这儿有啥吃的吗？"

"哎哟！"老鸨又故作吃惊地直往后仰，"我还担心不合您胃口，没想到您把煮鸡蛋都吃干净了呀，风流的大人物果然了得。那些厌倦了山珍海味的大老爷似乎都很稀罕这样的东西。接下来给你上点什么呢？鲱鱼子如何？"这也是不费功夫的小菜。

"鲱鱼子啊……"客人露出了苦涩的表情。

"大老爷，您可别嫌弃，这也是为了祈祷母子平安呀。小蕾，你说对吧？吃这个吉利，不是挺好的嘛。来我这儿的大老爷最爱这种小菜了。"说完，老鸨飞快地起身走了。

那位老爷的表情愈加阴沉下来。

"刚才老鸨喊你小蕾，你叫小蕾吗？"

"是呀。"女人已经懒得演戏了，冷冷地回答道。

"是花蕾的蕾吗？"

"你好烦呀，说多少次不都一样嘛。你还不是老得头都秃了，还有什么好说的。太过分了，太过分了。"说完她就哭了起来，边哭还边不客气地问，"你有钱吗？"

客人听了心中一惊。

"有是有一点。"

"给我吧，"她已经顾不上搔首弄姿，"我正愁没钱呢。今年实在是不好过，本来想着把大女儿嫁出去，算是能放心些了，结果不到一年，她就落得个乞丐的模样，怀里还抱着孩子，四五天前灰溜溜地回来了，哭着说什么丈夫拎着手巾去澡堂，就这么到了别的女人那儿，再也没回来。你说这算什么事。我女儿虽笨，但她那丈夫也不是个好东西。号称家世很好，长着一张平平无奇的脸，听说还擅长什么俳谐。我一开始就不同意，无奈女儿偏偏看上了他，实在没办法，就让她嫁了。现在竟然去个澡堂子也能一去不返，我简直太小看他了。这可不是说笑话。我女儿一个人带着这么小的孩子，将来可怎么办啊？"

"那你连外孙都有啦？"

"有啊。"她猛地抬起头，脸上没有一丝笑意，反倒透着决绝的气息，"你别笑话我。我怎么说也是个人，生儿育女人之常情，这有什么好奇怪的。给我点钱吧，你不是很有钱吗？"说着，她抽动脸颊，扯出个奇怪的笑容。

风流人物最受不了她那样的笑容。

"我没那么多钱，只是有一点。"他招架不住，拿出了钱包里最后一枚一步金扔给了她。我老婆这会儿正在背朝债主装死呢吧。有了这一枚金币，至少能让三四个债主笑着回去吧，我都干了什么蠢事啊。他内心充满后悔、恐惧和焦躁，坐也不是站也不是。

"啊，太喜庆了。老鸨给我算的生男孩，那是多大的喜事啊。她可真会说话，不是吗？"客人声音沙哑地说了一句，小蕾只是笑笑，善解人意地站了起来。

"我去拿酒，咱们好好庆祝庆祝。"

客人被独自留在包间里，心中忧愁惨淡，难受地放了个屁，又觉得太没意思，便站起来拉开纸门散味。

"大喜的日子啊……"他哼了句不合时宜的小曲，怎么都提不起劲来。没过一会儿，他便让三十九岁的小蕾陪着，拿碗喝起了酒，然而两人相对无言，只有叹息。

"太阳还没下山吗？"

"您开玩笑呢吧，中午都没到呢。"

"唉，日子好长啊。"

地狱里的半日犹如龙宫的千百年。他打着煮鸡蛋味的饱嗝，内心无限悲凉。

"你回去吧，我要睡一觉。等到醒来了，孩子说不定也生出来了。"他圆着自己的慌，忍不住露出了苦笑，继而躺倒在地。

"真的，快走吧，别再让我看见你了。"他无力地恳求道。

"行，那我走了，"小蕾淡定地连吞了两三块客人膳台上的鲱鱼子，"您中午也在这儿吃吧。"

客人闭上眼，却怎么都睡不着，只觉得自己身在巨大旋涡之中，不停地翻来覆去，最后甚至念起了南无阿弥陀佛。就在那时，走廊上突然响起了慌乱的脚步声。

"哎，原来在这里。"两个貌似家丁的年轻人跑了进来，"老爷，您也太过分了，我们在这儿挨家挨户地找，好不容易才找到这里。您要是真没钱，咱们也不勉强，可您现在有钱到这种地方玩乐，为何不拿来给我们呢？您今年的账……"说着，年轻人将他硬拉起来，掏出账单小声谈判了一会儿，最后拿走了钱包里的所有碎银，还将他那身玉虫色的羽织和白柄的佩刀，甚至身上的和服都扒了个干净，各自拿包袱皮裹了起来。

"剩下的钱，正月五日之前您得拿出来。"说完，他们又匆匆离开了。

风流人物只剩一件内衣，扯着嘴角笑起来。

"嘻，要不是朋友对我哭诉，我也不会盖那个印章。现在朋友破产，连我都惹上了麻烦。所以说，宁愿借人钱，不可为人盖章。这大年三十的，竟接二连三出了这么多意想不到的事。现在成了这副样子，也是出不去了，不如在这儿睡上一觉，等到天黑再走吧。"他虽是躺下了，却也装睡装得难受，只能默念阴阳轮转，跟自家老婆一样，对着墙壁装死。

小蕾和老鸨站在后厨，哈哈大笑地议论："就算是笨蛋，也比他机灵一点。"总而言之，过去在浪花一带，总能见到这样的风流人物和黑心茶屋，这便是其中的一个故事。

（《家计在精心》 卷二之二　黑店撒谎也花钱）

奔跑吧，梅勒斯

走れメロス

奇想与微笑　太宰治短篇杰作选

梅勒斯怒火中烧。他决心除掉那奸诈暴虐的国王。梅勒斯不懂得政治，他只是个乡村牧人，每日吹笛、牧羊，但他对邪恶比任何人都敏感。今日清晨，梅勒斯离开村子，翻山越岭来到了十里开外的希拉克思市。梅勒斯无父无母，也没有家室，只与十六岁的柔弱妹妹相依为命。再过不久，他的妹妹就要跟村里一个忠厚老实的牧人成婚了。梅勒斯不惜路途遥远来到市里，就是为了给妹妹的婚礼采买衣裳和食物。他做完采买，正沿着都城的大路慢慢往回走。梅勒斯有个从小一起长大的朋友，名叫赛利奴提乌斯，他正在希拉克思市做石匠的活计。梅勒斯打算去探访这位好友，二人已经许久未见，因此梅勒斯十分期待与他重逢。走着走着，梅勒斯突然发现城中有些怪异。周围鸦雀无声，太阳已经落山，城中一片昏暗，这都是理所当然的。但周围实在太过安静，即使在夜里也显得不太寻常。梅勒斯虽是个乐天的性子，此时却也渐渐陷入了不安。他拦住恰好路过的几个年轻人，询问究竟是怎么回事。他两年前进过一次城，知道人们到了晚上也欢歌笑语、热闹非凡。年轻人摇了摇头，并不回答。他继续往前走，又碰到了一位老人，于是用更强势的语气问了一遍，老人也没有回答。梅勒斯双手抓住老人不断摇晃，重复了自己的问题。最后，老人压低声音，短促地答了一句：

奔跑吧，梅勒斯

"国王喜欢杀人。"

"他因何罪名要杀人？"

"心肠邪恶的罪名。可是，谁也没有他说的邪恶心肠。"

"他杀了很多人吗？"

"对，他先杀了妹夫，又杀了太子，再杀了妹妹，接着杀了王妹的孩子，后来杀了王后，还有贤臣埃里克斯大人。"

"这简直丧心病狂，国王他疯了吗？"

"不，国王没有疯，他只是无法信任别人。近来，他又怀疑起了群臣，看到生活富裕的臣子，就命令他们交出人质。若违抗命令，就要被捆在十字架上杀死。今天已经有六个人被杀了。"

梅勒斯闻言震怒了："这样的国王，不能让他活着。"

梅勒斯是个心思单纯的人，他背着采买的东西，径直走向王城。很快，他就被巡逻的警吏逮住了，警吏从他身上搜出了短剑，事情就此闹大，梅勒斯被押到了国王面前。

"老实交代！你揣着这把短剑想干什么？"暴君迪奥尼斯用平静却充满威严的口吻质问道。这位国王面色苍白，眉间镌刻着深深的皱褶。

"我要从暴君手中拯救城市。"梅勒斯面不改色地答道。

"就凭你？"国王怜悯地笑了，"真是个蠢货，你又怎么懂得我的孤独？"

"胡扯！"梅勒斯硬撑起来反驳道，"怀疑人心是最卑劣的道德沦丧，你甚至怀疑民众的忠诚。"

"是你们教会了我，保持怀疑才是正确的态度，人心不可靠。人类是一己私欲的结晶，万万不可相信，"暴君冷静地喃喃着，继而叹息一声，"我又何尝不渴望和平？"

"你渴望和平是为了什么？保住自己的地位吗？"梅勒斯嘲讽

道，"杀害无辜之人，哪来的和平？"

"闭嘴，你这贱民。"国王猛地抬起头，"所有人都会说大道理，而我已经看透了人心。等你上了十字架，哭着求饶也没用。"

"啊，国王多么善辩，你且沾沾自喜吧。我早已做好了必死的觉悟，绝不会求饶。只是——"说到这里，梅勒斯望着脚下，犹豫了片刻，"只是，你若要对我手下留情，就请给我三天时间。我希望送唯一的妹妹出嫁，你放我回去为她办婚礼，三天之内我必定回来。"

"笑话！"暴君发出低哑的笑声，"你这满口谎言的刁民。放飞的小鸟，哪有自己回来的道理。"

"我没说谎，我定会回来。"梅勒斯坚持道，"我会遵守约定，请给我三天时间，妹妹正在等我回去。若你不相信我，城中有个名叫赛利奴提乌斯的石匠，他是我无二的挚友，我可将他留下来作为人质。若三天后的日落时分我尚未回到这里，就请你绞死我的朋友。拜托了，请相信我。"

国王听了这番话，怀着暴虐之心冷冷地勾起了嘴角。真会说大话，此人一定不会回来，不如我假装信了他，将他放走，等着看热闹吧。三天后杀了那替他受罪的人，倒也是一桩乐事。届时我要沉痛地说，人果然不值得信任，再将那替罪之人捆上十字架处死。我要让世间所谓的诚信之人看看清楚。

"我答应你了，去叫那个替身来吧。三天后的日落时分，你务必归来。若是迟到，我便杀了你的替身。你大可以晚来一些，我便不再追究你的罪行。"

"你……你说什么？"

"哈哈，若你珍惜性命，就晚来一些吧。我很清楚你的想法。"

梅勒斯气得直跺脚，连话都不想说了。

深夜，他的竹马之友赛利奴提乌斯被传唤到了王城。两个挚友在暴君迪奥尼斯面前实现了久违两年的重逢，梅勒斯对挚友说明了一切。赛利奴提乌斯一言不发地答应下来，并紧紧拥抱了梅勒斯。朋友之间，这样便足够了。赛利奴提乌斯被关押起来，梅勒斯则即刻出发。初夏的夜晚，漫天星辰。

　　是夜，梅勒斯不眠不休地走了十里路，回到村子已是翌日上午，太阳早已高高挂起，村民们开始下地干活了。他十六岁的妹妹在为兄长看管羊群。妹妹见到兄长步履蹒跚、筋疲力尽地走回来，连忙上前询问发生了什么事。

　　"没什么，"梅勒斯努力挤出笑容，"我在城里还有事，得马上回去。明天就给你办婚礼吧，喜事当然越早越好。"

　　妹妹涨红了脸。

　　"你高兴吗？我还买了漂亮的衣裳。好了，你快去通知村里的人，明天办婚礼。"

　　梅勒斯步履蹒跚地回到家中，装饰了神明的祭坛，布置好宴席的场地，接着倒在地上，陷入了呼吸缓慢的深沉睡眠。

　　醒来时，天已经黑了。梅勒斯一起身就去找妹妹的未婚夫，告诉他自己有点急事，希望婚礼能定在明天。牧人未婚夫大吃一惊，忙说这样不行，他还没做准备，至少要等到葡萄成熟的季节。梅勒斯坚持说不能等，务必在明天举办。牧人未婚夫也很顽固，始终没有同意。二人争论到天明，梅勒斯总算软磨硬泡地说服了妹妹的未婚夫。婚礼定在中午，新人在神明前宣读了誓言。此时天空乌云密布，不多久便下起了雨。雨点先是滴滴答答，继而大如倾盆。参加宴席的村民都觉得这是不祥之兆，但依旧强打精神，在狭小的屋子里忍受着闷热，唱起欢乐的歌曲，鼓掌庆祝。梅勒斯满面喜色，一时忘却了跟国王的约定。他恨不得一辈子都能这样过，与这对佳人相伴到老。然而，他的身体已不属于他自己，这是无法改变的事实。梅勒斯逼迫自己做好了出发的决定。距离明天日落还有足够的时间。他想先睡一觉，然后马上启程。待到养足精神时，这雨势想必也会小一些。他只想在家中多待一些时候，哪怕是梅勒斯这样的男人，内心也有恋恋不舍之情。他走向今夜陶醉在欢喜中的新娘，对她说：

"恭喜你了，我有点累，先下去睡一觉。等我睡醒，马上要到城里去，我有重要的事情要办，就算我不在，你也已经有个温柔的丈夫陪伴，定然不会感到寂寞。为兄生平最厌恶之事就是怀疑别人，还有说谎，你一定也知道。今后你与丈夫之间，可不能有任何秘密，我想说的话只有这些了。你的兄长应该算是个伟大的男人，你应该为我感到骄傲。"

新娘心不在焉地点了点头。接着，梅勒斯又拍了拍新郎的肩膀。

"你我都没有周全的准备，要说我家的宝贝，就只有妹妹和那群羊，除此之外，一无所有。这些我都送给你吧，成为我梅勒斯的妹夫，你应该感到骄傲。"

新郎揉着手，很是害羞。梅勒斯又笑着对村民们致意，随后离开宴席，走进羊圈里，转眼就睡死了。

醒来时已是翌日黎明。梅勒斯猛地跳起身来，老天啊，难道我睡过头了？不，还来得及，只要马上出发，就能赶上约定的时间。今天我一定要让国王看看人类之间存在着诚信，然后笑着走上受刑台。梅勒斯慢悠悠地做起了准备，外面的雨小了一些。他收拾好行装，用力甩起双臂，像箭一般冲进了雨幕。

我今夜就要被杀了，我在为了送命而奔跑，为了拯救代替我被关押的挚友而奔跑，为了打破王的奸佞残忍而奔跑。我必须奔跑，然后，我将被杀死。我将带着我的名誉英年早逝，永别了，我的故乡。年轻的梅勒斯内心无比痛苦，有好几次，他几乎要停下脚步。他只能大声斥责自己，不停奔跑。他离开了村子，穿过了原野，又穿过了森林。到达邻村时，雨完全停了，太阳高高升起，周围渐渐炎热起来。梅勒斯握紧拳头拭去额际的汗水，来到这里就没问题了，他已不再眷恋故乡。妹妹与那年轻的牧人定能成为一对神仙眷侣。此刻，我应该没有挂念了，我只需朝着王城笔直地前进就对了。没必要如此着急，还是慢慢走吧。梅勒斯恢复了天生的乐观，唱起了喜欢的小曲。他悠闲地走了两里路、三里路，快到半途时，突然遇到了麻烦，梅勒斯的脚步猛地停了下来。看呀，前方那条河正因为昨日的大雨泛滥成灾，山上水源的滔滔浊流在下游汇集成了大水，竟将那渡桥冲垮，轰鸣的激流又将桥柱撞了个粉碎。梅勒斯茫然呆立，四下张望，继而放声大喊，然而渡船早已被洪流冲得无影无踪，看船的人也遍寻不见。大水越涨越高，变得如同一片汪洋。梅勒斯蹲在岸边号啕大哭，高举双手哀求宙斯：“啊，请你让这片狂涛安静下来吧！时间正在一点一点过去，太阳已经升上了头顶。在它落下之前，若我不能抵达王城，那位挚友就要替我而死了。”

浊流愈加猛烈，像在嘲笑梅勒斯的呐喊。大浪裹挟着大浪，翻滚、沸腾，时间仍在一分一秒地消失。此刻，梅勒斯已经做好了觉悟，他只能游过这片浊流。啊，众神且看，我誓要发挥出胜过洪水的爱与诚信之力。梅勒斯纵身一跃，开始与势如百条大蛇的狂浪拼死斗争。他用尽全身的力气，破开一阵又一阵涡流，奋力向前游动。众神也许看见了这奋战不休的人类，并对他生出了怜悯之心，降下了一些奇迹。梅勒斯被激流翻弄着，终于抱住了对岸的树干，太好了！梅勒斯像骏马一般浑身一震，再一次奋力奔跑。他不能浪费一分一秒，太阳已经向西倾斜了，他喘着粗气爬上山岭，终于登顶，正要松口气时，眼前却跳出了一群山贼。

"站住。"

"你们要干什么？快放开我，我日落前必须抵达王城。"

"鬼才会听你的话，放下身上所有财物再走。"

"我除了这条性命别无他物。连我这条性命，也马上要献给国王。"

"我要的就是你的命。"

"那你们便是得了国王的命令，在此伏击我的吗？"

山贼们不再回话，齐刷刷举起了棍棒。梅勒斯轻轻一闪，如飞鸟般袭向近处的敌人，夺下了他的棍棒。

"虽然我于心不忍，但这是为了正义！"梅勒斯奋力一击，顿时打倒了三个人。趁其他人胆怯不敢上前的瞬间，他拔腿就跑，一口气下了山岭。然而下去之后，梅勒斯已然筋疲力尽，又被下午灼热的阳光无情烘烤，一时间浑身燥热，好几次头晕目眩，但他马上打起精神，摇摇晃晃地走上两三步，可最终还是气力衰竭，双腿一折跪倒在地，再也站不起来。梅勒斯仰天长叹，流下了不甘的泪水。啊，啊，啊，克服了洪流，打倒了三名山贼，英勇无比的战神，勇往直前的梅勒斯啊！真正的勇者，梅勒斯啊！此时此刻，他竟然累倒在这里动弹不得，这是何等没出息。挚爱的好友正因为相信了你，马上就要遭受杀身之祸。你成了史无前例的无信之人，正中那国王的下怀。他毫不留情地训斥自己，无奈他全身萎蔫，连像虫子一样爬行的气力都没有了。他躺倒在路边的草丛中。身体疲劳之时，精神也难免受到影响，想抛下一切的自暴自弃之心蚕食着他的英雄意志。我已经这么努力了，我丝毫没有毁弃约定的念头。众神在上，我已经用尽了全身力气，直至一

奔跑吧，梅勒斯

动都不能动了，我并非无信之徒。啊，我多想割开自己的胸膛，让你看看血红的心脏，让你看看这颗流动着爱与诚信之血的心脏。可是我在这关键的时刻竟耗尽了全部精力。我真是个不幸之人，我一定要遭到耻笑，我的家族也会遭到耻笑。我欺骗了挚友，半途而废等同于什么都不做。啊，我已经不在乎了，这也许是我的命运。赛利奴提乌斯啊，原谅我。你始终相信我，我亦没有欺骗你，我们是真正的挚友，我们心中从未笼罩过怀疑彼此的阴云。此时此刻，你定然也在一心一意地等待我。啊，你一定在等待我。谢谢你，赛利奴提乌斯，谢谢你相信我。一想到这里，我就难以自持。朋友之间的信任，是世上最值得夸耀的宝物。赛利奴提乌斯，我奋力地奔跑了，我丝毫没有欺骗你的念头。相信我！我拼尽全力赶到了这里。我游过了洪流，冲破了山贼的包围，一口气跑下了山岭，正因为是我，才能做到这个地步。啊，别再寄希望于我了，放弃我吧，我已经不在乎了，是我输了，我多没出息啊。尽管笑话我吧，国王曾示意我迟到一些，只要我迟到了，他就会处死替身，饶我一命。我痛恨卑劣的国王，可是现在看来，我还是遵从了国王的话语。我可能要迟到了，国王会擅自解读我的行为，然后嘲笑我，并免除我所有的罪名。届时，我将承受比死更大的痛苦。我将是永远的背叛者，是全世界最卑贱的人种。赛利奴提乌斯啊，我也要死，让我同你一起死吧。这个世界上定然只有你愿意相信我。不，这也可能是我的一厢情愿。啊，干脆，就这样当个坏人苟活吧。我在村子里有座房子，还有一群羊，妹妹和妹夫一定不会将我逐出村庄。什么正义，什么诚信，什么爱，仔细一想，多么无趣啊！为了生存而杀死别人，这不正是人类世界的法则吗？啊啊，一切都那么愚蠢，我是个丑陋的背叛者，我什么都不在乎了，已矣哉——梅勒斯摊开四肢，打起了瞌睡。

　　　　　　　　　　　　奇想与微笑　太宰治短篇杰作选

耳边突然传来潺潺的流水声。梅勒斯抬起头，屏着呼吸倾听，脚边似乎有一股溪流。他摇摇晃晃地坐起来一看，岩石的裂缝里竟涌出了一小股清泉。梅勒斯被泉水吸引过去，他弯下了身子，双手捧起泉水喝了一口，继而长叹一声，宛如大梦初醒。能走了，那就走吧。随着肉体疲劳的恢复，他心中也生出了一丝希望，那是完成任务的希望，是身死以守名节的希望。斜阳在树林上投下红艳艳的光芒，枝叶宛如点燃了熊熊火焰。距离日落还有一段时间，有人在等我，有人在毫无疑念地、安静地期待着我的出现。我得到了信任，我的命不重要。现在哪里还顾得上想什么以死谢罪，我必须回报他的信任，如今我要做的，只有这件事。奔跑吧！梅勒斯！

　　我得到了信任，我得到了信任。方才那恶魔的地狱是梦，是一场噩梦。把它忘掉吧，五脏六腑陷入疲惫时，人都会做那样的噩梦。梅勒斯，这不是你的羞耻，你依旧是真正的勇者。瞧，你不是又一次站起来奔跑了吗？多好啊！我将能以正义之士的身份死去。啊，太阳落下了，它在不停地西沉。等等我啊，宙斯。我自打出生就是一个诚实的人，请让我诚实地死去。

　　梅勒斯推开行人，跳过他们倒地的身躯，像一阵黑色的旋风般狂奔。有人在原野上举办酒宴，他径直穿过了宴席的中央，令宴饮之人大惊失色。他踢开野狗，跃过小溪，以太阳西沉的十倍速度奔跑。他与一队行旅之人擦肩而过时，听见了令人不安的对话。"那男人这会儿可能已经被捆上十字架了。"啊啊，那男人，我正在为那男人一路狂奔啊，我不能让他死了。快点，梅勒斯，千万不能迟到，你要让他们见识到爱与诚信的力量。现在顾不上风度了，梅勒斯几乎不着片缕，他无法呼吸，还几次口吐鲜血。看见了，那遥远的前方，便是希拉克思市的塔楼。看起来无比渺小的塔楼，正在夕阳中闪闪发光。

"啊啊，梅勒斯先生。"风声送来了一阵呻吟。

"你是谁？"梅勒斯边跑边问。

"我叫菲洛斯特拉托斯，是您的朋友赛利奴提乌斯先生的徒弟。"年轻的石匠在梅勒斯身后边跑边喊，"已经来不及了，您赶不上的，请您停止奔跑，那位先生已经没救了。"

"不，太阳尚未完全落下。"

"他马上就要被处死了。啊啊，您来得太晚了。多可惜啊！如果能再早一点，哪怕再快一些！"

"不，太阳尚未落下。"梅勒斯心如刀割，目不转睛地凝视着硕大的红日。他除了奔跑，别无他法。

"请您放弃吧，别再奔跑了，现在保住您的命更要紧。我的师父始终相信您，哪怕被拖到刑场，他也面不改色。国王百般调侃他，他也只说梅勒斯一定会来，毫不动摇他坚定的信念。"

"正因如此，我才要奔跑。正因为有人信任我，我才要奔跑。能否赶上不是问题，人命也不是问题。我在为一个更庞大、更可怕的事物奔跑。跟上来吧，菲洛斯特拉托斯！"

"啊啊，您疯了吗？那您就尽管奔跑吧，也许还赶得及，您尽管奔跑吧！"

毋庸置疑，太阳尚未落下。梅勒斯拼尽最后的力气奔跑。他的头脑一片空白，再也没有任何思考，他被一股巨大而莫名的力量拉扯着奔跑。太阳缓缓没入地平线，最后一缕残光也要消失了。就在那一刻，梅勒斯如疾风般冲进了刑场，他赶上了。

"等等，不要杀那个人，梅勒斯回来了，梅勒斯按照约定回来了！"他朝着刑场的观众大声呼喊，但是他的喉咙已经干涸，只能发出低哑的声音。刽子手并没有发现他的到来，十字架已经高高耸立，赛利奴提乌斯被捆绑起来，正被缓缓向上吊起。梅勒斯见此情景，迸发出最后的力气，像突破洪流一般扒开了围观的群众。

"是我。刑吏，你该处死的是我！我是梅勒斯，是我将他留下来当了人质，我就在这里！"他用沙哑的声音奋力呼喊，终于爬上了死刑台，死死抱住挚友的双腿。群众一阵哗然。他们纷纷叫嚷起来——干得好！饶恕他吧！捆绑赛利奴提乌斯的绳索被松开了。

"赛利奴提乌斯，"梅勒斯含着泪说道，"请你揍我吧！用尽全力揍我的脸吧！我在路上做了个噩梦。若你现在不揍我，我就没有资格拥抱你。快揍我吧！"

赛利奴提乌斯了然地点点头，狠狠地打了梅勒斯一个耳光，尖厉的响声甚至盖过了刑场的嘈杂。随后，他露出了温柔的微笑。

"梅勒斯，揍我吧！用同样的力道揍我吧！这三天里，我曾怀疑过你一次，我有生以来头一次怀疑了你。若你不揍我，我就无法拥抱你。"

梅勒斯甩开手臂，也狠狠地打了赛利奴提乌斯一个耳光。

"谢谢你，朋友！"二人同时开口，紧紧拥抱在一起，接着喜极而泣，放声大哭。

群众里也传来了唏嘘之声。暴君迪奥尼斯一直在民众背后注视着那两个人。不久之后，他安静地走过去，红着脸这样说道：

"你们的愿望实现了，你们战胜了我的心，诚信绝不是空虚的妄想。能否让我也加入你们？请答应我的请求，让我成为你们的一员吧！"

群众爆发出欢声：

"万岁！国王万岁！"

一名少女手捧绯红的斗篷献给了梅勒斯，梅勒斯手足无措。他的挚友好心地告诉他：

"梅勒斯，你怎么光着身子？快披上斗篷吧。这位可爱的姑娘不舍得让大家都看到梅勒斯赤身裸体的样子呢！"

勇者闻言，脸红得仿佛要滴出血来。

（根据古代传说与席勒诗篇改编）

编辑后记　森见登美彦

編集後記　森見登美彦

奇想与微笑　太宰治短篇杰作选

森见登美彦

　　我在短篇集《奔跑吧，梅勒斯另四篇：新解》中随意篡改太宰治的《奔跑吧，梅勒斯》，因此招来了不少反感。若问我为何这么做，我只能说我真的忍不住。既然已经做了这件堪称暴行的事，我就必须摆出"太宰治肯定会笑着原谅我"的泰然自若的样子。其实归根结底，我不过是借口解释已经离世之人的内心，实则做了自己想做的事情。这就是所谓的小偷脸皮厚。

　　后来，太宰治百年生诞将至，有人找到我，提议做一个太宰治的选集。这不相当于小偷大摇大摆地登堂入室吗？不过这回并非偷东西，而是帮助推广太宰治自己的作品。所以我认为，这应该不是件坏事。

　　上初中时，我在祖父母家中的书架上发现了一本破破烂烂的文库书，从那以后，我就跟太宰治重复着或亲密或疏离的关系。现在，我重新邂逅了阅读生涯中的太宰治文学，从中挑选了几篇。

　　太宰治这个人即使放到现代，也会是一位当红作家。他有不少著名的短篇，如果太注重"挑选杰作"，我可能会受到他人的影响，导致最终选出来的作品与其他作品集重复。正因如此，我决定放弃最聪明的做法，不去试图平衡地收录他的杰作，而是将重点放在"奇怪"和"令人愉快"上。因此,本书的收录存在一些偏颇之处,里面几乎没有阴暗的作品。

我不太喜欢太宰治过于关注自身阴暗面的作品。当然,我与那些作品都有共鸣,也知道那些作品才是他多年来一直受读者喜爱的秘诀。可是我在初中和高中时代,并没有过"看了《人间失格》,对其着迷不已"的经历。我花费很长时间才慢慢喜欢上了太宰治。也许有人会问,你不着迷还读他的作品做什么?因为我很喜欢他富有节奏感和人情味的文字,还发现他有许多令人出乎意料且欢快的作品。

我编辑这本书,最想向年轻的读者传达一个信息——太宰治也有异想天开又令人愉快的作品。他既会写扭扭捏捏的文章,也会写嘲笑扭扭捏捏的文章。

太宰治经历过许多失败。从年表可以看出,他二十多岁那个时期有过接二连三的惨痛失败,让人看了都为之心酸,当然不可能笑得出来。三十岁过后,他相对稳定一些了,然而这时的太宰治依旧是个对生活堪称笨拙的人。可是,无论给周围造成多少麻烦,太宰治始终深怀着想为众人服务的心情。也许正是那接二连三的失败,进一步激发了他为众人服务的心情。

对太宰治来说,写小说是他能做的最大的服务。他创作那些愉快又有实验性质的作品时,肯定想过这是为了服务他人。他在曝光自己过去的失败时,肯定也有过同样的想法。

我很喜欢太宰治千方百计取悦读者的作品。有些生性认真的人也许会想:"过于注重取悦读者,难道不是舍本逐末吗?"但是在那些取悦读者的努力之后,我们能看到太宰治若隐若现的真容。我认为,这样就挺好。

接下来我将会分别论述本选集中的每一个短篇。我主要说明了选择作品的缘由，各位大可以将其当作简单的介绍读一读。

失败园

先来说说这篇阅读感流畅又格外怪异的简短小说。这是本书第一篇太宰拟人化小说。昭和十五年，太宰治经井伏鳟二做媒步入了婚姻，后搬迁至三鹰下连雀定居，写出了这篇作品。它与《女人的决斗》《奔跑吧，梅勒斯》同年发表。其中隐约可见太宰治在《畜犬谈》中也提及过的妻子的形象。

故事以不足二十平方米的小庭院为舞台，由植物负责讲述。每种植物的性格都描写得细致入微，有的固执，有的赌气，有的自嘲，有的自以为是。核桃苗那句"今天也让我沉浸在崇高的冥想中吧。无人知晓我高贵的出身"，简直就是"怪癖者百科"案例。笨拙的庭院主人（太宰）也让植物们怨声载道。总的来说，这里没有任何一种生物满足于自身的境遇，每种植物都有一些小牢骚，恰如人类的世界。故事里分明只有这样的家伙，读下来却像在眺望一片阳光普照的小小院落，叫人内心温暖，甚是喜爱。

噼啪噼啪山

这是本书第二篇太宰拟人化小说。它是昭和二十年十月出版的《御伽草纸》的一部分。从开篇在防空壕中给女儿讲故事的场面也能看出，太宰治创作这篇故事时，正值太平洋战争。

《噼啪噼啪山》里的兔子为何对貉子如此残忍？太宰治怀着这个疑问，展开了天马行空的想象。貉子（中年男人）的邋遢和没出息被描写得细致入微，不堪入目。他不依不饶地纠缠兔子，还是个口角流涎、生性好色、不讲卫生、好吃懒做的废物，甚至对粪便也下得去嘴。而他自己还自视甚高，说什么"想想这世上真没有比我更悲惨的男人了。明明生来就略带几分男子气概，反倒让女人自惭形秽，不敢轻易地靠近了。"真可谓彻头彻尾、无可挑剔的白痴。与之相对，兔子（美少女）则干脆利落地对他下了定义："你，是我的敌人。"其残酷冷漠，也叫人不忍直视。她毫不客气地用尖锐的话语对貉子冷嘲热讽："别靠近我！臭得要命！"还往貉子背上放了一把火，在貉子烫伤的地方抹辣椒药膏，最后甚至将貉子骗到泥船上沉塘。

骗貉的兔子与被骗的貉子，二者之间的对话莫名真实，更是助长了故事传说本身具备的残酷性，激发出读者更逼真的想象。故事末尾，貉子念叨着"爱上你难道有错吗？"沉入水中，令人生出一股不知如何形容的凄凉心情。

顺带一提，我很喜欢这里的兔子。我真想变成这只兔子，亲手将貉子沉塘。

货币

这是第三篇太宰拟人化小说。继植物、兔子和貉子之后，他甚至让一张百元钞票当了主人公。作品发表于一九四六年，那时太平洋战争已经结束，太宰治的生活渐渐忙碌起来。

太宰治写过好多篇女性视角独白的小说，譬如常被收录于杰作集的《女生徒》和最畅销的《斜阳》。其实我至今都不太明白那些小说究竟好在哪里，唯独这个将百元钞票视作女性的异想天开的设想，让我突然来了感觉，着实不可思议。

"妾身听闻，待新的现代货币面世，吾等旧货币都会被烧毁，一件不留。也罢，与其天天过着这般浑浑噩噩的生活，不知生为何状、死为何物，妾身倒宁愿自己被一把火化为灰烬，好快些升天。"太宰治利用主人公是纸币的设定，吐露了令人动容的心声。纸币被"木匠""当铺""医学生""黑市"先后转手，其过程勾勒出了战争时期的世间百态。

躲过空袭的婴儿内衣里的纸币们感到的幸福，或许就是太宰治的理想，也是他为读者做的服务。故事最后没有变成"全是金钱的错"这种不可救药的结局，更容易让人对百元钞票投射感情。

香鱼千金

这是昭和十六年发表的作品。同年发表的作品还有《佐渡》《关于服装》。

这篇小说讲了自诩文人的青年"佐野君"在伊豆某温泉的恋爱故事。我将其安排在构思巧妙的三篇拟人作品和后续三篇自虐式随笔中间，以供读者切换心情。

我很喜欢描写"千金"充满魅力的部分。譬如光脚走在青草地上，检查钓钩时，落进水里的场景，将桑葚放在胸前的口袋里，等等。太宰治用这些具体的美丽，一点一滴毫无遗漏地勾勒出了"千金"的形象，还将一幅明媚的河畔光景展现在读者面前。主人公佐野君"不是沉溺女色的青年，反倒不怎么开窍"。他与"千金"的对话很有一派田园牧歌风情，我也非常喜欢。在旅行时不经意间遇到这样的女性，会喜欢上对方也是在所难免。如果你产生了这种想法，那便是太宰治的胜利。至少，我败给了他。

这篇故事的结尾，也让人产生了难以言喻的心情。

关于服装

这篇文章发表于昭和十六年，太宰治在里面滔滔不绝地谈论了服装。

开篇将他走进关东煮的小摊模仿风流人士口吻的场景，被姐儿戳破"小哥是东北的吧"，这些地方光是阅读文字就叫人一阵尴尬，只觉得坐立难安，自己经历过的所有失败顿时闪过脑海，恨不得哇哇大叫。这也是太宰治擅长的魔法之一。哪怕是生活在现代的读者，也要被他激发出"坐立难安"的共鸣。

其后，如果他忧郁地想："我这个人不行，还是死了更好。"那就会让人内心难过。不过太宰治在这里夸张地描写了自己彷徨于粗俗与风雅之间的故事，读起来并不会叫人非常痛苦。

然而，虽然做了夸张的描写，但太宰治的烦闷还是真实存在的。

对太宰治而言，也许对别的许多粗俗人士而言，最屈辱、最令人害怕的，莫过于"试图打扮，但是没成功，还被人揭穿了"。换言之，那些打扮粗俗又泰然自若的人，并不一定就是感觉迟钝的人。他们也许最在意他人的目光，经过深思熟虑，最后不得不带着苦涩的心情选择了粗俗。所以希望所有精致风雅的人对粗俗之人多一些宽容。这并非太宰治的中心思想，而是我的喃喃自语。

酒的追忆

这篇回忆酒的文章发表于昭和二十三年一月。当时太宰治成了"时代的宠儿"，每日过着忙乱的生活，写作量也增加了。前一年十二月出版的《斜阳》成为红极一时的畅销书，他在文中提到的

"我最近身体有点不好"，也许是因为过度疲劳。从这句话可以看出，太宰治当时的状态已经很差。

听说太宰治虽是酗酒之人，但不会酒后生事。不过，读了太宰治关于喝酒的文章，我还是不太想喝酒，着实有点奇怪。

由衷热爱喝酒的人，会想方设法让喝酒成为一种享受，也会令周围的人不知不觉也想喝酒。我父亲就喜欢喝酒，在我上小学时，过年那三天，他每天都要喝掉整整一升的酒。现在，父亲的酒量虽然有所减少，但喝起酒来还是特别享受。我不怎么会喝酒，可是见到父亲喝酒就会眼馋。如果换成文章，应该也一样。若是真正的好酒之人，那他定会将自己喜爱的酒写得无比诱人。

太宰治写喝酒，却没有那种幸福的感觉。他与"丸山君"的逸事虽然有意思，但跟"酒好喝"没什么关系。太宰治还哀叹，世间之人的饮酒方式已经接近了他自己的饮酒方式。

其实令太宰治乐在其中的并非"酒"，而是"小说"。只要读过《女人的决斗》和《〈井伏鳟二选集〉后记》就知道了。

顺带一提，这篇文章是该选集中太宰治创作得最晚的作品。

那一年五月，太宰治完成了《人间失格》，并着手创作《朝日新闻》的新连载，但不久后死去。他人生最后的作品，是《Good Bye》。

佐渡

昭和十五年，太宰治到新潟高中发表了演讲。他将当时绕道去佐渡的经历写成了文章。在整个选集中，这篇文章可说是最不好玩的作品。它并非黑暗，也不能说蹩脚，虽然有些阴沉，但又不仅如此。

《佐渡》用一种真诚、细致而无聊的笔触传达了佐渡很无聊的想法。这就是文章的奇特之处。如果带着这个想法阅读，反倒能琢磨出一丝丝趣味来。若不做准备就翻开这篇文章，便是无聊得很。归根结底，这篇文章虽然很无聊，但不能用"很无聊"这句话对其一笔带过，因为它也有着这么做着实可惜的"有趣之处"。

在前往佐渡的船上，太宰治早早地后悔了。

"此时，我像死了一般躺在船舱角落，心中却充满了悔意。我去佐渡做什么呢？为何明知什么都没有，却非要在这么冷的时节，换上一张严肃的面孔，专程系上袴裤，一个人到那种地方去呢？"

文章直到最后，都没有迎来高潮。

读到这篇文章时，我不禁感慨：啊，我也有过同样的经历。曾经，我立志独自环游四国，但是旅途过于无聊，最后半途而废了。那时我坐在酒店房间里吃方便面，突然很无奈地想："我大老远跑过来究竟在干什么……"若读者也像我一样沉浸在各种各样的回忆中，那便中了太宰治的魔法。

传奇

昭和九年，太宰治与檀一雄、中原中也等人创办了同人杂志《青花》。其卷首文章，就是《传奇》。这篇作品后来被收录在了太宰治的第一本作品集《晚年》之中。

前面已经连续选了三篇自虐式的随笔，我想在此处放一些欢快的作品。

于是，我选中了《传奇》。

这是中盘的高潮。

这是杰作。

仙术太郎、打架大王次郎兵卫、说谎的三郎，这三个怪人在作品中接连登场。仙术太郎沉迷于阅读仓库里的藏书，后来为了招女人喜欢，想方设法要将自己变成英俊的男人，没想到竟成了时代错误的天平俊男，最后离开了村子。打架大王次郎兵卫辛苦修炼打架的实力，却接二连三地错过打架的机会。说谎的三郎满口谎言，最后做起了情书代笔，还写起了小说，逐渐对人生感到绝望。太宰治讲述了这三个毫无希望、被世间排挤的人异想天开的人生，既有田园牧歌的情调，又是那么残忍而宏大。

三人在酒馆碰面的场景给人以雄伟故事即将上演的预感，继而让人不受控制地兴奋起来，真可谓一篇无可挑剔的作品。

满愿

这是昭和十三年发表的只有短短几页的作品。

文章题材是太宰治昭和九年在静冈县三岛市的酒馆落脚，创作《传奇》的回忆。《传奇》应该是太宰治本人也很喜欢的作品，当他回首那个忙于创作的夏天时，也许会有格外明快的心情。作品中登场的医生及其夫人，都是开朗、善良的人。而且这篇文章的创作时期，是太宰治已然经历过入住精神病院、与第一任妻子离别，即将结束烦扰纷乱的二十岁生涯，迈入三十岁门槛，生活渐渐趋于稳定的时期。综合这些因素，可以说这是一篇四面八方阳光普照的作品。

读到他坐在外廊"压着被风吹得啪啪作响的报纸阅读"时，我似乎感受到了文章中吹来的凉爽清风。小溪在草原上流淌，白色遮阳伞轻快地转圈，那片光景宛如美丽的油画。

第一次读到这篇文章时，我还在上初中。当时自然不理解文章究竟好在哪里。这也难怪，毕竟连我自己都难以想象一个初中生读了《满愿》啧啧称奇的画面。

畜犬谈——致伊马鹈平君

昭和十四年一月，太宰治结婚，暂居甲府市内，九月迁居至三鹰下连雀。这篇文章讲述了他在甲府市的生活，以及一些迁居过程。

"我对狗有一种自信。总有一天，它定会扑上来咬我的自信"，开篇第一句，就那么有意思。让人不禁想说："你那算什么鬼自信？"这是个陷阱。

下面，太宰治开始研究狗的心理，然后失败，继而开始一味地讨好狗，最终反被狗喜欢上了。也许有人会想：那不也挺好吗？然而太宰治依旧（看似）不改茫然失落的表情。从"它们为了每日一两顿的残羹冷饭就背叛朋友、抛弃妻子"到"瞧瞧那些麻雀吧"，这段文字节奏感极强，显然经过反复斟酌，却又没什么实质内容。尽管如此，正因为有了太宰治的心在嬉戏这种感觉，它才不会招致反感。阅读这样的文字会让人心情愉悦，因此我猜想，创作这样的文字，同样令人心情愉悦。

太宰治的新婚妻子在文中几次登场，犀利地说出那句"害它性格扭曲了"，还用"影响了邻居多不好，把它弄死吧"宣告了狗的死刑，让文章显得更有意思了。

太宰治故意装出不高兴的样子，用煞有介事的言辞摆架子，面对畜犬却卑躬屈膝，其落差堪称滑稽。他一边抱怨狗一点都不可爱，一边生动地描写了波奇在院子里玩木屐的可爱模样。在两夫妻合谋毒死狗时，刚开始一心想着怎么解决它，后来却高谈"艺术家本来就该是弱者的同胞",让故事在结尾翻盘,成了喂波奇吃鸡蛋的好故事。这篇作品可谓机关算尽,让人读完莫名对太宰治更有好感。真是一篇甚为可爱又甚为狡猾的作品,非常值得学习。

亲友交欢

这是战争结束后,在昭和二十一年发表的作品。

我至今仍记得,那时我在祖父母家二楼的书架上发现一本破破烂烂的小书,里面就有这篇作品。当时我在读中学,认为这篇文章"太有意思了"。现在重新读一遍,还是很有意思。来拜访太宰治的"某位男士"是个极不靠谱的人,他大放厥词,大吵大闹。对害怕别人闯入自身边界的人来说,这几乎算是一篇恐怖小说了。

黄村先生言行录

这是昭和十八年发表的作品。据说黄村先生的原型是井伏鳟二。井伏鳟二出生于明治三十一年,代表作品是《山椒鱼》。昭和八年,太宰治前往东京拜访井伏鳟二,从此二人始终保持交流,直到太宰治死去。

我是通过太宰治知道了井伏鳟二的存在,可以轻易想象出那张不易亲近的圆脸。此外,太宰治并没有明确表示过黄村先生就是井伏鳟二,因此这可能是我的一厢情愿。但是请注意,黄村先生念叨着晦涩难懂的话语,一心一意想要弄到手的东西,是"山椒鱼"。显然,想象着井伏鳟二那张圆脸来读这篇作品更加有趣。

编辑后记　森见登美彦

317

《井伏鳟二选集》后记

这是太宰治为井伏鳟二的作品集写的解说文章。所以，我此刻陷入了"为解说文章而写解说文章"的俄罗斯套娃状态。

前面在《酒的追忆》中也提到过，太宰治很擅长介绍小说。与其写喝酒，他写喜欢的小说时明显更幸福。读了《女人的决斗》开篇处介绍森鸥外翻译作品的文字，我会想读鸥外翻译的小说。读了《〈井伏鳟二选集〉后记》，我会想读井伏鳟二的小说。话虽如此，我真正读完井伏鳟二的作品，是否感受到了太宰治那样的激动，又是另外一回事。井伏鳟二对我来说太难了。不可思议的是，看到太宰治说井伏鳟二的小说"堪称天才之作"，我又会很高兴，整个人都精神起来。

写完这段话，我突然感到肩上的压力变重了。因为我不就在介绍太宰治的文章吗？当然，太宰治与井伏鳟二的关系很特殊，将两者拿来比较，显然不太对。

只不过，以下的感慨是一样的：

"这些作品对我个人而言，都伴随着深刻的回忆，开篇逐一写下目录内容时，我始终带有安放稀世宝石的心情。"

猿面冠者

这是昭和九年发表的作品。所谓猿面冠者，应是猴子一般的青年之意。

"这种仿佛从文字的粪便中生出的人"，是如何生活的？"这人在暗自思索时，也要挑剔辞藻"，"在心中称自己为'他'"，一天到晚从文学作品中引用话语，对于自己脑中的小说，尚未写出来时就要"尝试评判那个短篇。某某人会用这样的话语夸奖它；某某人压根看不懂，却要揪着这个地方大肆评判，夸耀自己的慧眼。如果换成我，便要这样说——"

这是何等……啊，好羞耻，好羞耻。

我也有过这样的想法……一想到这里，就要落入太宰治的陷阱。太宰治的读者之所以会感到"我最理解这个作者"，就因为太宰治会用最令人痛心且露骨的方式去描写"自我意识"的最不堪之处，就因为他的坦率。然而，那种自我意识并不罕见。每个人都有，所以它才显得像自己的亲身经历，这就是太宰治的陷阱。

自我意识过于突出而写不出小说的人，决心"无须为内心的天真感到羞耻，装作若无其事地"写小说，于是开始埋头创作天真的故事《风中之笺》。被创作的小说，希望创作的作者，以及阻挠创作的自我意识互相纠缠攻伐，这便是这篇奇怪作品的内容。

当作者试图将写不下去的稿件毁弃时，已经完成的那部分小说站起来与之对抗。这个情节给人带来了不可思议的感动。这就像太宰治在创作时自言自语的话。

"永别了，小少爷，请继续堕落吧！"

女人的决斗

这是太宰治在昭和十五年一月到六月发表的作品。

开篇介绍森鸥外的翻译作品的文字让人乐在其中。譬如以下这段："这些小说的开场白都写得很好。巧妙的开场白，是作者的'好心'。只选择如此好心的作者翻译其作品，又是鸥外的好心。"

《噼啪噼啪山》以日本童话为底本，这篇作品则以森鸥外翻译的小说《女人的决斗》为底本。太宰治向我们展示的新解释可谓异想天开，仿佛从一片虚空中接二连三变出各种物品的戏法。

太宰治将目光集中在了原作上。"原作者似是以一种记者的冷静记录了这件事……""作者在该小说的描写中体现出的堪称异常的憎恨（精确来说其实是憎恨的一种变形），也许发自他对女主人公毫不遮掩的感情。"

太宰治仔细分析原文，强行编造出了另一个隐藏在字里行间的人物，并在原作外侧创作了另一个完整的小说。在创作外围小说的过程中，还穿插着太宰治自身对读者的讲述，其结构之复杂，让我只能感叹"太厉害了"。

太宰治在原作之外发现了一大片空白，并在其中创造出了试图将妻子与情人的决斗写成小说的卑贱小说家。其情人医学生的独白已经清楚阐明了作家的卑贱。在描写这种"卑贱"时，太宰治是毫不吝惜笔墨的。

"我很清楚，他希望我替他杀了他妻子。然而他抵死都不想说出来，也不想听我提起，因为这样才能保住他的名誉。他只想坐山观虎斗，在自己毫不知情的状态下让老婆被人杀死，情妇活下来。啊，这个结果肯定能大大地满足他艺术家的愚蠢虚荣。待硝烟散去，他就会向活下来的我、戴罪的我伸出怜悯痛惜的援手。我早就看透了，这种没出息的懒汉，只会拿这种丑闻作为炫耀的资本。他要眉头深锁，痛苦地扯着头发，在朋友面前悲伤倾诉：'啊，我好痛苦。'"

他深入原作，展开想象，并在原作没有描写的空白之处编织了自己的故事。

我认为，这篇小说既是"如何偷小说"的范本，也是"如何读小说"的范本。

穷人骨气
破产
风流人物

包含了这些作品的《新释诸国话》创作于昭和十九年太平洋战争爆发时期，创作地点在三鹰，并于昭和二十年刊发。刊发不久后的三月，东京遭遇大空袭，太宰治把家人从三鹰疏散到甲府。四月，三鹰遭到轰炸，太宰治本人也前往甲府躲避战火。七月，甲府亦遭到轰炸，于是一家人回到了太宰治的故乡津轻。

这些故事都以井原西鹤的作品为底本，但并非单纯的现代语翻译。它借了井原西鹤作品的骨骼，并以太宰治的解释进行了新的改写。

凭我的能力，尚无法分析太宰治在改写过程中具体下了什么功夫，但有一点非常清楚，那就是登场人物的塑造。太宰治始终忠实于没用的人就是没用的人这一理念，无论《穷人骨气》《破产》还是《风流人物》，里面都充斥着没用的人。光是"笨拙"还不够，他还要剖析"没用的人"内心究竟潜藏着多少烦闷，那些主动选择破灭之路的人究竟想了些什么。西鹤在其作品中留下的空白，都被太宰治注入了自己的解释。

《穷人骨气》写了"连遇到好事都不知如何自处"的武士及其街坊邻居。《破产》写了沉迷逛花街、朝着破产之路埋头猛冲的男人，以及被他拖累着不断堕落的妻子和家仆。《风流人物》写了为了躲债去逛花街、满口谎言到让读者都后背发毛的男人，写了以谎言应付谎言的狡猾老鸨，写了快四十岁还穿振袖的艺伎。所有登场人物之"没用"都令人叹为观止、无可奈何。

那些被鲜明刻画的无用之人，定然是太宰治的分身。尽管如

编辑后记　森见登美彦

此，太宰治依旧没有因为过于关注自己而使文字变得感伤，也许还是多亏了西鹤。我想，正是有了西鹤作为骨骼，太宰治才得以抬头挺胸，准确地描写无用之人，并且让那些人物多少带有一些惹人喜爱的气质。

还有一个较为明显的特征，就是太宰治不用句号，只用逗号连续书写长长的文章。这是太宰治独有的节奏感，他不用句号给读者提供换气的闲暇，接二连三地叠加令人感叹"这也行？"的对无用之人的描写，从而生出可怕的说服力与幽默感。他施展出令人忍不住一直读下去的魔力，将读者拖进了江户废物们组成的世界。《穷人骨气》开篇对原田内助的介绍，《破产》开篇讲述的极尽节俭吝啬的场面和后面一口气描述店铺堕落的对照性场面，都让人赞不绝口。

奔跑吧，梅勒斯

这是发表于昭和十五年的作品。

将这篇作品放在最后是有理由的。

我在初中的国语教科书上第一次读到了《奔跑吧，梅勒斯》。当时的国语老师非常用心，还带来了有声书放给我们听。我羞得捂住了耳朵，心中直呼："这小说也太装模作样，太羞耻了吧！"那时我脑中浮现出一个词——伪善。人在上初中的年龄，都非常讨厌"漂亮话"这类事物。也许因为他们过于敏感，不够从容。（当然，初中生若是觉得这篇小说"真好"，也没有什么问题。）

上了大学，我开始阅读太宰治的其他作品。在了解他其他侧面的过程中，我对《奔跑吧，梅勒斯》的想法也渐渐发生了改变。

这篇小说确实很做作，像刻意标榜正义的伙伴，读来令人面红耳赤。即使现在重读，我也还是会觉得羞耻。可是，它真的能够单纯以"伪善"和"漂亮话"一语带过吗？那样不会太可怜了吗？它会不会也有好的地方？我们是否可以用更宽广的胸怀去接纳它？这便是我的思想变化。换言之，随着对太宰治作品了解的深入，我对《奔跑吧，梅勒斯》的印象也发生了显著的变化。这篇小说，就像石蕊试纸。

"不管你怎么说，我本来就很喜欢《奔跑吧，梅勒斯》。"

也许会有人这样说。

如果那个人是你，那么对不起。

但是除了我，应该也有人对《奔跑吧，梅勒斯》不屑一顾。"太宰治？不就是那个写了《奔跑吧，梅勒斯》还有'生而为人，我很抱歉'的作家吗？"如果你是这样的读者，并通过这本书对《奔跑吧，梅勒斯》有了些许改观，也开始正视太宰治这位作家，那么，本书就实现了它的存在意义。

编辑后记　森见登美彦

著作权合同登记号：图字 18-2023-082

图书在版编目（CIP）数据

奇想与微笑：太宰治短篇杰作选 / （日）太宰治著；（日）森见登美彦编著；吕灵芝，修愚译 . -- 长沙：湖南文艺出版社，2023.6
ISBN 978-7-5726-1145-2

Ⅰ．①奇… Ⅱ．①太… ②森… ③吕… ④修… Ⅲ．①短篇小说－小说集－日本－现代 Ⅳ．① I313.45

中国国家版本馆 CIP 数据核字（2023）第 072591 号

上架建议：畅销·日本文学

QIXIANG YU WEIXIAO：TAIZAI ZHI DUANPIAN JIEZUO XUAN
奇想与微笑：太宰治短篇杰作选

著　　者：［日］太宰治
编 著 者：［日］森见登美彦
译　　者：吕灵芝　修　愚
出 版 人：陈新文
责任编辑：刘雪琳
监　　制：邢越超
策划编辑：韩　帅
特约编辑：白　楠
版权支持：金　哲
营销支持：文刀刀
封面设计：沉清 Evechan
版式设计：梁秋晨
内文排版：百朗文化
出　　版：湖南文艺出版社
　　　　　（长沙市雨花区东二环一段 508 号　邮编：410014）
网　　址：www.hnwy.net
印　　刷：河北鹏润印刷有限公司
经　　销：新华书店
开　　本：855 mm×1180 mm　1/32
字　　数：248 千字
印　　张：10.25
版　　次：2023 年 6 月第 1 版
印　　次：2023 年 6 月第 1 次印刷
书　　号：ISBN 978-7-5726-1145-2
定　　价：56.00 元

若有质量问题，请致电质量监督电话：010-59096394
团购电话：010-59320018